CYNTHIA ST. AUBIN

Piégés par la tentation

Traduction française de
MARIE MOREAU

PASSIONS

HARLEQUIN

Collection : PASSIONS

Titre original :
TRAPPED WITH TEMPTATION

HARPERCOLLINS FRANCE
83-85, boulevard Vincent-Auriol, 75646 PARIS CEDEX 13
Service Clients — www.harlequin.fr
ISBN 978-2-2804-9538-7 — ISSN 1950-2761

Édité par HarperCollins France.
Composition et mise en pages Nord Compo.
Imprimé en décembre 2024 par CPI Black Print (Barcelone)
en utilisant 100% d'électricité renouvelable.
Dépôt légal : janvier 2025.

FSC www.fsc.org MIXTE Papier issu de sources responsables FSC® C159065

Pour limiter l'empreinte environnementale de ses livres, HarperCollins France s'engage à n'utiliser que du papier fabriqué à partir de bois provenant de forêts gérées durablement et de manière responsable.

Piégés par la tentation

Une épouse à tout prix

1

Pourquoi elle ?

Sebastien Renaud – Bastien, pour les quelques personnes qui ne changeaient pas de trottoir en le voyant – se posait cette question tout en sachant combien elle était vaine.

Sa bouteille de bière sans alcool lui mouillait la main, et pour la première fois depuis dix ans, il ressentit cet ancien besoin de s'engourdir. De se soulager de la réalité.

La femme assise au bar, à deux tabourets de lui, regardait fixement son smartphone en faisant *semblant* d'être concentrée sur ce qu'elle lisait, alors qu'elle attendait juste qu'il la remarque.

Il l'avait remarquée toute la journée.

D'abord dans une voiture de location, sur le parking du seul établissement qui servait un café correct au sein de la ville de Bar Harbor, dans l'État du Maine. Puis en train de flâner dans les allées de Got Wood, le magasin de deux étages qu'il possédait sur Main Street, dans lequel il vendait des objets en bois faits à la main tels que des saladiers, des carillons éoliens, et autres appâts pour les touristes. Environ une fois par mois, il venait faire un tour en ville et en profitait pour réapprovisionner les rayons.

Maintenant, elle était au comptoir de son bar.

Contrairement au magasin, le bar n'appartenait pas réellement à Bastien, mais un mardi à 14 heures, en plein hiver, il était généralement le seul client.

Ce qui était précisément ce qu'il recherchait.

— Un autre ? demanda Sergei, le barman grand et barbu, en s'essuyant les mains dans un torchon.

Il s'appuya contre le comptoir en bois que Bastien l'avait aidé à rénover avant l'été, pour l'arrivée des touristes. Sergei n'était pas un homme bavard, ce qui expliquait en grande partie pourquoi Bastien se sentait bien chez lui. Mais Bastien n'avait pas besoin de l'entendre parler pour se rendre compte de l'attention qu'il portait à sa nouvelle cliente.

Et pour cause.

Elle s'était visiblement donné beaucoup de mal pour avoir l'air d'une touriste. Un bonnet rose orné du blason du parc national d'Acadia, des chaussures de marche flambant neuves, un col roulé en cachemire immaculé sous une veste en cuir molletonnée, et un legging qui épousait merveilleusement la courbe de ses cuisses et de ses fesses, mais ne risquait pas de la protéger du froid polaire qui régnait en cette saison.

Après s'être éclairci la voix, elle regarda Sergei en battant des cils.

— Vous n'auriez pas du whisky Four Thieves, par hasard ? lui demanda-t-elle.

Bastien ne put s'empêcher d'être troublé en entendant le nom de la distillerie de ses frères prononcé aussi nonchalamment par une voix qu'il n'avait entendue jusqu'alors que sur son répondeur téléphonique. La douceur de son timbre était une révélation.

— Si, bien sûr, répondit Sergei en chantonnant presque. Comment dois-je vous le servir ?

— Sec, s'il vous plaît. On m'a dit que le Four Thieves était meilleur à température ambiante.

C'était l'occasion que Bastien devait saisir pour prendre la parole.

Du moins, c'était ce qu'elle avait espéré, de toute évidence.

Car Bastien était l'un des quatre frères à l'origine de la distillerie Four Thieves, comme elle le savait.

Le monde entier le savait depuis que l'émission *Bad Boys of Booze* était devenue l'une des plus regardées de la plate-forme VidFlix.

Bien qu'il ne soit apparu que dans quelques épisodes, et ce sous la contrainte, il avait soudain été assailli par une meute de producteurs, de réalisateurs, de paparazzis et de représentants de divers médias aussi collants que des sangsues.

Et puis *elle*.

Shelby Llewellyn.

Copropriétaire d'une galerie d'art dans le Mission District de San Francisco et fille du richissime Gerald Llewellyn, magnat de la Silicon Valley. Gerald Llewellyn collectionnait non seulement les voitures, les avions et les yachts Lamborghini, mais aussi les œuvres d'art, ce qui expliquait sans doute que sa fille se soit mise à appeler Bastien tous les jeudis à 11 heures précises depuis un an. Le verbiage était systématiquement le même et seul le ton de voix variait, pétillant ou brusque selon les messages.

« Mon père a vu l'une de vos sculptures dans *Bad Boys of Booze*. Il adore votre travail et se demande si cela vous intéresserait d'organiser une exposition dans notre galerie. N'hésitez pas à me rappeler dès que possible. »

Il ne l'avait jamais fait.

Sentant qu'elle le regardait, Bastien leva sa bière et avala d'un trait le fond tiède de la bouteille. Cette fois, il n'allait pas pouvoir lui échapper.

— Excusez-moi, dit-elle en inclinant la tête, je sais que c'est très bizarre, mais ne seriez-vous pas...

— J'en ai assez d'entendre les gens poser des questions dont ils connaissent les réponses, madame Llewellyn.

Elle se redressa et tourna sur son siège pour se mettre face à lui.

Quand Bastien rencontra son regard, il se félicita intérieurement d'avoir aussi aidé Sergei à visser les tabourets de bar au sol.

Shelby Llewellyn était un ange.

Mais pas l'une de ces créatures parfaites, éthérées, qui apparaissaient sur les peintures religieuses.

Un ange *terrestre*.

Des lèvres ourlées, de grands yeux de biche et une auréole de boucles dorées. Cette femme était aux antipodes de la personne lisse et stricte qu'il avait vue en photo sur le site Internet de sa galerie d'art.

— Vous voulez bien arrêter de me harceler ? demanda-t-il. Ou faut-il que j'appelle le shérif Dawkins ?

— Le shérif Dawkins ne lèverait pas le petit doigt pour toi, dit Sergei en servant un généreux verre de whisky à Shelby. Quant à lui faire croire qu'une belle femme te suit à la trace... Ne rêve pas trop.

— Je ne crois pas t'avoir demandé ton avis, rétorqua Bastien en serrant sa bouteille vide dans sa main.

Sergei leva les mains et recula.

Sage décision.

— J'imagine que je n'ai plus besoin de faire comme si cette rencontre était une heureuse coïncidence, dit Shelby.

Elle porta son verre à ses lèvres, but une petite gorgée et toussa. Les joues rougies, elle se tapota la poitrine et saisit sa bouteille d'eau.

— Ou comme si vous aimiez le whisky, ajouta Bastien.

— J'aime vraiment ça, assura-t-elle d'une voix râpeuse. Je ne le bois pas sec d'habitude, mais j'avais peur d'anéantir mes chances à cause d'une erreur de néophyte.

Une fois remise, elle lui tendit son verre pour le lui proposer, mais il refusa en secouant la tête.

— Je n'en bois pas, dit-il.

— Ah ? s'étonna-t-elle. Comment vos frères le prennent-ils ?

Encore aujourd'hui, il ne pouvait s'empêcher de penser à ses frères en fonction du rôle que chacun avait joué dans les « missions » qui avaient fait d'eux des voleurs si efficaces. Si leurs prénoms évoquaient l'aristocratie française, ils avaient en réalité passé leur enfance à se faufiler dans des casses et des cimetières de voitures pour récupérer ce dont leur père, Charles « Zap » Renaud, avait besoin pour distiller l'alcool qu'il vendait illégalement.

Laurent, alias Law, le plus jeune et le plus grand de la fratrie, avait été les yeux de leur équipe. Toujours à l'affût des possibilités ou du danger.

Rainier, alias Remy, qui avait deux ans de plus que Law, en avait été les mains. Capable de crocheter n'importe quelle serrure et de faire démarrer n'importe quel moteur.

Augustin, âgé de dix mois de moins que Bastien, avait été la bouche. Assez habile avec les mots pour s'infiltrer partout et se sortir des situations les plus périlleuses.

Et enfin Bastien. À la fois le cerveau et les muscles de la bande.

— Je pense que mes frères ont des préoccupations plus importantes en ce moment, dit-il avec un sentiment de fierté qui le surprit lui-même.

Les jumeaux de Law et de sa femme, Marlowe Kane, commençaient tout juste à faire quelques pas sous les encouragements des employés attendris de la distillerie. Remy, qui avait vendu ses parts de la distillerie au frère de Marlowe pour une somme considérable, en avait profité pour offrir à sa fille de dix ans et à sa fiancée Cosima une croisière privée en Méditerranée.

Quant à Augustin, il valait mieux ne pas y penser.

— J'ai vu qu'il allait y avoir une nouvelle saison de l'émission, dit Shelby. Ce doit être bon pour les affaires.

Sergei lui avait préparé un whisky sour qu'elle buvait avec un plaisir manifeste.

Bastien détourna le regard lorsqu'elle prit la cerise au marasquin qui flottait dans son verre pour la croquer.

— Vous devez avoir envie d'avancer de votre côté, non ? ajouta-t-elle.

Elle posa son verre sur le comptoir et se déplaça pour venir s'asseoir à côté de Bastien. Un subtil et délicieux parfum de vanille et de lavande parvint jusqu'à lui.

— Je veux vous consacrer une exposition à la Llewellyn Gallery de San Francisco, déclara-t-elle.

Il se tourna vers elle.

— Vous avez traversé tout le pays pour me redire exactement la même chose que dans vos messages vocaux ?

Elle inclina la tête et leva vers lui un regard interrogateur.

— Vous voulez dire que vous les avez écoutés ? demanda-t-elle.

— Certains.

C'était un mensonge. Il les avait *tous* écoutés, parfois à plusieurs reprises.

— Mais vous avez décidé de les ignorer quand même ?

— Ne pas répondre ne signifie pas ignorer.

Il se remit face au bar.

— Et maintenant, je peux avoir une réponse ?

— Non.

— Non, je n'aurai pas de réponse, ou non, vous ne ferez pas l'exposition ?

Le genou de Shelby effleura la cuisse de Bastien au moment où sa voix prenait un timbre rauque, infiniment sensuel.

Il fallait qu'il s'en aille. Tout de suite.

— À vous de choisir, grommela-t-il.

Il se leva de son tabouret et jeta deux billets de vingt dollars sur le bar.

— C'est pour nous deux, dit-il à Sergei.

Un bruit de cloche accompagna sa sortie. Dès qu'il fut dehors, une bourrasque glacée lui fouetta le visage. Le trottoir était presque désert. Si ce climat effrayait la plupart des gens, c'était tout le contraire pour lui. Il ne s'en lasserait jamais.

Enfant, à Terrebonne Parish, il avait subi la chaleur moite du bayou comme la présence d'un être désagréable. Il se rappelait sa chemise collante de sueur et le sel qui lui piquait les yeux. La première fois qu'il avait ressenti le vrai froid, cela lui avait presque fait l'effet d'une expérience mystique. C'était comme s'il entrait jusque dans ses poumons, le rendant aussi solide qu'un diamant. En soufflant un nuage blanc, il s'était senti purifié.

— Monsieur Renaud !

Son nom résonna comme le cri d'une mouette entre les bâtiments en brique du centre historique. En se retournant, il vit Shelby qui le poursuivait, sa parka à la main. Elle se prit alors les pieds dans un bloc de neige et se mit à agiter les bras en cherchant l'équilibre, ses semelles neuves dérapant sur le verglas.

Sans réfléchir, Bastien se précipita pour la rattraper au moment où elle tombait. Elle faillit l'entraîner dans sa chute et s'ensuivit une danse comique accompagnée de jurons, jusqu'à ce qu'il parvienne à s'immobiliser avec elle en la serrant contre lui.

Leurs respirations se mêlèrent tandis qu'il regardait son visage encore marqué par la panique. Agrippée au manteau de Bastien, elle avait les seins plaqués contre son torse et la cuisse beaucoup trop près de son entrejambe. Il n'aurait eu qu'à baisser la tête pour prendre possession de sa bouche.

Et il en mourait d'envie.

Il voulait sentir les flocons de neige fondre sur ses lèvres et goûter la douceur soyeuse de sa langue. Il voulait combler le manque qu'il avait créé lui-même en s'imposant la solitude et l'isolement.

Un isolement nécessaire pour protéger ceux qu'il aimait.

Cette pensée le rappela instantanément à la réalité. Leur rencontre ne pouvait avoir qu'une seule issue : elle allait rentrer à l'hôtel et il allait retrouver sa solitude.

— Vous pensiez aller où comme cela, en courant sur un trottoir verglacé avec ces bottes-là ?

Il recula et se baissa pour ramasser la parka qu'elle avait laissée tomber.

— Et allez-vous mettre ça, bon sang ?

Il ouvrit le manteau pour qu'elle l'enfile, non sans remarquer les adorables boucles qui s'étaient échappées de son chignon et retombaient sur son cou fin et pâle.

Elle passa les mains dans les manches, puis se tourna vers Bastien.

— Vous ne voulez même pas y réfléchir ? demanda-t-elle.

— Qu'est-ce qui vous fait penser que ce n'est pas déjà fait ?

Il remonta la fermeture Eclair en passant par-dessus la rondeur de ses seins. La neige tombait de plus en plus fort et de petites perles blanches s'accrochaient aux cils de Shelby.

— Si vous y avez réfléchi, alors il y a au moins une partie de vous qui est intéressée, souligna-t-elle.

Elle ne croyait pas si bien dire. Et plus il restait là à contempler le petit grain de beauté qu'elle avait à côté de la bouche, plus cette partie était intéressée.

— Qu'avez-vous fait de votre écharpe ? demanda-t-il d'un ton brusque.

— Je n'en ai pas apporté. Je n'avais pas prévu de passer beaucoup de temps dehors.

Bastien ôta sa propre écharpe et s'empressa de l'enrouler autour du cou de Shelby. Lui ayant effleuré la peau au passage, il frissonna et enfouit les mains dans ses poches pour éviter de faire un geste qu'il regretterait.

— Vous ne pouvez pas me donner une si belle écharpe, sûrement tricotée à la main, dit-elle en touchant la laine épaisse et douce.

— Je ne vous la donne pas. Vous me l'enverrez une fois rentrée chez vous, répondit-il en se dirigeant vers son pick-up.

— Il me faudrait peut-être votre adresse pour cela, non ? cria-t-elle derrière lui.

Malgré son irritation, Bastien ne put s'empêcher de sourire. Elle ne manquait pas de ressources. Il devait le lui reconnaître.

— Envoyez-la ici, dit-il en montrant l'enseigne de Got Wood. Laney me transmettra le paquet.

Les charnières gelées de son 4 x 4 geignirent quand il ouvrit sa portière. Une fois assis au volant, il démarra et prit tout son temps pour régler le dégivreur, attendant que Shelby soit bien au chaud à l'intérieur de la boutique. Puis il prit la route pour rejoindre la montagne.

La tempête de neige s'intensifiant, le trajet qui lui prenait d'habitude une trentaine de minutes dura presque une heure, et ce fut avec soulagement qu'il quitta enfin la voie principale pour emprunter la route qui menait à sa propriété.

Pourtant, il n'arrivait pas à se débarrasser d'un sentiment d'inquiétude, qui s'accrut encore lorsqu'il entra dans le garage dont il avait achevé la construction juste à temps pour l'hiver. La reprise de sa routine quotidienne ne fit rien pour apaiser son esprit. Il ôta ses bottes dans le cagibi, accrocha ses clés à côté de la porte d'entrée, alluma un feu dans le poêle à bois en fer, redressa la pile de bûches, mit un disque et se prépara une tasse de café, en vain. Il décida alors de s'installer dans son fauteuil préféré pour lire.

Au bout de cinq minutes à peine, il était debout et faisait les cent pas. Ce qui ne lui était pas arrivé depuis sa sortie de prison. Il avait de nouveau cette sensation d'être à l'étroit dans sa propre peau.

Il prit son téléphone posé sur la table basse et regarda fixement l'écran, vide de notifications.

S'il pouvait au moins avoir la confirmation qu'elle était bien rentrée à l'hôtel, il parviendrait à se détendre. Une information facile à obtenir pour lui si elle avait pris une chambre en ville.

Surtout hors saison dans une ville comme Bar Harbor.

Par chance, il savait exactement par où commencer.

— C'est le jour de venir chez Got Wood, Laney à votre écoute.

Bastien n'eut qu'à entendre cette phrase pour imaginer la gérante de son magasin à son poste. Petite, malicieuse, avec un air de lutin, elle était apparue un jour et avait pour ainsi dire refusé de partir. Elle l'avait assailli de questions jusqu'à ce qu'il lui propose un emploi juste pour qu'elle le laisse tranquille. Leur arrangement avait été encore meilleur qu'il l'avait espéré, et plus il avait voulu fuir la compagnie des gens, plus elle avait pris de responsabilités chez Got Wood.

— Laney, qu'est-ce que je t'ai dit à propos de cette façon de répondre au téléphone ?

Elle soupira avant de répliquer :

— J'ai vu que c'était toi qui appelais, Batman.

— Pour la millième fois, pourrais-tu s'il te plaît *cesser* de m'appeler comme ça ?

— Non, chantonna-t-elle d'un ton moqueur.

— Au fait que fais-tu encore là ? Je t'avais demandé de fermer plus tôt et de rentrer chez toi avant la tempête.

— Étant donné que chez moi, c'est l'étage juste au-dessus de ma tête, je pense avoir de bonnes chances d'y arriver saine et sauve.

Le bruit de l'alarme qu'elle activait parvint à l'oreille de Bastien.

— Tu avais besoin de quelque chose ? demanda-t-elle.

Il s'efforça de prendre un ton détaché.

— Est-ce que quelqu'un est passé au magasin après mon départ ?

— Si tu veux parler de la blonde tout droit sortie des pages d'un catalogue de mode, alors oui, elle est passée en effet.

— Aurais-tu parlé avec elle par hasard ?

— Je parle à tous les gens qui entrent dans le magasin. J'ai des qualités exceptionnelles en termes de service client, ce que tu saurais si tu passais plus de dix minutes par mois ici.

— Te rappelles-tu si elle a mentionné le nom de son hôtel ? demanda-t-il, préférant ignorer la pique de Laney.

— Le Skylark Inn.

Bastien sentit ses épaules se dénouer d'un coup. Bien chauffé, accueillant et confortable, dirigé par la cheffe de village autoproclamée de Bar Harbor, le Skylark se trouvait à quelques pas du Got Wood. Même par ce temps, on pouvait le rejoindre à pied sans danger.

— Et sinon ? demanda-t-il.

— Elle a acheté ce saladier monstrueux dont j'essaie de me débarrasser depuis des lustres et m'a demandé le chemin pour aller chez toi.

— Oui, bien sûr, répondit-il avec ironie.

— Je t'assure que c'est vrai.

Il eut une sueur froide en se rendant compte qu'elle était sérieuse.

— J'imagine que tu as refusé.

— J'ai bien essayé, mais elle m'a affirmé que ce serait parfait comme jardinière une fois qu'elle aurait percé des trous dans le fond.

— Je parlais du chemin pour venir chez moi.

— Fais-moi un peu confiance, Batman.

Sa tension retomba d'un coup. Il prit sa tasse de café et en but une gorgée.

— Bien.

— Si elle suit les indications que je lui ai données, reprit Laney, elle arrivera à la ferme de Kreb, allumera son GPS et reviendra en centre-ville.

Bastien jura et posa brusquement sa tasse, non sans renverser du café sur la table. Puis il se précipita vers la porte.

— Quoi ? demanda Laney.

— La ferme de Kreb est en plein milieu d'une zone blanche de vingt kilomètres carrés. Une fois là-bas, elle *ne pourra pas* activer son GPS.

— Depuis quand tu te soucies de ce que je dis aux journalistes ?

— Elle n'est pas journaliste ! Et même si elle l'était, on n'envoie pas quelqu'un au milieu de nulle part quand une tempête de neige se lève. Bon sang, Laney, réfléchis !

Il n'avait pas eu l'intention de lui parler aussi brusquement et s'en voulut en entendant qu'elle restait bouche bée.

— J'apprécie la créativité, ajouta-t-il aussitôt tout en entrant dans le garage. Mais tu pourrais peut-être t'en tenir à ton espièglerie habituelle, d'accord ?

Le rire qu'elle laissa échapper le rassura un peu.

— C'est noté, Bruce.

— Bruce ?

Il s'assit au volant de son pick-up et démarra.

— Batman sans sa cape, précisa-t-elle.

Puis elle raccrocha.

Il recula un peu plus vite qu'il n'aurait dû compte tenu des conditions climatiques, puis il referma le portail et fit demi-tour en dérapant sur l'allée. Une fois en route, il regarda le tableau de bord et fit un rapide calcul. Il avait laissé Shelby une heure et onze minutes plus tôt sur le trottoir, devant le bar de Sergei, et il lui faudrait bien une heure et demie pour la rejoindre, selon le chemin qu'elle aurait déjà parcouru. À condition que le mini-SUV qu'un imbécile lui avait loué à l'aéroport de Bangor soit équipé de quatre roues motrices.

Alors qu'il quittait son allée privée pour s'engager sur la route, il regarda à gauche et appuya sur l'accélérateur, mais quelque chose attira son attention sur sa droite et le fit freiner d'un coup.

Ce ne fut d'abord qu'une ombre. Un fantôme gris qui apparaissait et disparaissait au gré des rafales.

Il baissa la vitre de son véhicule côté passager et se pencha pour mieux voir. C'est alors qu'il se rendit compte qu'il avait failli écraser Shelby Llewellyn.

2

Shelby Llewellyn plissa les yeux, luttant pour regarder devant elle tandis que des flocons glacés lui piquaient les yeux et les joues.

Son SUV était resté derrière elle, sur le bord de la route devenue invisible, le pneu arrière gauche bloqué dans le fossé.

Elle avait suivi les consignes à la lettre.

Toutes celles que lui avaient données ses proches, à commencer par son père et son frère, quand ils avaient essayé de la dissuader de faire ce voyage. Ils ne l'avaient pas crue capable de conduire sur une route enneigée.

Ne panique pas. Freine en douceur. Prends de larges virages.

Elle avait respiré profondément et pris toutes les précautions avant de tourner.

Mais elle avait quand même glissé dans le fossé.

Où elle était restée sagement, respectant une autre règle élémentaire.

Jusqu'à…

Jusqu'à ce que la batterie de son téléphone, qu'elle ne rechargeait jamais avant qu'elle soit tombée à quatre pour cent, s'éteigne.

Elle avait juste eu le temps de voir sur une carte qu'elle se trouvait à quatre cents mètres de la propriété de dix hectares de Bastien Renaud.

Comment aurait-elle pu imaginer qu'il habitait dans un coin aussi reculé ? La vendeuse avec qui elle avait parlé chez Got Wood lui avait pour ainsi dire épelé le nom d'un lieu, mais en l'écoutant, Shelby avait eu l'impression qu'elle n'avait en fait jamais mis les pieds chez Bastien.

Si Shelby avait été plus clairvoyante, elle n'aurait pas commis l'erreur de finir à la hâte son gobelet de café et de cacher ses effets personnels pour sortir de sa voiture et finir le trajet à pied. Emmitouflée dans l'écharpe prêtée par Bastien, elle inspira profondément et chercha du courage dans l'odeur enivrante dont elle était imprégnée.

Elle marchait depuis deux minutes à peine quand arriva une sensation désagréable d'engourdissement.

Au bout de cinq minutes, c'était devenu légèrement contrariant. Après dix minutes, franchement rageant.

À la dix-septième minute, une forme grande et sombre se dessina devant elle, émettant des sons que Shelby finit par identifier comme des mots.

— Quoi ? cria-t-elle.

Ou plutôt, elle voulut crier mais se rendit compte qu'elle avait toutes les peines du monde à mettre sa bouche et ses cordes vocales en action.

Quelque chose la heurta et le sol se déroba sous ses pieds. Ne voyant au-dessus d'elle que le dôme blanc du ciel, elle crut un instant qu'elle était tombée dans une congère.

Sauf que la congère se déplaçait.

Et jurait.

Du coin de ses yeux embués, elle distingua une mâchoire, un nez, et une bouche qui formait de petits nuages en prononçant une succession d'insanités.

Elle sentit son propre corps bouger malgré elle et elle bascula dans un tout autre univers. Il y faisait bon et clair et une odeur de linge propre flottait dans l'air.

Puis elle entendit un bruit sourd et un souffle chaud vint réveiller ses oreilles anesthésiées par le froid.

En tant qu'experte de l'histoire de l'art, elle était en mesure d'affirmer une chose : Sebastien Renaud ne pouvait pas être réduit à un monde en deux dimensions. Il fallait en *faire l'expérience*. Ce corps imposant. Ces yeux perçants. Cette force brute. Tout ce qu'elle avait eu le privilège de percevoir quand elle avait failli tomber en le poursuivant sur le trottoir. Elle était encore honteuse en se remémorant la facilité avec laquelle il l'avait retenue d'une main. Elle le revoyait en train de lui mettre son manteau et d'enrouler une écharpe autour de son cou. Elle repensait au regard qu'il avait fixé sur elle, à la fois furieux, protecteur, brûlant...

— Non mais qu'est-ce qui vous est passé par la tête ? s'exclama-t-il avec colère.

Voilà qui était un dur rappel à la réalité.

— Je vais bien, bégaya-t-elle d'une voix faible.

Il imita son bégaiement en répondant :

— Vous êtes complètement folle. Vous auriez pu *mourir*.

Elle lui sourit en espérant l'attendrir.

— Maintenant vous voulez bien me croire quand je dis que je tiens vraiment à cette exposition ?

Sa remarque lui arracha un rire, mais il garda son air renfrogné, ce qui le rendit encore plus irrésistible. Il était si près d'elle qu'elle voyait les traces de neige fondue sur son front et sentait l'odeur de café et de pain d'épices qui s'échappait de sa bouche.

— Je me suis cogné la tête sur ma voiture, dit-elle en voyant qu'il reprenait un air grave en la dévisageant. Pas fort. Comme mon manteau était coincé dans ma portière, je me suis baissée pour la rouvrir et je voyais mal à cause de la neige.

— Pourquoi n'êtes-vous pas rentrée à l'hôtel ?

Elle prenait conscience de l'endroit où elle se trouvait à mesure qu'elle se remettait du choc produit par le froid. Le tic-tac de ses feux de détresse, le mugissement du vent, les épais flocons de neige qui venaient s'écraser sur le pare-brise.

— C'était ce que j'avais prévu de faire jusqu'à ce que vous m'abandonniez sur le trottoir. Après cela, c'est devenu une question de fierté.

Elle serra les poings et sentit des picotements au bout de ses doigts.

— Je me suis souvenue que Sergei avait fait allusion au fait que le shérif Dawkins ne vous aimait pas, reprit-elle. J'ai donc pensé que c'était à lui que je devais m'adresser pour obtenir votre adresse.

— Quel sale type, grommela Bastien.

— Il ne me l'a pas donnée. J'étais sur le parking en train de me demander quoi faire quand vous êtes passé en voiture.

La vue de Shelby devait commencer à s'éclaircir car elle vit les phalanges de Bastien blanchir tandis qu'il agrippait le volant. Après avoir mis le contact, il se tourna brusquement vers Shelby et se pencha vers elle pour boucler sa ceinture de sécurité. Puis il démarra.

— Je vous ai suivi, poursuivit-elle toujours en claquant des dents. Quand je me suis arrêtée à votre…

— Rien n'empêche d'être prudente, l'interrompit-il.

— Je *suis* prudente. Seulement… j'ai une voiture électrique à San Francisco et j'étais si concentrée sur la route que j'ai oublié de surveiller la jauge.

— Se taire serait une réaction parfaitement normale à un état de choc.

— Je ne suis pas en état de choc, insista-t-elle sans pouvoir s'empêcher de bégayer. Et je serais arrivée chez vous depuis vingt minutes si je n'étais pas tombée en panne d'essence. Alors ne faites pas comme si vous m'aviez secourue, parce que vous m'avez juste assistée pour la dernière ligne droite.

Il ralentit à l'approche d'un virage serré et elle le vit lancer vers elle un coup d'œil scrutateur.

— Qu'y a-t-il ?

— Je guette des signes de traumatisme crânien, répondit-il.

En sentant un souffle chaud sur son visage encore douloureux, elle se rendit compte que Bastien avait orienté toutes les sorties d'air vers elle et mis le chauffage au maximum.

Ils montèrent une dernière côte, puis la route s'aplanit et ils ne tardèrent pas à entrer dans le garage de Bastien. Il coupa le moteur et lui dit d'un ton autoritaire :

— Ne bougez pas.

Elle n'aimait pas qu'on lui donne des ordres mais elle lui était trop reconnaissante de l'avoir réchauffée et se sentait trop étourdie pour protester.

Il descendit de voiture et claqua sa portière avant de venir ouvrir celle de Shelby. Après lui avoir ôté sa ceinture, il lui tendit la main pour l'aider à sortir.

La peau de ses doigts était rêche et chaude. En prenant appui sur lui, elle sentit de nouveau sa force et dut prendre sur elle pour ne pas s'abandonner contre lui.

— Je peux marcher, dit-elle en voyant qu'il regardait avec circonspection les soi-disant chaussures de marche qu'elle avait aux pieds.

À l'instant où elle franchit le seuil de la maison de Bastien Renaud, elle comprit que l'idée qu'elle s'était faite de lui avant de le rencontrer n'aurait pas pu être plus éloignée de la réalité. En apprenant qu'il vivait dans un logement construit à partir d'anciens conteneurs, elle avait imaginé une sorte de bunker. Un terrier sombre et silencieux pour un célibataire sombre et silencieux.

Elle s'était trompée.

Les conteneurs, nombreux, étaient empilés et savamment disposés à flanc de montagne, dans une harmonie avec l'environnement qui aurait fait rougir de jalousie les plus grands architectes.

— Neuf, déclara Bastien en accrochant son trousseau de clés à côté de la porte.

— Pardon ?

— Le nombre de conteneurs qu'il m'a fallu pour construire cette maison. Donnez-moi votre portable, je vais le mettre à charger.

Elle lui tendit son téléphone tout en examinant dans le détail le décor qui l'entourait. La baie vitrée haute de deux étages, l'escalier en colimaçon, le hamac suspendu dans le jardin d'hiver, de l'autre côté de la cuisine ouverte. La vue à couper le souffle sur la montagne et la forêt enneigées. Et surtout, les œuvres d'art de Bastien, disposées çà et là dans la maison. Les meubles en faisaient partie : il les avait construits à partir de matériaux recyclés, notamment du bois qu'il savait sculpter comme personne. Un talent qui l'avait rendu célèbre malgré lui.

Laissant échapper un murmure d'admiration, elle s'approcha machinalement du magnifique poêle à bois ancien qui occupait un coin de la pièce.

— Pas encore, intervint Bastien. Vous avez peut-être des gelures. Ne jamais exposer directement des gelures à une source de chaleur.

Elle entendit alors un bruit de chaise et sentit une barre derrière ses genoux.

— Asseyez-vous, lui enjoignit-il.

Elle s'exécuta.

Comme il tirait sur sa manche, elle leva les yeux et le vit toucher avec circonspection le luxueux manteau qu'elle avait acheté spécialement pour ce voyage.

— C'est du Prada, dit-elle.

— Cela ne sert à rien. Ils n'ont même pas imperméabilisé le tissu.

Shelby sentit ses joues s'empourprer. Il lui avait fallu tant de temps pour se sentir à sa place dans le monde ultra-privilégié au sein duquel elle vivait ! Apparemment, elle y était désormais si à l'aise qu'elle ne reconnaissait même plus son propre ridicule dans une situation comme celle-ci.

— Vous allez devoir l'enlever, dit Bastien. Ainsi que vos chaussures. Nous devons faire en sorte de vous réchauffer progressivement.

Il disparut dans la cuisine et revint un instant plus tard avec un verre rempli d'un liquide ambré.

Après avoir ôté sa veste et son bonnet trempé, Shelby entreprit de dénouer les lacets de ses chaussures, sans grand succès. Elle avait les doigts gourds.

— Laissez-moi faire, dit Bastien.

Il lui tendit le verre et s'agenouilla devant elle. Ses épaules lui paraissaient encore plus larges que tout à l'heure, dans le bar.

Une senteur fumée s'échappait du verre qu'il lui avait servi.

— Je croyais que vous ne buviez pas ? s'étonna-t-elle.

— En effet, confirma-t-il en lui enlevant une chaussure. Mais depuis cette saleté d'émission télévisée, toutes les distilleries d'ici à la Saskatchewan m'envoient des bouteilles.

Cette saleté d'émission télévisée.

Shelby n'avait pas besoin de lui demander de quoi il parlait puisque c'était justement ce qui l'avait amenée jusqu'ici, dans le Maine. C'était ce qui lui avait fait proposer à son père d'organiser une exposition des sculptures cinétiques de Bastien Renaud.

Elle avait découvert son travail précisément en regardant l'émission *Bad Boys of Booze*. Après une journée particulièrement exténuante à la galerie, elle s'était retrouvée sur son canapé avec sur les genoux une assiette de curry préparée par le chef cuisinier de sa famille, en larmes devant l'épisode dans lequel les frères de Bastien reconstruisaient le restaurant de la distillerie, à la suite de l'incendie montré à la fin de la première saison. Bastien avait fait une apparition, le temps de leur apporter le lustre destiné à orner le très haut plafond de la nouvelle salle.

En le voyant sur l'écran, Shelby était restée bouche bée. Après avoir gardé les yeux fixés sur lui pendant un long moment, elle avait fini par observer le lustre et avait tout de suite deviné que son père, collectionneur de sculptures de toutes sortes, l'adorerait.

Il avait été séduit non seulement par le lustre, mais aussi par son idée d'exposer les œuvres de Bastien à la galerie.

Si elle avait su à quel point il serait difficile de concrétiser ce projet, elle aurait tout de suite changé de chaîne pour regarder son émission de cuisine préférée.

Elle porta son verre à ses lèvres.

— Vu ce qui s'est passé tout à l'heure, je vais éviter de boire d'un trait.

— Prenez de petites gorgées, dit-il en lui ôtant ses chaussettes. Allez doucement.

Les quelques gouttes qu'elle avala diffusèrent une chaleur bienfaitrice dans sa gorge puis dans sa poitrine. Ses pieds aussi se réchauffèrent, mais grâce à Bastien qui les inspectait maintenant avec délicatesse. Ses gestes firent naître en elle un frisson de désir qu'elle s'efforça de contenir.

Contrairement à elle, il ne semblait pas troublé le moins du monde. Il effectuait consciencieusement sa tâche, se concentrant d'abord sur le talon avant d'examiner la voûte plantaire, le dos, et enfin les orteils.

— C'est doux, commenta-t-il distraitement, comme pour lui-même.

Cet instant délicieux fut interrompu par un mouvement brusque et involontaire de Shelby.

— Désolée, dit-elle. Je suis chatouilleuse.

Il s'éclaircit la voix et releva la tête.

— Vous sentez un engourdissement ou des picotements ? demanda-t-il d'un ton neutre.

— Un peu.

Il fronça les sourcils.

— Une sensation de brûlure ?

— Dans les mollets, principalement.

— Vous portez quelque chose en dessous ? demanda-t-il en montrant ses jambes.

— Pardon ? répliqua-t-elle en clignant des yeux.

— Votre legging, se hâta-t-il de préciser. Vous avez quelque chose en dessous ? Un collant thermique ?

— Euh… non. Seulement… les sous-vêtements habituels.

Elle rougit en pensant à son string en dentelle.

— Enlevez vite votre legging, ordonna-t-il en se levant. Je vais vous chercher un peignoir.

— Je ne peux pas juste le faire sécher devant le feu ? demanda-t-elle d'une voix teintée de panique. Il n'est pas tellement…

— Enlevez-le, insista-t-il avec autorité.

Puis il s'éloigna dans le couloir.

Hélas, c'était plus facile à dire qu'à faire. Le legging en similicuir qu'elle avait si aisément enfilé dans son vaste dressing de San Francisco collait maintenant à ses jambes humides.

— C'est bon ? cria Bastien depuis le couloir.

— Pas exactement ! répondit-elle. Je crois que je vais avoir besoin d'aide.

Il y eut un bref silence.

— Quel *genre* d'aide ?

Le portable de Shelby choisit ce moment précis pour sonner. En entendant la musique de la méchante sorcière dans *Le Magicien d'Oz*, elle ne put s'empêcher de jurer entre ses dents et avança en se dandinant comme un pingouin jusqu'à la table où était posé son téléphone.

— Sloan, dit-elle en décrochant. Comment vas-tu ?

— Oh ! Dieu soit loué. Ton père m'a dit qu'il essayait de te joindre depuis des heures. Nous étions *tellement* inquiets.

Shelby roula les yeux en entendant le ton mélodramatique de sa future belle-mère et attrapa sa parka, que Bastien avait mise sur le dossier d'une chaise. Quand elle l'eut enroulée autour de sa taille, elle recula en traînant les pieds et s'affala dans un fauteuil.

Bastien arriva à peine une seconde plus tard, si bien qu'elle se demanda s'il avait assisté à son numéro d'acrobatie pour le moins gênant.

— Je suis désolée de vous avoir causé du souci, répondit-elle à Sloan. Le réseau était mauvais à cause de la tempête.

Son regard rencontra celui de Bastien lorsqu'il s'approcha d'elle pour lui tendre un épais peignoir bleu nuit. Il mima le fait de se déshabiller entièrement, puis pointa le doigt vers elle et se retourna ostensiblement pour lui accorder l'intimité dont elle avait besoin.

— Excuse-moi une seconde, Sloan. Ne quitte pas, d'accord ?

Sans attendre sa réponse, Shelby posa son téléphone et enleva rapidement son pull. Quand elle fut en soutien-gorge, elle eut un moment d'hésitation. Devait-elle le garder ou non ? Les gestes de Bastien ne le lui avaient pas précisé.

Elle le regarda en se mordillant la lèvre et sentit une vague de chaleur en l'imaginant se retourner et la découvrir presque nue, seulement couverte de son ensemble orange pâle.

— Shelby ? Tu es toujours là ? demanda Sloan de son ton de mauvaise actrice.

Shelby enfila le peignoir et remit son téléphone contre son oreille.

— Excuse-moi, Sloan. Oui, je suis là.

— Mais *où* exactement ?

En entendant l'écho de sa voix et de ses talons hauts claquant sur le parquet, Shelby reconnut la résonance caractéristique de leur galerie d'art.

— Dans le Maine, répondit-elle. À Bar Harbor.

— Ça, je le sais, soupira Sloan, mais où ? Dans ta voiture ? À l'hôtel ?

Bastien approcha un repose-pieds pour s'asseoir en face de Shelby. Elle retint son souffle et répondit :

— Ni l'un ni l'autre.

Pendant ce temps, Bastien lui prit délicatement la cheville droite et fit passer la jambe de son legging sur son talon. Quand il eut fait la même chose de l'autre côté, il se releva et emporta le pantalon dans la cuisine.

— Je te pose cette question parce que j'ai dit à l'organisateur du mariage que tu le contacterais à ton retour pour te tenir au courant, mais il doit absolument te parler avant son départ pour Milan.

D'accord.

Ce n'était donc pas une inquiétude sincère qui avait provoqué ce coup de téléphone. Sloan était seulement agacée que ce voyage vienne perturber l'organisation de son mariage avec le père de Shelby.

Bastien revint avec un bac rempli d'eau qu'il posa sur le sol, à côté de Shelby. Fascinée, elle le regarda plonger une serviette dans l'eau, l'essorer et lui en envelopper le pied. Elle dut serrer les dents quand des milliers d'aiguilles lui attaquèrent la peau.

— Qu'est-ce que j'entends ? demanda Sloan.

— Du vin, mentit Shelby, ce qui lui valut un regard étonné de Bastien. En fait, je viens de me mettre à table pour dîner. Je vais devoir te laisser.

— Pourras-tu au moins appeler Fernando ? demanda Sloan d'une voix suraiguë.

— Je n'y manquerai pas.

Elle contint sa rage en entendant les politesses hypocrites de Sloan, puis raccrocha et lança son téléphone sur le canapé.

— Qui était-ce ? demanda Bastien.

— Cela dépend des moments.

— Je ne comprends pas.

— De 9 heures à 19 heures, c'est ma patronne. Le reste du temps, c'est la fiancée de mon père et la reine des enquiquineuses.

— J'en conclus que ce mariage ne vous réjouit pas ?

Elle avait toutes les peines du monde à se concentrer sur leur dialogue alors qu'il était en train de lui masser le genou.

— Disons que je serais plus à l'aise si la femme qu'il avait choisie avait un âge plus proche du sien que du mien.

— Je vois, murmura-t-il.

Il ne l'aidait pas vraiment à faire la conversation. Ses interventions étaient si laconiques qu'elle avait l'impression de devoir déchiffrer du morse.

Une gorgée du breuvage qu'il lui avait servi l'aida à se détendre. Au même moment, Bastien passa une serviette sèche sur ses jambes.

— Voilà, conclut-il. D'ici une demi-heure, vous pourrez vous asseoir près du feu.

— Combien de temps vais-je devoir rester ici ?

Il regarda par la fenêtre. Elle l'imita et constata que la neige s'accumulait derrière les carreaux.

— Votre voiture ne bougera pas avant un long moment, répondit Bastien. Et vous non plus.

3

Bastien s'était dit longtemps auparavant que s'il n'aimait pas la compagnie des gens, c'était en grande partie parce qu'il n'aimait pas entendre parler de leurs problèmes.

À genoux devant Shelby Llewellyn, il se voyait obligé de reformuler cette théorie. Ce n'était pas seulement qu'il n'aimait pas être au courant des problèmes des autres. En réalité, il ne pouvait pas s'empêcher d'être profondément affecté par leurs problèmes.

Qu'il s'agisse d'un pneu crevé ou d'un accident tragique, la moindre mauvaise nouvelle le touchait comme s'il était concerné personnellement. Dès qu'il percevait un changement de ton ou d'expression, le moindre signe dans le langage corporel de son interlocuteur, tous ses sens se mettaient en alerte.

Il n'avait pas pu ignorer la réaction de Shelby à la seconde où son portable avait sonné. Son irritation et sa nervosité s'étaient imprimées sur son visage. Heureusement, les soins qu'il lui avait dispensés leur avaient permis à tous les deux de penser à quelque chose de beaucoup plus agréable.

Car quand bien même il aurait voulu pouvoir se convaincre du contraire, il avait aimé la toucher. Sa peau douce, pâle, incroyablement lisse, lui rappelait le premier tableau de Vermeer qu'il avait vu dans un manuel scolaire en cours d'arts plastiques.

À seize ans, il était littéralement tombé amoureux de la femme lumineuse se tenant debout devant la fenêtre, au point qu'il avait secrètement arraché la page du livre pour la fourrer dans sa poche.

Un acte qui s'était révélé cruellement prophétique.

Chassant ces souvenirs de son esprit, Bastien se concentra sur l'instant présent. Cela faisait quatre ans qu'il vivait dans cette maison et jamais aucune femme n'en avait franchi le seuil. Jusqu'à aujourd'hui. Car Shelby était bel et bien là, se promenant en bavardant dans le salon, occupant l'espace que Bastien avait fait sien.

Il remarqua la manie qu'elle avait de toucher tous les objets qui attiraient son attention et se demanda si cela l'avait handicapée dans le monde de l'art, où l'expérience tactile était le plus souvent proscrite.

— Et celle-ci me fait penser à la *Vénus de Willendorf*, dit-elle.

Elle se tenait devant la bibliothèque qui couvrait le mur du sol au plafond. Son pied nu posé sur le deuxième barreau de l'échelle, elle s'accrocha d'une main pour garder l'équilibre tout en se penchant pour attraper la petite sculpture dont elle venait de parler. Sa cuisse apparut brièvement dans l'ouverture du peignoir.

Bastien détourna le regard à contrecœur et se pencha au-dessus de l'évier, prenant un temps infini pour laver le verre qu'elle avait utilisé.

— Et celle-ci ? demanda-t-elle en montrant une autre miniature. Vous l'avez faite avant ou après le lustre de l'épisode cinq ?

— Je croyais vous avoir dit de rester tranquille.

Il traversa la pièce pour lui prendre la sculpture des mains et la remettre à sa place sur l'étagère.

— Vous ne devriez vraiment pas vous agiter autant, ajouta-t-il.

Elle promena un regard étonné autour d'elle, comme si elle ne s'était pas rendu compte qu'elle était montée sur une échelle. Comme si elle n'avait pas conscience des mouvements de son propre corps.

Et des effets qu'ils produisaient sur Bastien.

Lui, malheureusement, s'en rendait bien compte, ainsi que du problème que cela représentait. Car il y avait non seulement un fossé social entre eux, mais aussi une grande différence d'âge. Shelby Llewellyn n'avait que vingt-sept ans, et lui trente-neuf.

Enfin, elle descendit de l'échelle, le libérant de l'image de ses seins qui se trouvaient à hauteur de sa bouche et qu'il devinait malgré lui sous son peignoir.

Elle n'avait fait que deux pas en direction du canapé quand elle découvrit le vieux tourne-disque et le meuble rempli de vinyles soigneusement rangés.

— Vous avez du Brahms ? J'adore Brahms ! s'exclama-t-elle. Vous voulez bien que je mette de la musique ?

— Est-ce que Brahms vous aidera à rester tranquille ?

Avec un sourire penaud, elle mit le disque sur l'appareil et s'assit enfin sur le canapé.

— Vous avez mangé quelque chose aujourd'hui ? demanda Bastien.

— J'ai pris quelques cacahuètes épicées au bar. Et ce matin, à l'aéroport, un muffin et un café.

— Je vois.

Sur ces mots, il se rendit dans la cuisine, bien content de pouvoir focaliser son attention sur une tâche importante.

— Je n'ai rien de très sophistiqué, mais je peux vous proposer des spaghettis bolognaise. Qu'en dites-vous ?

Il aurait dû se garder de poser la question.

Elle apparut derrière lui comme par magie et regarda par-dessous le bras de Bastien tandis qu'il ouvrait le placard. Il en sortit un bocal de sauce tomate, qu'il avait faite l'été dernier avec les plants de son propre jardin.

— Vous avez fait toutes ces conserves vous-même ? demanda Shelby.

— Pas toutes, admit-il.

Il devait la plus grande partie de sa collection à la gentillesse de Marlowe, la femme de Law. Lors des quelques visites qu'il avait faites à la distillerie pour participer – avec la plus grande réticence – à l'émission *Bad Boys of Booze*, il avait trouvé son coffre rempli de confitures et de conserves en tout genre préparées par sa belle-sœur. Et elles étaient plus délicieuses les unes que les autres.

— Je peux vous aider ? demanda Shelby.

— Pourquoi je savais que vous alliez me poser cette question ? marmonna-t-il.

— Parce que, au fond de vous, vous savez que je suis une personne consciencieuse et attentionnée à qui vous pouvez faire confiance pour organiser votre première exposition privée ?

Elle battit des cils de manière exagérée et comique.

— Bien essayé, répondit-il en riant. Si vous voulez vous rendre utile, asseyez-vous au bar et ne bougez plus.

— Je ne prétends pas être une grande cuisinière, dit-elle en s'installant sur un tabouret haut, mais avant mes études universitaires, j'ai passé un an à l'école Le Cordon-Bleu à Paris.

Bastien posa une planche à découper sur le bar, devant elle.

— Dans ce cas, plaisanta-t-il, je peux compter sur vous pour être habile avec un couteau.

Comme il prenait un oignon jaune dans un panier, elle tendit la main vers lui.

— Je m'en occupe.

— Si vous insistez, céda-t-il.

Elle se mit au travail.

— Vous vivez ici depuis combien de temps ? demanda-t-elle au bout de quelques instants.

— Vous faites juste la conversation ou vous l'ignorez vraiment ?

Il sortit une poêle en fonte et alluma le gaz. Après y avoir versé de l'huile d'olive, il ajouta l'oignon émincé par Shelby.

— On vous a déjà dit que vous étiez légèrement paranoïaque ? répliqua-t-elle.

— Personne n'oserait, assura-t-il avec un sourire en coin.

— Voilà ce que je vous propose : je vous dis tout ce que je sais sur vous, comme ça, vous n'aurez plus de questions à vous poser.

— À condition que je vous croie.

— Cela vous aiderait si vous m'interrogiez en premier ?

Bastien n'aimait pas parler de lui, et pourtant, la suggestion de Shelby lui paraissait tentante.

— Pourquoi voulez-vous *vraiment* exposer mes œuvres dans votre galerie ?

— Parce que mon père adore ce que vous faites et que sa fiancée lui a dit que vous n'accepteriez jamais.

C'est là que Bastien sut que Shelby lui plaisait.

En entendant cette réponse simple à une question quelque peu indiscrète, cette façon de laisser paraître sa vulnérabilité.

— C'est une bonne raison, reconnut-il.

Il s'étonna de ne pas avoir regardé l'heure depuis qu'elle était là. En général, après autant de temps passé avec quelqu'un, il en était à compter les minutes et à chercher un prétexte pour s'échapper. Il avait perdu l'habitude de faire la conversation, et pourtant, avec Shelby, cela lui paraissait naturel, voire… agréable.

La seule difficulté consistait à contenir le désir qu'elle faisait naître en lui.

Il ouvrit le réfrigérateur pour y prendre le bœuf haché qu'il avait acheté chez le boucher. Il le mit dans la poêle, avec l'oignon rissolé, et poursuivit la cuisson. Pourvu que ce repas suffise à satisfaire son corps, qui semblait soudain hurler son manque de sensations après une longue hibernation.

Derrière lui, Shelby se leva et recommença à s'agiter. Elle ne tarda pas à s'approcher avec un bocal de lentilles rouges qu'elle venait de sortir du placard.

— Qu'est-ce que vous faites ? demanda-t-il.

Elle lui prit la spatule des mains et lui fit signe de se pousser. Il la regarda, interloqué.

— Je vous promets que vous me remercierez, dit-elle en voyant sa réaction.

Elle versa dans la poêle des lentilles, de l'origan sec, quelques gouttes de sauce épicée au soja et au vinaigre et une bonne pincée de sucre brun. Puis elle goûta la sauce et prit un air concentré. En réfléchissant, elle porta l'index à sa bouche pour se tapoter les lèvres et son mouvement dévoila une partie de son sein nu.

Des images affluèrent dans l'esprit de Bastien. Il se vit entrer dans la cuisine. Y retrouver Shelby, debout devant la cuisinière. Se mettre derrière elle et la prendre par les hanches. Dénouer la ceinture de son peignoir. Glisser les mains à l'intérieur, sur sa peau nue, et caresser le bord du string en dentelle qu'il avait aperçu par accident. Explorer son ventre du bout des doigts et remonter jusqu'à ses seins. Sentir ses mamelons se contracter contre ses paumes.

Il sentit son sexe se durcir et comprit qu'il devait rapidement trouver une diversion.

— Que diriez-vous d'un peu de vin ? proposa-t-il.

— Je croyais que vous ne buviez pas, répéta-t-elle.

— Cela ne vous empêche pas de le faire.

Il se pencha pour attraper l'une des bouteilles qu'il avait reçues, faisant semblant de chercher pour se donner le temps d'apaiser ses sens.

— Ce n'est vraiment pas nécessaire, assura-t-elle. Vous n'avez pas besoin d'ouvrir une bouteille pour moi.

— Je vais en mettre un peu dans la sauce, de toute façon, donc vous me rendriez service.

Il choisit un barolo, le posa sur le bar et sortit un tire-bouchon pour l'ouvrir. Après avoir servi un verre pour Shelby, il prit une bière sans alcool dans le réfrigérateur.

Elle prit son verre, le fit tourner et huma le vin avant de le goûter.

— Il est délicieux, jugea-t-elle. Porter l'adorerait.

Porter.

Bastien n'eut qu'à entendre le prénom de cet homme pour le prendre en grippe.

Il le voyait d'ici : formé dans les plus grandes universités et propriétaire d'une maison dans les Hamptons. Peut-être même d'un yacht. Un homme passant ses vacances dans les lieux de villégiature les plus huppés du monde.

— Je suis heureux qu'il vous plaise.

La première face du disque se termina à cet instant.

— J'y vais, dit Shelby.

Elle posa son verre sur le bar et courut dans le salon pour retourner le disque. Pendant ce temps, Bastien goûta la sauce.

— Osez me dire qu'elle n'est pas meilleure que votre sauce habituelle, lança Shelby.

Elle était meilleure. C'était indéniable.

— Vous n'avez pas tort, concéda-t-il.

— C'est grâce aux lentilles. Elles apportent une douceur végétale.

— Vous m'avez converti, dit-il tout en profitant de son absence pour reprendre le contrôle de sa cuisine.

Quand ils eurent fini de dîner, elle insista pour l'aider à ranger, puis ils allèrent s'asseoir et écoutèrent le hurlement du vent qui se mêlait à la musique douce. Elle avec son deuxième verre de vin et lui avec sa deuxième bière sans alcool.

— Oh ! s'exclama-t-elle brusquement en attrapant son téléphone. J'ai failli oublier !

— Rien de grave, j'espère ?

— Je veux juste envoyer le nom de ce vin à Porter. Il suit une formation de sommelier.

C'était ridicule mais il ressentit une pointe de jalousie en la voyant sourire à son écran.

— Vous êtes ensemble depuis combien de temps ? demanda-t-il quand elle eut reposé son portable.

— Une vingtaine d'années.

— Comment est-ce possible ?

— Parce que c'est mon frère ?

Le regard perplexe qu'elle lui lança en disait long sur ce qu'il avait laissé paraître. Si bien qu'il se sentit à la fois soulagé et dépité.

— Plus âgé ou plus jeune ?

— Ni l'un ni l'autre.

Il avait l'impression que c'était lui qui avait bu deux verres de vin.

— Vous êtes jumeaux ?

— Non ! répondit-elle en riant. Porter et moi, nous avons été adoptés une fois que les deux enfants biologiques des Llewellyn étaient partis faire leurs études supérieures. Comme s'ils avaient voulu recommencer à zéro.

— Quel âge aviez-vous ? Si ce n'est pas trop indiscret.

Pour la première fois depuis le début de cette journée, il vit une ombre passer dans les yeux de Shelby.

— Sept ans, répondit-elle.

L'ampoule de la lampe posée à côté d'elle vacilla et elle promena autour d'elle un regard inquiet.

— Il ne va pas y avoir de panne d'électricité, au moins ?

En la voyant aussi angoissée, il s'interrogea mais se hâta surtout de la rassurer.

— Si cela arrive, il y a un générateur.

Elle serra son peignoir autour d'elle.

— Je sais que c'est idiot... surtout pour une femme de mon âge, mais j'ai un peu peur du noir.

— Ça va aller, promit-il. Vous n'avez rien à craindre.

Il se rendit dans la cuisine et en revint avec deux lanternes de camping, plusieurs lampes de poche, une poignée de bougies et un allume-feu.

— S'il se passe quoi que ce soit, dit-il en posant le tout sur la table basse, nous ne serons pas dans le noir.

— Ouf ! plaisanta-t-elle en se passant la main sur le front.

Juste à cet instant, les lumières s'éteignirent.

4

La panique.

Shelby avait entendu des gens la décrire comme une vague.

Pour elle, c'était toujours un tourbillon. Une force qui naissait au fond d'elle et accélérait jusqu'à ce qu'elle perde pied.

Son cœur s'emballa. Elle eut du mal à respirer. Elle se cria intérieurement de surmonter sa paralysie pour attraper une lampe de poche sur la table, en vain. Ses membres ne répondaient plus. C'est alors qu'elle devina une lueur bleue à travers ses paupières hermétiquement fermées.

Elle ouvrit les yeux.

Bastien était assis à côté d'elle et tenait une lanterne allumée.

— Tout va bien, dit-il d'une voix qu'il aurait pu prendre pour calmer un cheval effrayé. Je suis là. Je vais allumer les bougies, et ensuite j'irai mettre le générateur en marche.

Après avoir allumé toutes les sources de lumière disponibles, il s'approcha du vieux poêle pour y ajouter une bûche et du petit bois. La cage de glace qui enfermait le cœur de Shelby depuis quelques instants fondit progressivement.

— Ça va aller ? demanda Bastien.

La lumière chaude des bougies lui donnait un air encore plus royal.

Elle lui répondit d'un hochement de tête, sans doute assez peu convaincant.

— Le générateur est au sous-sol, dit-il. Vous préférez que je reste un peu avec vous ou que je descende tout de suite pour le mettre en marche ?

Soudain, l'idée d'être privée de sa présence chaleureuse et réconfortante la terrifia.

— Je ne peux pas venir avec vous ? demanda-t-elle.

— Le sous-sol n'est pas encore complètement fini et tant que je n'aurai pas remis l'électricité, vous aurez plus de lumière ici.

S'efforçant de ne pas se comporter comme une petite fille, elle lui répondit qu'il pouvait la laisser sans problème.

— Dix minutes, dit-il en n'emportant avec lui que la lanterne la moins puissante.

Mais dix minutes plus tard, il n'était pas revenu. Assise sur le canapé, raide, les yeux rivés sur son téléphone, Shelby regardait défiler les secondes en essayant de calmer sa respiration.

La panique revint, et avec elle son flot de pensées négatives. Était-il arrivé quelque chose à Bastien ? Avait-il fait une mauvaise chute ? Peut-être qu'il gisait inconscient au sous-sol ?

Sans électricité, le wi-fi était coupé, et le réseau ici était très faible.

Elle avança tout au bord du coussin, inspira profondément et saisit la seconde lanterne. Puis elle se leva et alla chercher ses chaussures à côté du poêle. Elles étaient désormais sèches et chaudes.

Brandissant la lanterne devant elle, elle suivit le chemin par lequel Bastien était parti et se trouva face à une porte ouverte donnant sur un escalier qui descendait vers un gouffre obscur.

— Bastien ? appela-t-elle depuis le haut des marches.

Pas de réponse.

Elle sentit de nouveau son cœur cogner contre sa poitrine. Ses oreilles se mirent à bourdonner.

Elle détestait les caves. Et tous les lieux sombres dont il suffisait de fermer la porte pour qu'elle se retrouve enfermée dans le noir.

Un goût de métal envahit sa bouche quand elle posa le pied sur la première marche de l'escalier.

— Bastien ? répéta-t-elle.

Comme elle n'entendait toujours rien, elle se força à faire un pas après l'autre. Elle était arrivée à la moitié de l'escalier quand une ampoule accrochée au-dessus d'elle s'alluma faiblement. Puis elle entendit un vrombissement et la lumière se fit plus forte. Bastien arriva à cet instant.

Il se figea en la voyant et porta la main à son cœur.

— Mais qu'est-ce que vous faites ici ? s'exclama-t-il.

Shelby avait la gorge tellement nouée qu'elle eut du mal à répondre.

— Vous aviez dit dix minutes. Cela fait un quart d'heure.

Elle cligna des yeux pour retenir les larmes qu'elle sentait arriver.

Sans l'avoir voulu, elle venait de lui en dire long sur elle-même. Elle le devina en voyant son visage s'adoucir.

Elle frissonna et se retourna sans un mot de plus pour remonter au rez-de-chaussée, dans la chaleur du salon.

La lumière des lampes était revenue mais à une moindre intensité, ce qui donnait presque une atmosphère romantique à la pièce. Shelby posa la lanterne sur la table basse et se remit sur le canapé, en se tournant vers le poêle.

Au lieu de se réinstaller dans le même fauteuil que tout à l'heure, Bastien vint s'asseoir à côté d'elle. Il ne fit pas un geste pour la toucher ou la réconforter. Il ne parla pas. Mais ce silence et cette attitude incitèrent Shelby à se livrer.

— Avant que les Llewellyn m'adoptent, raconta-t-elle, j'ai été placée dans des familles d'accueil.

— Pendant combien de temps ?

— Trois ans.

Ne tenant pas à en dire davantage sur cette période, elle en vint tout de suite au fait :

— Dans l'une des dernières maisons où j'ai vécu, un garçon plus grand que moi m'a enfermée dans un placard pour rire, et il m'a oubliée. Cela n'a duré que deux heures, mais...

— Deux heures ?

Son exclamation la fit sursauter. Il ajouta plus doucement, mais avec le même air scandalisé :

— Où étaient donc les assistants familiaux quand c'est arrivé ?

— Le père de famille était au travail et la mère était sortie faire des courses. Les enfants les plus âgés étaient chargés de veiller sur nous quand elle s'absentait.

— Vous lui avez dit ce qui s'était passé quand elle est rentrée ?

— Je n'ai pas eu besoin de le faire. C'est elle qui m'a trouvée. Ce n'était vraiment pas un drame…

— Bien sûr que si. On ne devrait pas confier des enfants à des gens aussi irresponsables.

— Ils faisaient ce qu'ils pouvaient. Et c'était beaucoup plus que ce que certaines personnes font pour des enfants qui n'ont nulle part où aller. Savez-vous combien de ces enfants ne découvrent jamais ce que c'est que de grandir au sein d'une famille ?

— Il y a des familles dans lesquelles personne ne devrait avoir à grandir, répliqua-t-il d'un ton grave.

Elle vit les flammes du poêle se refléter dans ses yeux. Ses traits s'étaient durcis d'un coup et il avait les poings serrés sur ses genoux. En les regardant, elle remarqua une marque foncée sur l'une de ses phalanges.

— Vous vous êtes fait mal ? demanda-t-elle en s'approchant de lui.

Il cligna des yeux et sembla revenir d'un territoire lointain.

— Je me suis écorché en fouillant dans la caisse à outils. La porte de la pièce dans laquelle est installé le générateur était coincée.

— Je devrais vous mettre un pansement.

— Inutile, grommela-t-il. Ce n'est pas profond.

— Ce n'est pas inutile du tout. Je parie que vous n'avez pas fait votre rappel de vaccin contre le tétanos récemment. La plaie pourrait s'infecter, et vu l'isolement dans lequel vous vivez, je tiens à ce que vous puissiez vous servir de vos deux mains.

Il esquissa un sourire en coin qui la fit fondre sur place.

Elle devint écarlate en se rendant compte de ce qu'elle venait de dire.

— Ne bougez pas, dit-elle précipitamment.

Elle se leva. Mais elle n'avait pas la moindre idée de l'endroit où il rangeait sa trousse à pharmacie.

— Dans la salle de bains, dans le tiroir à droite du lavabo, dit-il d'un ton amusé.

Shelby enleva ses chaussures et alla chercher la boîte de pansements, qu'elle trouva à l'endroit indiqué.

De retour dans le salon, elle se rassit à côté de lui et prit sa main blessée pour la poser sur sa cuisse. Elle sentit aussitôt sa chaleur et sa force à travers le tissu du peignoir.

La coupure était superficielle mais Shelby prit tout de même soin de la laver et de la désinfecter avant de la couvrir d'un pansement.

— Voilà, vous êtes comme neuf, conclut-elle.

Le contact de sa main lui manqua dès qu'il la leva pour examiner son travail.

— Eh bien, dit-il, si un jour vous en avez assez de votre galerie d'art, je connais au moins un métier dans lequel vous excelleriez.

— Infirmière scolaire ?

— Je pensais à mannequin de vêtements d'intérieur, mais pourquoi pas.

Elle lui répondit par un rire moqueur avant de demander :

— À ce sujet, vous pensez que je pourrais vous emprunter une tenue pour dormir ?

— Bien sûr.

Il se leva et monta l'escalier en spirale qui menait à l'étage. Il alluma une lumière qui projeta un rond doré sur le plafond, puis revint un instant plus tard avec une pile de vêtements soigneusement pliés ainsi qu'un oreiller et une couverture.

— Les habits sont pour vous, dit-il. L'oreiller et la couverture pour moi. Je dormirai ici et vous pourrez prendre le lit en haut.

— Il n'en est pas question. Je ne vais pas occuper votre lit et vous faire dormir sur un canapé.

— Vous ne me *faites* rien faire. C'est moi qui vous le propose.

— Je vous en remercie, mais je préfère dormir sur le canapé.

— Alors vous dormirez sur moi.

Il illustra ses propos en s'étendant de tout son long. Il était l'image même de la tentation, avec ce corps d'athlète et ce sourire irrésistible.

Ils se défièrent du regard.

— Puisque vous y tenez, dit-elle finalement.

Posant les doigts sur la ceinture de son peignoir, elle tira doucement sur les boucles pour la dénouer. Elle dut se retenir de rire en voyant l'inquiétude dans son regard.

— Mais qu'est-ce que vous faites ?

— Je me change, répondit-elle calmement.

— Vous n'allez pas faire ça ici.

— Non ?

Elle finit de défaire le nœud. Seules ses mains tenaient son peignoir fermé à présent.

— Je ne partirai pas, déclara-t-il.

— Moi non plus.

Ils continuaient à se regarder fixement, comme s'ils étaient sur le point de se battre en duel. Elle bougea les mains.

— Je vais le faire, prévint-elle.

— Allez-y.

Il mit les mains derrière la tête pour s'appuyer dessus et afficha un petit sourire suffisant. Il paraissait bien détendu tout à coup.

Il ne la croyait donc pas ?

C'était cela, il pensait qu'elle n'avait pas assez de cran pour aller au bout.

Ce n'était pas le premier. Elle avait déjà remarqué qu'elle donnait l'image d'une femme au caractère modéré, avec des objectifs et des ambitions modérés. Une femme sur qui on pouvait compter pour n'être jamais choquante, ni provocatrice, ni dérangeante.

Et elle en avait plus qu'assez. Elle voulait qu'on la voie. Qu'on l'entende. Qu'on la connaisse.

Les yeux toujours rivés sur ceux de Bastien, elle lâcha le peignoir qui s'ouvrit sur son corps presque nu. Puis, d'un mouvement d'épaules, elle s'en débarrassa et le laissa glisser jusqu'au sol.

Les pupilles de Bastien se dilatèrent. Son regard alla de la bouche de Shelby à ses seins, puis de ses seins à son ventre, avant de descendre plus bas.

Elle l'entendit respirer plus fort. Puis il murmura d'une voix rauque :

— Venez ici.

5

Bastien avait été persuadé que Shelby bluffait.

Finalement, c'était elle qui l'avait pris au mot.

Il avait compté sur son visage marqué par les nombreuses rixes qui avaient ponctué sa jeunesse pour la faire fuir. La renvoyer dans le cocon d'une vie protégée, aussi loin de lui que possible.

À l'époque où il avait encore espéré trouver quelqu'un avec qui partager sa vie, il avait lutté pour faire oublier son apparence et prouver par sa conversation et son langage corporel qu'il ne fallait pas avoir peur de lui.

Ce qui n'avait pas toujours été vrai, loin de là. Autrefois, il n'avait pas hésité à se salir les mains ou s'abîmer les phalanges autant que nécessaire, jusqu'à représenter une menace pour les autres.

Ce soir, sa phalange écorchée avait été soignée. Et à présent, Shelby Llewellyn se tenait debout devant lui, nue à l'exception d'un petit morceau de dentelle, et lui adressait un sourire plein d'attente aussi doux et prometteur qu'un cadeau de Noël.

Cela n'avait aucun sens.

Il se leva et se mit debout face à elle, ne cherchant plus à dissimuler leur différence de taille et de carrure. Une ultime tentative de la faire fuir.

Elle ne bougea pas.

Lui non plus.

Il ne put s'empêcher de dévorer du regard chaque parcelle de son corps. D'où qu'il la contemple, elle était tout simplement sublime.

Voyant la pointe du crayon qui sortait de son épais chignon, il tira doucement dessus, libérant une cascade dorée. Le vent et l'humidité avaient transformé ses boucles parfaites en une crinière ondulée et sauvage.

— C'est une catastrophe, dit-elle. Ne regardez pas.

Il se pencha pour lui murmurer au creux de l'oreille :

— Je croyais que vous vouliez que je regarde.

— Oui, répondit-elle. Et… que vous touchiez, si vous en avez envie.

S'il en avait envie ? Avait-elle perdu la raison ?

Il fit voleter ses mains à quelques centimètres de ses longs cheveux blonds. Puis, fermant les yeux, il s'autorisa à y enfouir les doigts pour les peigner. Un frisson la parcourut alors et ses mamelons se contractèrent.

C'était tout ce qu'il pouvait se permettre, malgré le désir qui le dévorait. Le désir de découvrir le goût de sa peau et de ses lèvres, de sentir la chaleur et le poids de son corps contre lui.

— J'ai une idée, dit-il d'une voix que l'excitation avait rendue rauque.

— Laquelle ?

— Je voudrais vous dessiner.

— Moi ? demanda-t-elle en éclatant de rire.

— Oui, vous.

Elle reprit son sérieux.

— Allongez-vous ici, dit-il en lui montrant le canapé.

Elle commença par s'asseoir, puis leva les jambes pour les étendre sur le côté tout en s'adossant contre les coussins. Le crayon toujours à la main, Bastien alla chercher ses fusains et son bloc à dessin. Puis il s'installa sur une chaise, face au canapé, et se mit au travail.

Sa main se mit en mouvement presque par elle-même, comme s'il n'avait pas besoin de la guider pour remplir la page blanche. Les traits apparurent l'un après l'autre, jusqu'au moment où Shelby prit forme sur le papier. Ses hanches, ses cuisses. Et surtout son visage.

Pour Bastien, le visage avait toujours été la partie du corps la plus passionnante à saisir.

— Où avez-vous appris à faire ça ? demanda Shelby d'un air rêveur.

Il s'interrompit un instant, perturbé par l'impression qu'elle venait de lire dans ses pensées.

— Je ne suis pas certain de savoir vraiment le faire, répondit-il.

— Mais dites-moi quand même.

— M. Millar. Mon professeur d'arts plastiques au lycée.

Cela faisait une éternité qu'il ne s'était pas autorisé à repenser à ce vieil homme excentrique.

— A-t-il vu vos sculptures ? demanda-t-elle innocemment. Il doit être incroyablement fier de vous.

Il n'aurait pas eu aussi mal si elle avait pris une hachette pour la planter dans son cœur et l'en sortir.

— Il est mort pendant que j'étais en prison.

Il crut que ses mots allaient transformer son regard doux et endormi, mais il n'en fut rien. S'efforçant de surmonter son émotion, il se concentra sur la ligne délicate de son oreille.

— Eh bien, répondit-elle, je parie qu'il serait fier de vous s'il voyait ce que vous faites aujourd'hui.

— J'en doute. Je lui ai volé sa voiture.

Cette fois, sa remarque provoqua un changement chez elle.

— C'est vrai ? demanda-t-elle avec stupeur.

— Oui. Zap, mon père, était furieux que je m'absente aussi souvent. J'allais aux cours du soir de M. Millar, ainsi qu'aux ateliers gratuits qu'il organisait chez lui. Si bien qu'un jour, Zap a décidé qu'il était temps pour moi de prouver ma loyauté envers lui en volant la voiture de M. Millar.

Elle écarquilla les yeux.

— Qu'avez-vous fait ?

— J'ai commencé par refuser, répondit-il, mais mon père savait se montrer convaincant.

En l'occurrence, Zap avait dit à Bastien que s'il ne le faisait pas, il enverrait Augustin à sa place. Un élément de ce triste épisode que Bastien avait gardé pour lui.

— Je me sentais tellement mal que je me suis soûlé autant que j'ai pu avant de passer à l'acte. M. Millar a bien cherché les mots pour me dissuader, mais… j'ai pris ses clés et je suis parti. Il n'a même pas essayé de m'en empêcher.

Sans savoir pourquoi il lui racontait tout cela, il continuait, désormais incapable de s'arrêter.

— Je me suis dit que si je me servais de la voiture pour foncer dans un guichet automatique, je pourrais peut-être prendre l'argent et m'enfuir aussi loin que possible. Au lieu de cela, je me suis ouvert le crâne contre le tableau de bord et j'ai perdu connaissance. De sorte que la police n'a pas eu de mal à me retrouver.

Shelby était assise, la main plaquée sur la bouche.

— Bastien, murmura-t-elle. Je suis désolée.

— Désolée ? répéta-t-il avec un rire amer. Pourquoi devriez-vous être désolée ?

— Je suis désolée que vous ayez eu un père capable de vous mettre dans cette situation.

Quelque chose se brisa soudain en lui. Il lâcha son bloc et son fusain et se prit la tête dans les mains. Lorsqu'une main chaude se posa sur sa cuisse, il sursauta et vit Shelby à genoux devant lui.

— Non, dit-il d'une voix trop brusque. S'il vous plaît, ne faites pas ça.

Elle acquiesça et lui sourit.

Comme si elle se souvenait tout à coup qu'elle était presque nue, elle attrapa la couverture et l'enroula autour de ses épaules. Puis elle se pencha pour prendre le bloc à dessin.

— Je peux regarder ? demanda-t-elle.

— Je tiens d'abord à vous rappeler que je n'avais pas fait cela depuis très, très longtemps.

Il guetta sa réaction avec anxiété.

— C'est… superbe, dit-elle.

— *Vous* êtes superbe.

Elle émit un rire moqueur et leva les yeux au ciel.

— Je me contente très bien d'être mignonne, voire adorable. Comme n'importe quelle fille de mon quartier.

Il saisit cette occasion d'écarter la tension qui montait entre eux.

— Peut-on vraiment considérer comme un quartier l'endroit où vous habitez ? demanda-t-il avec humour.

— Étant donné que la propriété de mon père comporte six bâtiments séparés, oui, je pense qu'on peut dire ça, plaisanta-t-elle.

— Votre père était marié quand il vous a adoptée ? demanda-t-il en se souvenant qu'elle avait mentionné *les* Llewellyn un peu plus tôt.

Elle retourna s'asseoir sur le canapé en prenant le dessin avec elle.

— Oui, avec Grace, répondit-elle. Ma mère adoptive. Elle est morte il y a un an.

— Et votre père est déjà fiancé ?

— Eh oui. Sloan n'est pas une mauvaise personne, mais elle semble jouer un jeu étrange avec moi, comme si nous étions en concurrence. Il doit y avoir une explication.

Il était subjugué par son humanité, par sa capacité à se montrer aussi indulgente face à une femme qui, manifestement, ne lui rendait pas la vie facile. Au lieu de s'en prendre à elle, elle cherchait à la comprendre.

— J'accepte, dit-il.

Elle leva les yeux du dessin qu'elle avait sur les genoux.

— Quoi donc ?

— L'exposition à la galerie de votre père.

— C'est vrai ? s'exclama-t-elle d'un ton incrédule.

Il savait déjà qu'il allait le regretter, comme à chaque fois qu'il répondait aux sollicitations du monde extérieur.

— C'est vrai, confirma-t-il.

Sans qu'il ait eu le temps de réagir, elle se jeta à son cou en le remerciant. Puis elle s'écarta, un tout petit peu trop lentement.

Leurs visages se rapprochèrent l'un de l'autre, attirés comme des aimants.

Cette proximité enivra Bastien bien plus que s'il avait bu une bouteille d'alcool. Il était grisé par la tempête. Par les mots de Shelby. Par les courbes gracieuses de son corps qu'il avait dessinées sans effort.

Leurs bouches s'effleurèrent à peine.

Puis elles revinrent l'une vers l'autre et se découvrirent sans réserve, avec une confiance et une générosité que Bastien n'avait jamais connues auparavant. Il sentait Shelby s'offrir à lui dans toute sa douceur et toute sa chaleur.

La couverture glissa de ses épaules et elle se trouva nue dans ses bras, les seins plaqués contre son torse. Il posa alors les mains dans le bas de son dos et remonta le long de sa colonne vertébrale. Après être passé par-dessus ses épaules, il redescendit vers son ventre, effleurant ses mamelons au passage. Elle gémit en l'embrassant de plus belle et pressa les doigts contre son érection.

S'il n'arrêtait pas tout de suite, il allait perdre le contrôle.

Rassemblant toutes ses forces, il abandonna sa bouche et la fit se rasseoir sur le canapé. Puis il remit la couverture autour d'elle de peur que la tentation lui fasse perdre toute volonté.

Elle leva vers lui un regard plein d'interrogation.

— Il y a un problème ? demanda-t-elle avec un air blessé.

— Vous avez gagné. Vous dormirez ici au coin du feu, et moi en haut.

— Mais je ne comprends pas...

— Je crois que nous avons tous les deux besoin de repos.

Malgré le manque de conviction évident dont il faisait preuve, elle le laissa partir sans insister.

Il se traîna jusqu'à l'étage et s'enferma dans sa chambre.

Mais le repos ne vint pas.

Il lutta toute la nuit avec sa couette et ne trouva le sommeil qu'au petit matin. En se réveillant, il était si excité qu'il alla tout droit prendre une douche froide.

Sous le jet d'eau, il se promit d'avaler son orgueil et d'appeler le shérif Dawkins pour qu'il vienne l'aider à sortir la voiture de Shelby du fossé.

Pourquoi diable avait-il accepté de faire cette exposition ? Quel imbécile !

Mais il n'avait rien signé. Après une nuit de réflexion, elle allait peut-être prendre conscience comme lui qu'il valait mieux pour eux ne jamais se revoir, quel que soit le contexte.

Plein de sang-froid et de détermination, il descendit l'escalier dans l'intention de se débarrasser poliment de Shelby Llewellyn.

Mais quand il arriva au rez-de-chaussée, elle était déjà partie.

6

Faisant partie des rares personnes qui préféraient Halloween à Noël, Shelby n'avait jamais été sensible à ce que certains qualifiaient d'« hiver enchanté ».

En se promenant sur la propriété de Bastien Renaud juste après le lever du soleil, elle constatait à quel point elle avait eu tort. La glace transformait les arbres en sculptures cristallines d'une bouleversante délicatesse. Le manteau blanc qui couvrait le paysage créait une atmosphère de pureté, célébrée par le chœur enchanteur des oiseaux. Lorsque des cardinaux rouges surgirent brusquement d'un arbre, elle se figea et les regarda s'envoler, subjuguée par la beauté de la nature.

C'est alors qu'elle se rendit compte qu'elle n'était plus seule.

Bastien se tenait à quelques pas d'elle, immobile, les sourcils froncés. Compte tenu de ce qui s'était passé entre eux la veille, ce n'était pas de bon augure.

— Vous êtes levé, dit-elle avec une gaieté exagérée.

— Après les événements d'hier, vous êtes sortie seule sans même laisser un mot ?

— Je ne suis pas allée loin. Je voulais juste écouter les oiseaux. De toute façon, la neige s'est arrêtée de tomber.

Alors qu'elle prononçait ces mots, des flocons gros comme des plumes de colombe se mirent à flotter dans l'air.

— Vous auriez pu tomber dans une congère et je ne vous aurais pas retrouvée avant le dégel. Nous ne sommes pas dans un film Disney.

Elle savait qu'il avait raison, et pour être honnête, sa promenade matinale avait été motivée par autre chose que le chant des oiseaux. Elle s'était réveillée sur le canapé avec l'esprit encombré par un sentiment de rejet et de confusion. Bastien l'avait accueillie chez lui à contrecœur et malgré toute la volonté du monde, elle n'arrivait pas à se convaincre qu'elle s'en moquait.

D'accord, elle n'aurait pas dû sortir. Mais elle s'était sentie incapable de rester à l'endroit où, la veille, il l'avait regardée, dessinée, embrassée… et abandonnée. Depuis son réveil, elle ressassait sa colère contre lui. Et maintenant, elle était encore plus énervée de constater qu'il était aussi beau ce matin qu'hier soir.

— Venez, dit-il en lui faisant signe de retourner vers la maison. Je vous ramène à l'intérieur.

Elle eut d'abord envie de refuser, mais un gargouillement de son estomac et un besoin urgent de café la firent céder.

— Marchez dans mes traces de pas, lui enjoignit Bastien.

Elle dut reconnaître que cela lui simplifiait grandement la tâche. Même si elle eût préféré pouvoir dire le contraire.

— Vous pensez que quelqu'un pourra venir me dépanner aujourd'hui ? demanda-t-elle. Il y a un avion à 16 h 30 pour San Francisco et…

Bastien s'arrêta net. Si elle l'avait suivi d'un peu plus près, elle lui aurait foncé dedans. Il écarta aussitôt les bras, comme s'il voulait lui bloquer le passage.

Elle comprit pourquoi en voyant une forme sombre au milieu du paysage immaculé.

Une forme sombre qui *bougeait*.

Un ours. Vivant. Qui se trouvait à une dizaine de mètres d'eux.

— Ils ne sont pas censés hiberner ? chuchota-t-elle.

— Si.

— Vous ne devriez pas agiter les bras ou crier quelque chose ? C'est ce qu'ils font dans les émissions de survie.

Bastien avança de quelques pas.

— Bon sang, Ben, ça ne va pas recommencer ! s'exclama-t-il.

L'ours leva sa grosse tête et son souffle chaud forma des petits nuages dans l'air froid.

— Euh, vous êtes sûr que c'est une bonne idée ? demanda-t-elle. Ce n'est pas vous qui venez de me dire que nous n'étions pas chez Disney ?

— Étant donné que le réchauffement climatique est la raison pour laquelle les ours n'hibernent plus comme avant, je vous le confirme, en effet. Je n'ai pas souvenir d'avoir vu ce sujet mentionné dans un film Disney.

— Vous voulez dire que vous les regardez ?

Il lui lança un regard sévère.

— Vous pensez vraiment que c'est le moment d'avoir cette conversation ? rétorqua-t-il.

— Vu que vous lui avez donné un prénom, je vous le confirme, en effet.

Bastien poussa un soupir exaspéré avant de répondre :

— Il s'est réveillé trop tôt au printemps dernier et est entré dans mon chalet pendant que j'étais à Saskatchewan pour livrer une sculpture. À mon retour, je l'ai trouvé évanoui sur la terrasse.

— Vous êtes sûr que vous n'êtes pas Boucle d'Or ? s'amusa-t-elle en croisant les bras sur le manteau qu'elle lui avait emprunté.

— C'est Boucle d'Or qui s'est invitée chez les ours, pas l'inverse.

Quand Ben commença à se frotter contre le tronc d'un bouleau, Bastien tourna les yeux en direction de la maison.

Lentement, faisant un pas après l'autre, il s'écarta de l'ours et Shelby l'imita, jusqu'à ce qu'ils soient tous les deux sur le perron, à l'abri du danger. Quand ils eurent franchi le seuil, Shelby laissa échapper un soupir de soulagement. Elle regarda la porte et remarqua les nombreux verrous vissés dessus.

— Je vois que vous avez pris des mesures anti-Ben depuis l'année dernière, s'amusa-t-elle.

— Je suis pour la coexistence pacifique.

Il laissa ses chaussures dans l'entrée et se rendit dans la cuisine. Sur le bar se trouvait sans doute la machine à expressos la plus chère et la plus complexe que Shelby ait jamais vue. C'était l'une des contradictions aussi nombreuses que séduisantes qui semblaient constituer le mode de vie de Bastien. Elle était tentée d'appeler cela un minimalisme de luxe.

Il bougea des manettes et appuya sur des boutons, et bientôt, la machine émit un bruit doux et une odeur divine se répandit dans la pièce. Il remplit une tasse dans laquelle il ajouta du lait chaud et du sucre brun. Shelby l'accepta avec gratitude et retint tout juste un gémissement de plaisir en dégustant sa première gorgée.

— Je vais nous préparer un petit déjeuner.

Elle le vit de dos casser des œufs dans un bol, les battre et y ajouter de la farine, de la levure chimique et les ingrédients d'une pâte à pancakes.

— Quand nous aurons fini, reprit-il, j'essaierai de faire venir le shérif Dawkins pour qu'il sorte votre voiture du fossé.

— Merci, répondit-elle avec un nœud dans la gorge.

Elle n'avait pas perdu la raison au point de s'attendre à ce qu'il lui propose de rester plus longtemps que nécessaire, malgré le baiser dont elle avait encore le goût sur les lèvres. Mais elle ne pouvait s'empêcher d'être déçue.

Apparemment, quelle que soit la nature de la fièvre qui s'était emparée d'eux la veille, il en était parfaitement remis. C'était sans doute mieux ainsi. De toute façon, elle devait rentrer à San Francisco.

À son réveil, elle avait entendu le chant des oiseaux, mais aussi la sonnerie de son portable. Un appel de son père. Il se levait toujours tôt, mais surtout le mercredi, le jour où il jouait au golf et était debout dès 4 heures du matin. Ce qui expliquait qu'il l'ait appelée à son réveil à elle, malgré le décalage horaire qui les séparait. Elle avait été tentée de faire comme si elle n'avait pas de réseau et de laisser sa messagerie répondre à sa place. Mais elle savait que plus elle éviterait ses coups de fil, plus la conversation serait tendue quand ils se parleraient enfin.

Elle avait décroché et leur échange n'avait pas été agréable.

Au début, comme toujours, il avait pris de ses nouvelles, puis il l'avait écoutée patiemment pendant qu'elle lui faisait part des événements qui l'avaient conduite à manquer son vol retour. Le long silence qui avait suivi lui avait fait appréhender la suite, à juste titre.

« Sloan m'a dit que tu n'avais pas rappelé Fernando hier soir. »

En entendant le ton sévère de son père, elle s'était remémoré l'époque où sa voix chaude et puissante avait représenté pour elle un amour et un soutien indéfectibles. L'époque où cette voix lui avait systématiquement réchauffé le cœur.

Désormais elle lui donnait une sensation de froid et de distance.

« Je suis désolée, avait-elle répondu. Tout s'est bousculé à cause de la tempête. Je te promets de l'appeler dès que nous aurons raccroché. Enfin, à une heure décente pour la côte Ouest. »

Il avait laissé passer une autre pause avant de lui dire :

« Tu sais combien c'est important pour moi. »

Elle avait senti son cœur se serrer. Pour rien au monde elle n'aurait voulu aller contre le bonheur de son père. Ce qu'elle ne comprenait pas, c'était qu'il l'ait trouvé avec une femme comme Sloan.

La seule mère que Shelby ait jamais connue avait succombé après une affreuse et longue lutte contre le cancer. Toute la famille avait eu du mal à se relever de cette épreuve, et si le père de Shelby avait rencontré Sloan seulement trois mois après la mort de sa femme, elle ne pouvait s'en prendre qu'à elle-même. C'était arrivé parce qu'il avait voulu acheter une galerie d'art et faire de Shelby sa copropriétaire.

C'est là que Sloan était entrée en jeu.

« Oui, papa, je le sais.

— Tu m'appelleras quand tu auras parlé avec lui ? »

Sa question prouvait qu'il ne lui faisait pas confiance.

« Oui, papa.

— Tu es sûre que tu ne veux pas que je t'envoie un avion privé à l'aéroport de Bangor ?

— J'en suis sûre, merci. »

Même si c'était arrivé à maintes reprises, Shelby ne pouvait s'habituer à l'idée qu'un avion fasse tout un voyage uniquement pour elle.

Le bruit de la porte du réfrigérateur la tira de sa rêverie.

— Vous n'avez vraiment pas besoin de vous donner tant de mal, dit-elle à Bastien. D'autant plus que je suis censée faire attention à ce que je mange. Contrairement à ce que pouvait laisser penser ma performance lors du dîner d'hier, je dois rentrer dans ma robe dans deux mois et je ne pense pas qu'une pile de pancakes m'y aidera.

— Je suis sûr que nous allons les brûler dans la journée, répondit-il en séparant des tranches de bacon.

Shelby se figea, sa tasse de café à quelques centimètres de sa bouche.

— Ce ne sera pas une mince affaire de sortir cette voiture du fossé, ajouta-t-il en voyant sa réaction.

Elle crut apercevoir l'esquisse d'un sourire sur ses lèvres.

Ces lèvres qui l'avaient si bien...

Embrassée ? Ce mot ne rendait pas justice à ce qu'elle avait vécu hier et qui ne ressemblait en rien à ce qu'elle avait connu avec Grant, son seul véritable ex-petit ami – puisque son père avait terrorisé tous les autres au point de les faire fuir.

Non, Bastien ne l'avait pas embrassée.

Il l'avait *consumée.*

Elle croyait sentir encore sa bouche sur la sienne et ses doigts rugueux sur son dos. Sur ses seins.

Cette pensée suffit à la faire frissonner. En sentant ses mamelons se tendre sous le T-shirt qu'elle lui avait emprunté pour la nuit, elle décida de ne pas chercher à les dissimuler et vit avec satisfaction qu'ils attiraient le regard de Bastien. Il se détourna aussitôt et s'éclaircit la voix en se concentrant sur la préparation du repas.

Quelques instants plus tard, il posait devant elle une assiette incroyablement appétissante. Elle aurait été incapable de choisir entre le beurre fermier, le sirop d'érable, les œufs brouillés cuits à la perfection et le bacon grillé. Quand elle eut fini, elle se redressa et lui demanda :

— Vous mangez cela tous les matins ?

— Pas tous les matins, répondit-il en buvant une gorgée de café. Il m'arrive de prendre mon petit déjeuner en ville.

— J'aimerais avoir votre métabolisme...

Il contracta les mâchoires et rétorqua :

— Je ne vois pas en quoi votre métabolisme peut vous poser problème.

— Regardez votre dessin à la lumière du jour et nous en reparlerons, dit-elle d'un ton sarcastique.

Il posa sa tasse assez brusquement pour faire tressauter les couverts sur la table. Puis il se leva et se dirigea vers le salon.

— Je plaisantais ! dit-elle en le suivant d'un pas précipité, ses chaussettes glissant sur le parquet.

La perspective de le voir examiner son corps nu sur le papier l'emplit soudain de terreur.

— J'ai tendance à tout prendre au premier degré, rétorqua-t-il.

Il prit son bloc à dessin sur la table basse. Voilà, elle était entre ses mains, sous ses yeux, à cause de ce qu'elle avait dit. Si seulement elle avait réfléchi avant de parler...

Elle rougit en voyant le feu dans son regard.

— Regardez ça, murmura-t-il en suivant les lignes du dessin avec son index.

— Quoi, *ça* ?

— Regardez comme vous êtes bien proportionnée, dit-il en parcourant sa taille, sa cage thoracique et le contour de ses seins. Une perfection.

Elle sentit ses joues virer à l'écarlate.

— C'est juste la manière dont vous m'avez dessinée, assura-t-elle. Ce n'est pas *vraiment* moi. Vous m'avez représentée de façon flatteuse parce que vous savez que je manque d'assurance. Les artistes qui vendent leurs services au pied du Sacré-Cœur, à Paris, font la même chose. Personne ne paierait un centime pour un portrait de soi fidèle à la réalité.

Il se tourna vers elle et la dévisagea d'un regard brûlant.

— Vraiment ? C'est ce que j'ai fait ? demanda-t-il.

Elle s'éclaircit la voix pour masquer son trouble.

— C'est ainsi que je le vois.

Il posa son carnet et prit Shelby par la main.

— Venez avec moi, lui enjoignit-il.

— Où ?

Comme il l'entraînait vers l'escalier, la réponse semblait pourtant évidente.

— Je veux vous montrer quelque chose.

Il l'emmena à l'étage, dans une chambre meublée avec le même charme que la pièce à vivre. Plaçant les mains sur les épaules de Shelby, il la mit face à un miroir en pied. À peine avait-elle vu le reflet de ses cheveux en désordre qu'elle voulut se détourner, mais la muraille que formait le corps de Bastien l'empêcha de s'en aller.

— Faites-moi plaisir, insista-t-il.

Il prit l'élastique qu'elle avait au poignet et s'en servit pour lui faire une queue-de-cheval.

— Vous voyez comme cette courbe répond à celle-ci ? demanda-t-il.

En disant ces mots, il passa l'index le long de son cou et utilisa son autre main pour cintrer le T-shirt qu'elle portait afin de faire apparaître son buste.

Elle répondit par un grommellement inarticulé.

— Et ici, poursuivit-il en lui prenant la hanche.

— Oui, oui, bien sûr, marmonna-t-elle.

Sa réponse n'avait pas dû le satisfaire car il ne la lâcha pas.

— Avez-vous la moindre idée du nombre d'artistes qui se seraient volontiers entretués pour avoir la chance de vous peindre ?

Elle rencontra son regard dans la glace.

— Non, répondit-elle, et franchement je suis soulagée car je détesterais avoir tous ces morts sur la conscience.

Pendant le silence qui suivit, elle sentit son cœur battre si fort qu'elle se demanda si Bastien allait finir par l'entendre. Pourquoi continuait-il à tirer sur son T-shirt ? Et pourquoi n'avait-elle pas pris le temps d'enfiler son soutien-gorge ce matin après sa douche ?

Hier soir, le vin et la tempête l'avaient rendue audacieuse. Ce matin, elle était paralysée. Incapable d'exprimer son désir alors qu'il envahissait tout son corps.

— Vous êtes sublime, Shelby. Acceptez-le.

— Alors pourquoi vous n'aviez pas envie de moi hier soir ?

Trop tard… Elle ne pouvait plus retirer sa question.

Bastien l'attira vers l'arrière et mit son bassin contre elle. Il n'y avait pas de doute, c'était son érection qu'elle sentait à travers le bas de survêtement qu'elle portait.

— Vous avez besoin que je vous donne une explication, peut-être ? susurra-t-il au creux de son oreille.

— J'aimerais bien, oui.

— Je suis un ancien détenu, issu d'une famille de contrebandiers notoires, dont l'histoire sordide a été étalée devant les yeux du monde entier. S'il y a une chose dont je n'ai pas besoin, c'est bien que l'un des hommes les plus riches du pays pense que j'ai profité de sa jeune et belle fille pendant qu'elle était à ma merci à cause du blizzard.

— Que vous n'ayez pas envie de moi, c'est une chose, mais j'aimerais mieux être rejetée pour ce que je suis ou ce que je ne suis pas et non parce que vous considérez que j'appartiens à Gerald Llewellyn.

Il serra les doigts sur sa hanche et pressa son sexe durci contre le bas de son dos.

— Bien sûr que j'ai envie de vous, dit-il dans un souffle.

— Mais… Vous êtes parti. Vous avez dit que nous avions besoin de repos…

— Je ne voulais pas que vous fassiez quelque chose que vous regretteriez ensuite.

Il glissa les doigts sous son T-shirt et lui caressa le ventre.

Il attendait.

C'était à elle de prendre une décision à présent. L'attitude de Bastien était très claire. Elle n'avait qu'un mot à dire pour qu'il s'écarte et la laisse tranquille. Il appellerait le shérif et elle pourrait s'envoler pour la Californie d'ici quelques heures.

Elle le reverrait là-bas, puisqu'il lui avait donné son accord pour l'exposition. C'était le genre d'homme à tenir parole, elle n'en doutait pas. Mais s'ils allaient plus loin…

Est-ce que cela remettrait tout en question ?

Cette exposition était si importante pour elle ! Si elle échouait, Sloan s'en servirait sans aucun doute contre elle.

— Je ne pourrais rien regretter avec toi, Bastien.

Le soupir rauque qu'elle entendit la fit vaciller contre lui.

— Je te tiens, dit-il en passant son bras fort autour d'elle.

Quelle idée folle. Qu'elle puisse s'abandonner à lui, ne serait-ce que pour un instant.

Il lui ôta doucement son T-shirt et se mit torse nu à son tour. Après l'avoir dévoré des yeux dans le miroir, elle voulut se retourner pour se mettre face à lui et le toucher, mais il l'en empêcha.

— Pas tout de suite, dit-il.

Il baissa la taille de son bas de survêtement et rit en s'apercevant qu'elle portait aussi l'un de ses boxers.

— Tu as dévalisé mon placard à linge !

— Le jogging était trop grand, dit-elle avec un regard contrit. Il fallait que je mette quelque chose en dessous.

Il lui caressa le bas du ventre et du dos, juste au-dessus de l'élastique, à l'endroit où sa peau était particulièrement sensible.

— C'est parce que tu es une fleur délicate, Shelby Llewellyn.

— Voilà une chose qu'on ne m'avait jamais dite.

— C'est parce que tu es entourée de gens incapables de reconnaître la beauté.

Shelby avait compris depuis longtemps que les gens nés fortunés possédaient naturellement un goût et des manières irréprochables. Son rire incontrôlé était un signe parmi d'autres qu'elle n'était pas originaire de ce milieu.

— Tu dis cela à une femme qui travaille dans une galerie d'art et dont le père a consacré des millions de dollars et toute une partie de sa maison à sa collection privée.

Il glissa les doigts dans le boxer et le fit descendre jusqu'à ce qu'elle se retrouve, comme la veille, vêtue uniquement de son string, qu'elle avait lavé dans le lavabo.

Voyant qu'il luttait pour réprimer un sourire, elle se redressa fièrement.

— Mon énergéticienne m'a dit que mettre de l'orange près de mon chakra racine m'aiderait à améliorer ma confiance en moi.

— À défaut d'autre chose, tu partiras d'ici en ayant découvert ce pouvoir.

Comme il prenait ses seins dans ses mains, elle soupira de plaisir et posa la tête contre le creux de son épaule. Une sensation de nouveauté se mêlait à l'impression d'être à sa place dans les bras de Bastien. Son odeur, sa faculté à la comprendre, la perfection de ses gestes et de ses caresses… Tout en lui la rendait folle de désir.

— Est-ce que quelqu'un t'a déjà fait jouir comme ça ? demanda-t-il en touchant ses mamelons.

Elle gémit d'excitation. Puis, comme elle prenait conscience de la question qu'il venait de lui poser, son cœur se serra dans sa poitrine.

Autant lui dire la vérité tout de suite.

— Il y a une chose dont je devrais sans doute te parler avant que nous allions plus loin, dit-elle.

Il cessa de la caresser et mit les mains au niveau de sa taille pour lui accorder toute son attention.

— Je t'écoute ?

— J'ai un peu de mal dans… ce domaine.

— Quel domaine ?

— Eh bien… *ce* domaine, dit-elle en rougissant.

Après quelques secondes de suspense, son regard interrogateur fit place à un air de compréhension.

— Les orgasmes ?

Elle acquiesça.

— Ce n'est pas que je n'arrive pas à en avoir, précisa-t-elle en luttant pour surmonter sa gêne. Mais avec quelqu'un d'autre, c'est… compliqué.

— C'est-à-dire ?

— C'est-à-dire que je n'ai jamais réussi à en avoir avec un partenaire, voilà.

— Avec *aucun* de tes partenaires ?

Le fait de voir autant de préoccupation sur son visage la bouleversa.

— On ne peut parler que d'un seul partenaire, en fait. Je n'ai pas vraiment eu de relation avant la fac, et mon père est un peu... comment dire... vieux jeu, quand il s'agit de rencontrer un garçon désirant passer une soirée avec moi.

— Au point de les faire fuir ?

— Ce n'est pas qu'il *cherche* à les intimider. Il veut juste s'assurer que je ne cours aucun danger.

— Avec des hommes comme moi ?

Sa voix rauque et son regard brûlant la firent frissonner.

— Probablement, reconnut-elle. Quoi qu'il en soit, je voulais juste te dire que ce n'était pas grave si tu ne... enfin... si *je* ne... Enfin, c'est normal, alors il ne faut pas que tu t'inquiètes.

— Et si tu te concentrais plutôt sur ce que *tu* ressens ?

— En ce moment, ce serait de la honte, principalement.

— Pas ici, répliqua-t-il en lui tapotant la tempe. Ici.

Il posa alors la main sur son nombril et elle sentit son ventre se contracter.

— Respire, murmura-t-il.

Son souffle chaud caressait l'oreille de Shelby. Elle parvint à se détendre et à respirer calmement, comme s'il avait suffi qu'il le dise pour qu'elle y arrive.

— Viens avec moi, dit-il.

Il la prit par la main et la conduisit jusqu'au grand lit, où il s'assit en la prenant sur ses genoux.

— Nous allons prendre le temps de te découvrir.

— Tu veux... que je m'allonge ?

— C'est ce que tu préfères ?

— En fait... Ça t'ennuierait que... que je te touche en premier ? Je crois que cela m'aiderait à me poser moins de questions.

Il était assez naturel avec elle pour qu'elle trouve la force de lui parler en toute sincérité.

— Je t'en prie, dit-il avec un sourire sensuel.

Il se pencha en arrière en prenant appui sur le matelas.

— Tu voudrais bien fermer les yeux ? Je sais que c'est idiot, mais je ne l'ai jamais fait à la lumière du jour.

— Tu es restée combien de temps avec ton petit ami ? demanda-t-il, interloqué.

— Un an.

— Un an ? Et vous n'avez fait l'amour que dans le noir ?

Elle acquiesça.

Le regard de Bastien s'assombrit.

— Comment s'appelle-t-il ?

— Je ne vais sûrement pas te le dire ! s'exclama-t-elle en riant. Surtout avec cette expression menaçante sur ton visage.

Il secoua la tête en soupirant mais ferma quand même les yeux.

Le cœur battant la chamade, elle promena les mains sur son torse, s'émerveillant de la douceur de sa peau et de la puissance de ses muscles. Alors qu'elle descendait vers le bas de son ventre, elle remarqua une petite ligne noire qui dépassait de la ceinture de son jean.

— Qu'est-ce que c'est ? demanda-t-elle.

— Une erreur.

— Je peux voir ?

— Sûrement mieux que moi.

Il avait toujours les paupières baissées.

Les mains de Shelby tremblaient quand elle déboutonna son jean et le fit glisser le long de ses jambes.

— Oh ! s'exclama-t-elle en découvrant le dessin noir et rouge tatoué sur sa peau. C'est très… original.

Elle aurait été incapable de dire ce qu'il représentait.

— C'est censé être une coccinelle.

Maintenant qu'elle avait cette information, elle croyait effectivement distinguer une aile.

— Et qu'est-ce qui t'a donné envie de te faire tatouer une coccinelle ?

— Un sentiment de culpabilité, principalement.

— De culpabilité ?

— Ma nièce Emily adore les coccinelles. Le tatouage a été fait à partir d'un dessin qu'elle m'avait envoyé après mon départ de la distillerie.

— C'était il y a combien de temps ?

— Quatre ans.

Sentant que c'était un sujet douloureux, elle cessa de parler et se concentra sur le corps qu'elle prenait tant de plaisir à caresser. Peu à peu, la respiration de Bastien devint plus sonore.

— C'est mon tour maintenant, non ? demanda-t-il, semblant retenir son souffle.

— D'accord, répondit-elle.

Il ouvrit les yeux et elle s'allongea sur le dos en baissant à son tour les paupières. L'excitation qui brûlait en elle ne ressemblait à rien de ce qu'elle avait connu auparavant.

Les lèvres de Bastien vinrent lui effleurer la gorge, puis la mâchoire et le lobe de l'oreille. Quand elle sentit la pointe de sa langue, un frisson la parcourut tout entière.

— Jusqu'ici, tout va bien, dit-il avec un sourire dans la voix.

Il continua à déposer des baisers dans son cou, sur son visage, sur ses lèvres, et elle prit dans sa bouche les deux doigts qu'il lui offrait. Quand ils furent humides, il les glissa dans son string pour toucher son sexe, lui arrachant un gémissement d'excitation. Au bout de quelques instants, il les inséra en elle et les fit bouger, atteignant un point si sensible qu'elle ne put retenir un long cri rauque.

— Tu aimes ça ? murmura-t-il.

— Non. J'adore.

Avait-elle tort de révéler aussi vite tout ce qu'il lui faisait éprouver ? Ne lui donnait-elle pas trop de pouvoir sur elle ?

Une nouvelle impulsion de sa main la priva de toute capacité à réfléchir.

— Dans ce cas..., dit-il.

Il accéléra, l'entraînant dans un tourbillon de sensations qu'elle n'avait jamais connues. Elle s'entendit supplier :

— Continue, continue, ne t'arrête pas.

— Je ne compte pas m'arrêter avant de t'avoir menée au bout. Tout. Au. Bout, dit-il en ponctuant sa phrase de mouvements experts.

Il n'en fallut pas plus pour qu'elle s'envole vers les cimes du plaisir. Tremblant de tout son corps, elle cria en se cramponnant de toutes ses forces aux épaules de Bastien, puis retomba inerte sur le matelas, le cœur battant et le souffle court.

Elle savoura son état d'extase pendant un long moment avant de rouvrir les yeux. Sa peau s'était teintée de rose.

Bastien se pencha au-dessus d'elle pour la regarder dans les yeux.

— Tu vois, dit-il, il n'y a rien qui cloche chez toi.

Elle ouvrit la bouche pour lui donner une explication, essayer de se justifier.

— Il n'y a *rien* qui cloche chez toi, répéta-t-il.

Alors qu'elle voulait encore le contredire, il étouffa sa réponse avec un baiser. Leurs langues s'entremêlèrent et elle enfouit les doigts dans ses cheveux en se plaquant tout contre lui.

— Je veux te toucher comme tu m'as touchée, susurra-t-elle.

Il sourit et s'étendit sur le dos pour la laisser libre de ses mouvements. Après lui avoir enlevé son boxer, elle prit dans sa main son sexe puissant et le massa avec délice. Encouragée par ses soupirs, elle parcourut son érection avec ses lèvres, avec sa langue, et finit par prendre son gland dans sa bouche.

— Attends, dit-il en crispant la mâchoire.

Le fait de voir qu'elle lui faisait autant d'effet la remplit d'un sentiment de fierté.

Et d'une excitation décuplée.

Il attrapa un préservatif dans le tiroir de la table de chevet et le lui donna. Elle le lui mit en continuant à le caresser. Puis, comme il ne bougeait pas, elle comprit qu'il voulait lui laisser le choix de la suite.

Alors elle s'étendit sur le côté, dos à Bastien, et mit ses fesses contre lui.

7

Bastien s'était attendu à sentir son âge en étant avec Shelby, et c'était bien ce qui se passait, mais pas comme il l'avait prévu. Les caresses de Shelby lui faisaient oublier les blessures dont son corps portait encore les traces et ses baisers lui rendaient la vigueur d'un garçon de vingt ans. Elle accomplissait le miracle de faire de lui un homme neuf.

Quand elle lui présenta son dos, il était dévoré par l'excitation. Et comme à chaque fois qu'il avait un sentiment d'urgence, il se força à ralentir. Il avait appris que l'adrénaline pouvait lui faire commettre des erreurs. Et même si faire l'amour avec Shelby en était une, il tenait à profiter de chaque seconde.

Il était rare que la vie offre une occasion qui justifiait à ce point de faire une erreur.

Il lui caressa le dos, les fesses, puis l'arrière des cuisses.

Elle ondula avec impatience.

— Tu es sublime, susurra-t-il en frottant son érection contre son sexe chaud et humide.

— Bastien, dit-elle d'une voix haletante. S'il te plaît…

Il n'avait jamais rien entendu de plus beau ni de plus sexy.

Incapable de résister plus longtemps, il se plaça à l'entrée de son sexe et cessa de bouger.

— Vas-y, ma beauté, prends ce que tu veux.

Elle se cambra pour le faire entrer en elle. Retenant son souffle, il resta immobile tandis qu'elle le faisait avancer centimètre par centimètre par de petits mouvements de hanches. Finalement, elle s'arrêta et se mit à respirer plus fort.

— Ça va ? demanda-t-il.

Elle ne répondit pas. Il l'entendit renifler.

Il lui fit tourner la tête vers lui et vit qu'elle pleurait.

— Que se passe-t-il ? Tu veux qu'on arrête ?

Elle secoua la tête avec énergie.

— C'est juste que...

Elle eut besoin d'avaler sa salive avant de continuer :

— Je ne savais pas que ça existait.

Avec son pouce, il effaça les larmes qui coulaient sur ses joues, puis il approcha son visage du sien pour l'embrasser.

— Tout va bien, mon ange, murmura-t-il. Tout va bien.

Il n'aurait su dire lequel d'eux deux commença à aller et venir, mais bientôt, ils bougèrent en parfaite harmonie, d'abord lentement, puis de plus en plus vite. De plus en plus fort. Tout en serrant la main de Bastien dans la sienne, Shelby se contracta autour de son sexe et il sentit l'orgasme monter en lui, aussi puissant qu'un tremblement de terre.

Ils jouirent à l'unisson et restèrent blottis l'un contre l'autre tandis que de nouveaux rideaux de neige venaient les isoler du monde extérieur, dans lequel le lien qui les unissait n'avait pas sa place.

Bastien se réveilla désorienté, dans une sorte de brouillard gris qui ne ressemblait ni au jour, ni à la nuit. Il avait les paupières collées et la langue pâteuse. Il avait dormi profondément, mais combien de temps ?

Il chercha son téléphone à tâtons, en vain. En se rendant compte que ces sensations lui rappelaient les lendemains de beuverie, il eut un instant de panique.

Il ouvrit les yeux, regarda la table de chevet et vit un sachet de préservatif ouvert. C'est alors que la mémoire lui revint.

Bon sang, qu'avait-il fait ?

Coucher avec la fille d'un milliardaire de la Silicon Valley aurait déjà été une très mauvaise idée. Mais avec la fille de Gerald Llewellyn ? Cet homme que tout le monde savait extrêmement protecteur, rancunier et impitoyable ? C'était de l'inconscience !

Pendant des années, Bastien avait réussi à se maintenir à l'écart de toute relation complexe. Et voilà qu'il venait de se jeter dans une toile d'araignée.

Se redressant lentement pour s'asseoir, il vit sur le sol le bas de survêtement que Shelby avait porté plus tôt et l'enfila avant de se rendre au rez-de-chaussée.

Elle n'était pas dans le salon. Ni dans la cuisine.

Il ouvrit le réfrigérateur et en sortit une bouteille d'eau qu'il but d'une traite. C'est alors qu'il aperçut un rai de lumière sous la porte de la cave.

Son cœur se mit à tambouriner dans sa poitrine.

Si elle était en bas, elle savait.

Il descendit sans un bruit l'escalier en ciment. Pieds nus sur le sol froid, il se figea en voyant ce qu'il avait redouté. Shelby était assise à son bureau, face aux écrans d'ordinateur allumés. Certains montraient les images filmées par les caméras de surveillance réparties sur sa propriété, mais ce n'était pas ce qu'elle regardait. Elle avait les yeux fixés sur celui qui, juste devant elle, affichait le dossier que Bastien avait constitué sur Gerald Llewellyn et Shelby elle-même.

— Qu'est-ce que tu fais ? demanda-t-il.

Elle sursauta et se tourna brusquement vers lui. Elle portait le T-shirt de Bastien et s'était enveloppée dans une couverture. Visiblement, elle était là depuis assez longtemps pour avoir eu le temps de s'installer.

Ce qu'il vit dans ses yeux juste avant que les bonnes manières inculquées par son éducation reprennent le dessus le bouleversa.

De la peur.

— Bastien, dit-elle avec un rire nerveux. Salut.

— Que fais-tu ici ?

— Les lumières ont de nouveau vacillé, et comme je ne voulais pas te réveiller, je suis descendue pour…

— Fouiller ?

Elle agitait machinalement le pied, un tic qu'il avait déjà remarqué la veille au bar et qui trahissait son embarras.

Pourtant, elle aurait été en droit de lui demander des explications.

Le fait qu'elle ne le fasse pas le remplit de soulagement et de colère mêlés. Le soulagement de ne pas avoir à répondre à ses questions et la colère qu'elle ne soit pas scandalisée de découvrir qu'il avait enquêté sur elle.

— Ce n'était pas mon intention, assura-t-ellc. Il faisait sombre et je me suis cognée contre le bureau. Les écrans se sont allumés. J'ai pensé que je pouvais peut-être consulter mes e-mails, puisque je n'avais pas de réseau sur mon téléphone. Et puis j'ai vu ce dossier à propos de la galerie et…

— C'est tout ce que tu as regardé ?

Il entendit le ton paranoïaque de sa propre voix et s'en voulut. Il savait d'où cela lui venait.

Zap Renaud.

Un homme avec peu d'amis et beaucoup d'ennemis – réels ou imaginaires. Leur maison avait été comme une coque de bateau. Opaque, pleine de secrets enfermés dans des coffres et des boîtes. Le plus dangereux de ces secrets était ce qui avait rendu la peine de prison de Bastien encore plus pénible qu'elle n'aurait dû l'être.

Et qui le conduisait désormais à se renseigner sur quiconque cherchait à entrer en contact avec lui ou avec ses frères.

— Bastien, je ne comprends pas pourquoi tu as un dossier sur la galerie alors que tu n'as jamais répondu à un seul de mes appels.

Il eut l'impression d'entendre une alarme sonner.

— Je n'ai pas envie d'en parler, répondit-il.

— Nous allons pourtant devoir en parler. Si nous faisons cette exposition…

— Nous ne la ferons pas.

Il s'efforçait d'afficher un visage dur, comme il avait appris à le faire face aux hommes qui guettaient le moindre signe de peur pour choisir leur proie.

— Je n'aurais jamais dû dire oui, ajouta-t-il froidement.

Shelby se leva en serrant la couverture autour d'elle.

— Écoute, dit-elle, nous pouvons en discuter. Je ne t'accuse de rien. Je veux juste comprendre.

— Il n'y a rien à comprendre.

— Pourquoi tu réagis comme cela ? Si c'est à cause de ce qui s'est passé entre nous…

— Ce qui s'est passé entre nous n'était qu'un échange biologique résultant d'une attraction physique. Cela passera. Cela passe toujours.

Il la vit tressaillir et se détesta plus que jamais.

— Tu sais quel est l'avantage d'avoir été une enfant confiée aux services sociaux ? demanda-t-elle.

Il serra les dents pour s'empêcher de lui présenter ses excuses et se tut.

— J'ai appris très tôt à affronter les brutes, déclara-t-elle.

Elle fit un pas vers lui. Il aurait tellement voulu la prendre dans ses bras, lui dire combien il était désolé et faire disparaître cette colère de ses yeux…

— Tu peux sans doute me blesser, Bastien Renaud, mais tu devras faire beaucoup plus d'efforts pour me briser le cœur.

Il resta immobile tandis qu'elle remontait l'escalier d'un pas lourd. Il ne tarda pas à l'entendre parler au téléphone :

— Bonjour, papa. J'ai changé d'avis. Peux-tu envoyer le jet à Bar Harbor ?

Il y eut une pause, puis elle reprit :

— Oui, le poste de police a sa propre piste d'atterrissage. D'accord. Je t'embrasse, papa.

Bastien s'assit à son bureau, face à l'écran d'ordinateur. Il avait la nausée.

Les mots prononcés par son frère Remy dans l'émission *Bad Boys of Booze* lui vinrent à l'esprit malgré lui. « J'ai été beaucoup de choses dans ma vie. Frère, voleur, détenu… »

Bastien avait sa propre liste, et elle se terminait par un mot terrible.

Cible.

Il ignorait s'il en serait un jour libéré, mais il y avait une chose dont il était sûr : loin de lui, voilà où Shelby devait se trouver. Pour être en sécurité.

8

— La voilà ! s'exclama Gerald Llewellyn en accueillant Shelby dans l'entrée. Notre grande négociatrice !

Quand il la serra dans ses bras, elle sentit dans son dos le contact du verre froid qu'il avait à la main. Il était 17 heures et son père buvait déjà un scotch.

Il s'écarta et la dévisagea, comme s'il cherchait à déceler chez elle un changement physique survenu au cours des dernières quarante-huit heures. Elle en profita pour l'examiner aussi. Il était toujours bronzé et séduisant, mais des poches apparaissaient sous ses yeux et ses rides semblaient s'être creusées pendant sa courte absence. Elle avait l'impression que ses cheveux blanchissaient de jour en jour. Quant à son sourire, il n'avait plus le même éclat depuis que la mère adoptive de Shelby était morte.

— Bonjour, papa, dit-elle en l'embrassant affectueusement sur la joue.

Il la prit par la main pour lui faire traverser la grande pièce carrelée de marbre.

— Viens, lui dit-il, j'ai quelque chose à te montrer. Quand j'ai appris que tu avais obtenu l'accord de l'insaisissable Bastien Renaud…

— À ce propos, commença-t-elle avec anxiété.

— J'ai eu l'intuition que la galerie ne rendrait pas justice à son travail, poursuivit-il sans se laisser interrompre. J'ai donc réfléchi à un lieu plus approprié, et…

— Papa, tu ne…

— Cela m'est apparu comme une évidence. Pourquoi ne pas organiser l'exposition ici, à Green Gables ?

D'un geste théâtral, il poussa la porte à deux battants qui donnait sur l'aile de la maison consacrée à sa collection d'œuvres d'art.

— Surprise ! chanta en chœur le petit groupe qui se tenait face à eux.

La stupéfaction fit place à la joie quand Shelby vit les deux aînés de la famille, ainsi que Porter. Sloan était là aussi, ses cheveux platine tirés en chignon et le visage crispé par une légère grimace en réaction au bruit.

Tous levèrent leur flûte de champagne pour célébrer l'arrivée de Shelby avant de s'approcher pour la féliciter.

Kendall, aussi élégante que les mannequins des magazines dont elle était rédactrice en chef, revenait tout juste d'un voyage à Paris.

— Je suis tellement contente pour toi ! dit-elle à Shelby en la prenant par les épaules.

David, mélange parfait entre la beauté de sa mère et la carrure de son père, arrivait de Tokyo, où il avait signé un contrat avec un nouveau client très important pour Llewellyn Enterprises.

— Beau travail, Shel, dit-il avec un sourire sincère mais fatigué.

Porter attendit que leur grande sœur et leur grand frère aient fini pour venir à son tour, le visage radieux. Le soleil avait éclairci ses cheveux auburn au cours de sa récente randonnée dans l'Himalaya.

Avant de décider d'intégrer une école de sommellerie, il avait envisagé de devenir agent de change, joueur de tennis professionnel, ou encore copropriétaire d'une boîte de nuit.

— Shel ! s'exclama-t-il avec enthousiasme. Je suis tellement fier de toi !

Puis il la serra fort dans ses bras.

La gorge nouée par un sentiment de culpabilité, Shelby adressa un sourire crispé à Sloan qui, son verre de martini à la main, se pencha pour déposer un baiser sec et froid sur sa joue.

— Eh bien, dit la fiancée de son père. Pour une surprise ! J'ai hâte que tu nous racontes *comment* tu as réussi.

Le ton de sa voix était venimeux.

— En toute franchise, poursuivit-elle avec une gaieté hypocrite, je m'attendais presque à ce que tu m'appelles pour te lamenter le soir de ton arrivée à Bar Harbor. J'ai entendu dire que Bastien Renaud n'hésitait pas à chasser les gens de son magasin à coups de pied s'ils l'agaçaient.

Shelby accepta machinalement la flûte qu'on lui avait servie et avala difficilement une petite gorgée de champagne. Elle avait passé tout son voyage de retour à préparer son discours, à chercher les bons mots pour annoncer à son père que la bonne nouvelle qu'elle lui avait annoncée au téléphone n'était plus d'actualité. Que, après avoir couché avec l'artiste qu'ils voulaient exposer, elle était accidentellement tombée sur un fichier rassemblant des informations sur eux.

Le souvenir de ce moment la fit frémir.

Elle y avait principalement vu des renseignements d'ordre général, disponibles sur Internet en quelques clics. Rien de très alarmant en soi. En réalité, c'était surtout l'existence de ce fichier qui l'avait interpellée au début.

Et surtout, ensuite, la réaction qu'il avait eue en la trouvant au sous-sol, devant son ordinateur.

Son visage empreint d'une colère froide. La manière dont il s'était adressé à elle.

Bien sûr, elle n'avait pas eu l'intention de dévoiler tout cela à sa famille. Seulement le strict minimum. Mais à présent que Sloan la regardait comme un animal domestique en qui elle n'avait pas totalement confiance, Shelby ne parvenait pas à prononcer les mots qu'elle avait si soigneusement répétés dans sa tête.

— Le magasin était très beau, raconta-t-elle. Mais ce sont les sculptures que j'ai vues dans son atelier privé qui m'intéressent le plus.

Sloan s'étrangla avec sa gorgée de martini.

— Tu as vu son *atelier privé* ? demanda-t-elle en toussant. Dans sa propriété ?

— Oui.

Non sans plaisir, Shelby se demanda ce que Sloan aurait dit si elle avait su tout ce que l'artiste solitaire lui avait dévoilé...

— Eh bien, quelle exploratrice intrépide. Et avez-vous discuté des œuvres qui pourraient faire partie de l'exposition ?

Shelby eut une sueur froide.

— Certaines, répondit-elle laconiquement.

Sloan s'approcha de Gerald et passa le bras autour de sa taille.

— Nous devrons commencer à organiser le transport dès que possible, dit-elle. J'aimerais que tout soit réglé avant que nous partions en voyage de noces.

Dans le dos de Sloan, Porter échangea un regard excédé avec Shelby.

— En fait, répondit Gerald, j'espérais pouvoir avancer la date de l'exposition.

— Comment cela, avancer la date ? demanda Sloan en blêmissant.

— Imagine. Notre cérémonie de mariage au bord du lac. La réception dans les jardins italiens. Et le cocktail ici, au milieu des sculptures de Bastien Renaud que nos invités pourraient admirer à loisir.

Le cou et le visage de Sloan passèrent du blanc au rouge.

— Mais j'ai déjà tout organisé avec Fernando, dit-elle. Le cocktail doit avoir lieu dans la véranda.

Son ton mielleux cachait mal à quel point elle était contrariée par la proposition de Gerald. Inflexible, il lui répondit en employant ce ton condescendant que Shelby connaissait bien et qui pouvait la mettre en rage :

— Serait-ce vraiment si difficile de rentrer quelques tables à l'intérieur ?

Shelby et ses frères et sœur se regardèrent. Ce n'était pas la première fois qu'ils assistaient à ce genre de désaccords qui pouvaient rapidement dégénérer.

— Je sais que tu étais trop pris par ton travail pour te soucier des détails de l'organisation du mariage, rétorqua Sloan avec malice, mais il ne s'agit pas simplement de quelques tables. Il y a l'orchestre, le traiteur, l'éclairage, les compositions florales, sans parler des bateaux anciens que nous avons réservés afin que les invités puissent traverser le lac pour aller de la cérémonie au cocktail.

— N'est-ce pas la raison pour laquelle nous avons engagé un organisateur de mariages ? Tu m'as dit qu'il savait gérer ces choses-là avec virtuosité.

— C'est le cas. Mais pas à la dernière minute.

— À la dernière minute ? répéta-t-il en riant. Le mariage a lieu dans trois mois !

— Oui, mon chéri, dit-elle d'une voix glaciale. Mais les invitations sont déjà parties et…

— Et je ne suis pas sûre que Bastien serait fou de joie que ses sculptures soient présentées comme un divertissement pour des gens plus occupés à s'empiffrer qu'à admirer des œuvres d'art, intervint Shelby.

Ce commentaire lui valut un sourire hilare de Porter et un regard sévère de Sloan. *Ses* invités ne *s'empiffraient* pas.

— Shelby a entièrement raison, dit Sloan, visiblement partagée entre l'approbation et l'indignation. Et de toute façon, l'assurance à elle seule ferait exploser le budget du mariage.

Gerald fronça les sourcils en réfléchissant.

— Avec toutes les sollicitations qu'il reçoit, poursuivit Sloan, il n'apprécierait sans doute pas d'être traité comme un accessoire au cours de cette journée.

En disant cela, elle massait la nuque de Gerald de sa main parfaitement manucurée. Porter et Shelby s'amusaient de ce geste qu'ils appelaient « le pilotage ». Le regard d'acier de Gerald Llewellyn commença à s'adoucir.

— Apparemment je suis né pour être contredit, déplora-t-il entre deux gorgées de scotch. Soit. Le cocktail n'aura pas lieu au cœur de l'exposition.

Le soulagement de Shelby fut de courte durée.

— L'exposition se tiendra à la galerie avant la date de répétition du mariage, cela aura plus de sens, déclara-t-il.

Il était célèbre pour ses manœuvres au cours d'une négociation. Il savait jouer avec son adversaire. Le laisser croire qu'il avait gagné, puis le surprendre avec un coup inattendu.

— Mais nous avions parlé du mois d'août, protesta Shelby. Cela réduit considérablement le temps de préparation.

Les ongles rouges de Sloan jouèrent avec les cheveux gris de Gerald.

— Tu nous as prouvé que tu pouvais accomplir des miracles, glissa-t-elle à Shelby. Je suis sûre que tu t'en tireras très bien.

Si Shelby avait espéré un peu de solidarité après son intervention en faveur de Sloan un instant plus tôt, elle avait eu tort.

— Bien sûr, répondit-elle tout en cherchant déjà un moyen de s'en sortir.

— À Shelby ! dit Gerald en levant son verre presque vide. Qui a sans aucun doute hérité de ma capacité à convaincre.

Ils firent tinter leurs verres les uns contre les autres.

— Je te ressers, mon chéri ? proposa Sloan.

— Oui, s'il te plaît.

Pour quelqu'un d'autre, Sloan aurait fait signe à TJ, leur fidèle employé de maison. Pour Gerald, elle prenait soin de s'en charger personnellement. Elle s'approcha du bar, se déplaçant avec un naturel déconcertant dans le fourreau en soie vert qu'elle portait aussi bien qu'un mannequin.

Kendall et David se dirigèrent vers la salle à manger.

Porter en profita pour parler discrètement à Shelby :

— Tu crois que si je glissais à TJ un billet de cent dollars, il renverserait accidentellement un Perrier sur elle ?

— Pour quoi faire ?

— Pour voir si la glace fond.

— Je ne suis même pas sûre qu'un feu ardent suffirait.

— Tu as raison. Et sinon, tu veux me dire ce qui te fait paniquer ?

— Qu'est-ce qui te fait croire que je panique ? demanda-t-elle avec un rire nerveux.

— Si tu voyais ta tête...

Elle roula les yeux.

— Je suis sérieux, insista-t-il. Tu as l'air d'avoir envie de t'enfuir en courant.

Elle allait poser sa flûte vide sur la table quand TJ apparut comme par magie pour la prendre. Grand, mince et perpétuellement sanglé dans un élégant costume noir, il travaillait ici depuis l'enfance de Shelby et lui avait toujours donné l'impression d'avoir une soixantaine d'années.

Elle le remercia et il inclina la tête avant de s'éloigner.

— Alors ? demanda Porter quand ils furent de nouveau seuls.

— Le voyage a été mouvementé, répondit-elle avec un haussement d'épaules.

Elle se revit dans les bras de Bastien et retint de justesse un soupir d'émotion.

— En tout cas, dit Porter, je suis content que tu sois rentrée en un seul morceau. Quand j'ai entendu parler du blizzard, j'ai eu peur que tu restes bloquée là-bas au moins une semaine.

— Oui, j'ai eu de la chance. La tempête s'est calmée juste à temps pour que je puisse repartir. Et au club, comment ça va ? demanda-t-elle, pressée de changer de sujet.

— Nous sommes envahis par le milieu branché.

— Voilà ce qui arrive quand on donne à ses cocktails des noms de films noirs.

— Le lancement ne s'est pas aussi bien passé que je l'avais espéré. Nous avons perdu notre attachée de presse.

Ce « nous » désignait Porter et Darragh McLane, son meilleur ami et associé. Ils s'étaient connus au cours de leurs études à l'université de Yale et avaient tous les deux, par la suite, refusé de travailler pour leurs familles respectives, préférant explorer des métiers plus créatifs – et moins lucratifs, en tout cas jusqu'à présent.

— Ah, Darragh a déjà rompu avec elle ?

Ce n'était pas surprenant de la part d'un tel séducteur.

— C'est elle qui a rompu avec lui, rectifia Porter.

Sur ces mots, ils passèrent dans la salle à manger où Gerald s'était assis en bout de table, dans son fauteuil attitré. Shelby eut le cœur serré en voyant Sloan s'installer à la place autrefois occupée par leur mère. Durant les premiers mois de sa relation avec Gerald, elle avait eu la décence, au moins en apparence, de ne pas se jeter dans chaque espace de la maison laissé vide depuis le décès de Grace. Cette réserve avait pris fin.

Avec une précision militaire, chacun des quatre frères et sœurs prit sa place habituelle. Cela faisait dix-sept ans qu'ils procédaient à ce rituel au moins une fois par semaine. Moins souvent aujourd'hui que dans leur enfance, naturellement. Maintenant que chacun menait sa propre carrière et que Kendall et David étaient en couple, les occasions de se réunir se faisaient plus rares.

Comme d'habitude, ils commencèrent par échanger des nouvelles et parler de ce qui avait pu se passer depuis leur dernier dîner. Ils évoquèrent ensuite leurs projets de voyages. Ce ne fut qu'à la fin du repas, quand le café fut servi, que les sujets plus personnels furent abordés.

— Est-ce que tu as pu voir l'intérieur de sa... *maison* ? demanda Sloan en remuant la stévia dans son décaféiné. Il paraît qu'il l'a construite lui-même.

— C'est la vérité, répondit Shelby en prenant un morceau de sucre dans le bol en porcelaine que TJ posait toujours devant elle. Et oui, j'y suis entrée.

— Cela a dû être une sacrée expérience.

— Pas vraiment.

— Mais surtout, continua Sloan, comment as-tu fait ? On dit qu'il ne donne son adresse à personne.

Traduction : *Malgré mes efforts, je n'ai jamais réussi à l'obtenir.*

— Ce que ça sent bon ! s'exclama Porter en humant bruyamment la tourte aux pêches qui venait d'être servie.

— Rappelle-moi de ne surtout pas te placer à la table du maire, dit Sloan entre ses dents.

— Place-moi près du bar et je serai content, répondit-il en riant.

Au moment de sortir de table, Kendall et David prétextèrent des rendez-vous tôt le lendemain matin pour s'en aller sans prolonger la soirée. Porter, qui avait fait de son mieux pour détendre l'atmosphère tout au long du dîner, se garda bien de s'éterniser, lui aussi. Étant la seule qui vivait encore à Green Gables, Shelby ne pouvait pas les imiter, à son grand regret.

Quand elle avait terminé ses études supérieures, son père avait insisté pour qu'elle revienne habiter dans la maison familiale, le temps de mettre de l'argent de côté et de trouver l'endroit où elle souhaiterait s'installer. Plus le temps passait, plus la réponse lui paraissait claire : n'importe où, du moment que Sloan n'y était pas.

C'est avec cette pensée en tête qu'elle se dirigeait vers le couloir quand son père l'appela :

— Shelby ? Tu veux bien passer dans mon bureau avant d'aller te coucher ?

La forme interrogative pouvait laisser imaginer qu'elle avait le choix, mais elle savait d'expérience que ce n'était pas le cas.

Son cœur se serra dans sa poitrine. Parmi toutes les fois où son père l'avait fait venir dans son bureau, une seule lui laissait un bon souvenir. C'était là, au milieu des tissus somptueux et des bois polis, que Grace et Gerald Llewellyn lui avaient demandé si elle aimerait venir vivre avec eux.

Comme il l'avait fait ce jour-là, bien des années plus tôt, il lui fit signe de s'asseoir dans le coin salon où deux grands fauteuils en cuir se faisaient face de chaque côté d'une lampe Tiffany authentique.

— Je vais te poser une question, dit-il d'une voix solennelle. Quelle que soit ta réponse, je te demande d'être cent pour cent sincère avec moi.

— D'accord, répondit-elle tandis que le sol se dérobait sous elle.

— Crois-tu que ce soit une bonne idée d'organiser une exposition Bastien Renaud à la galerie ?

C'était le moment ou jamais.

Elle pouvait, avec tact et politesse, expliquer à son père qu'il serait bon de reporter l'événement à l'année prochaine. Que cela leur permettrait de renforcer l'équipe et de travailler sur le dossier et la communication avant de se lancer dans une entreprise de si grande envergure. Mais les mots refusèrent de sortir de sa bouche.

— Pourquoi cette question ? rétorqua-t-elle.

Il soupira et répondit :

— Parce que je crains que cette idée crée beaucoup de... tensions entre Sloan et toi.

— Qu'est-ce qui te fait penser ça ?

Elle devinait déjà la réponse.

— Ne te fâche pas, dit-il, mais elle m'a confié que tu semblais sous pression depuis quelque temps et elle a peur que ça affecte ton bien-être au travail. Elle sait à quel point tu peux être dure avec toi-même.

Shelby eut envie de hurler de rage en comprenant tout de suite à quel épisode récent Sloan avait fait référence. Une erreur de virement que Shelby avait commise concernant la vente d'une œuvre importante, mais qu'elle avait corrigée presque instantanément après avoir joint le client pour lui présenter ses plus plates excuses. Le fait que ce client soit l'un de leurs principaux donateurs était un exemple de plus de son manque de chance récurrent.

Elle aurait dû se douter que Sloan utiliserait cet événement contre elle à la première occasion, de la manière la plus mesquine possible.

— Je vais bien, papa, assura-t-elle. J'adore mon travail à la galerie. J'ai encore beaucoup à apprendre, bien sûr, mais c'est très stimulant.

— Tu sais, dit-il en fixant le bras de son fauteuil, ce ne sont pas les galeries d'art qui manquent à San Francisco. J'ai de nombreux contacts dans ce milieu. Je ne voudrais pas que vos relations professionnelles compliquent vos relations familiales.

Shelby avait suffisamment d'instinct et d'expérience pour savoir que cette conversation pouvait mal tourner si elle manquait de prudence. Elle ne voulait surtout pas pousser son père à prendre parti. D'autant plus qu'elle craignait de connaître l'issue d'un tel scénario.

Elle dut lutter pour contenir son émotion au moment de lui répondre :

— Si Sloan pense qu'il vaudrait mieux que je parte travailler ailleurs...

— Non, pas du tout. Au contraire, elle me disait l'autre jour à quel point tu lui rappelais ses propres débuts dans le métier.

Il y a environ deux ans, songea Shelby avec ironie.

— Ce que je veux te dire, poursuivit-il, c'est que les possibilités sont nombreuses et que tu auras tout mon soutien si tu as un jour envie de changement.

— Merci, papa.

Gerald s'éclaircit la voix et se leva pour s'approcher nonchalamment du bar et se servir un scotch. Il montra la bouteille à Shelby pour lui proposer un verre.

— Non, merci, répondit-elle. Le vin que nous avons bu à table m'a largement suffi.

Si Gerald perçut son sous-entendu sur l'excès de l'alcool, il n'en montra rien. Il but en regardant le tableau idyllique qui représentait leur famille au complet. Il avait été peint à l'époque où Shelby entrait au lycée.

— Je sais combien cette année a été difficile, dit Gerald. Avant de rencontrer Sloan, j'ignorais ce que deviendrait ma vie sans ta mère. J'avais perdu l'envie de me lever le matin.

Shelby le revoyait, mal rasé et le pas traînant, accablé par la tristesse.

— Au début, l'idée de fréquenter une autre femme me donnait un sentiment de… trahison, poursuivit-il. Et j'avais peur de ne plus jamais être l'homme que j'avais été pendant la durée de mon mariage avec Grace. Mais je crois justement que c'est cela, faire son deuil. Accepter de changer, tout en restant la même personne.

Shelby se sentit égoïste et honteuse. Quels que soient ses griefs à l'égard de Sloan, elle ne pouvait nier qu'elle avait rendu la vie à son père.

— Je comprends, papa. Et je te promets de faire des efforts pour être plus sympa avec Sloan.

Son père se tourna vers elle avec des yeux embués et lui dit :

— À ce sujet, j'ai une faveur à te demander.

— Je t'écoute, répondit-elle avec appréhension.

— Voilà. Sloan aimerait beaucoup que tu sois sa demoiselle d'honneur, mais elle est persuadée que tu refuseras si elle te le demande.

Les ongles de Shelby s'enfoncèrent dans sa paume moite.

— Je croyais qu'elle ne voulait rien de tout cela, s'étonna-t-elle.

— C'était le cas au début.

— Qu'est-ce qui l'a fait changer d'avis ?

— Quand le magazine de Kendall a publié un article sur Sloan, elle a reçu en cadeau les robes de demoiselles d'honneur qui avaient servi pour la séance photos.

— Je suis tout de même surprise qu'elle me le propose à moi et non à l'une de ses amies ou une femme de sa famille.

Gerald regarda fixement le contenu de son verre, comme s'il espérait y trouver une réponse.

— Elle n'est pas très proche de sa famille, dit-il. Et son travail à la galerie lui laisse peu de temps pour nouer des amitiés.

Il releva les yeux vers Shelby et ajouta :

— Toutes les deux, vous avez plus en commun que tu le penses.

Prise d'un soudain mal de tête, Shelby ressentit le besoin urgent de se plonger dans un bain chaud puis de se mettre au lit. Accéder à la demande de son père serait le moyen le plus rapide de mettre un terme à cette conversation.

— Je serai heureuse d'être sa demoiselle d'honneur, répondit-elle. Si elle le souhaite toujours.

Le visage de Gerald s'éclaira et il traversa la pièce pour venir l'embrasser sur la joue.

— Ma chérie, c'est merveilleux. Si nous allions tout de suite lui annoncer la bonne nouvelle ?

Il se dirigeait déjà vers la porte.

— Excuse-moi, papa, mais cela t'ennuie si je vais me coucher ? Je suis épuisée et j'aimerais mieux avoir cette conversation une fois reposée.

— Bien sûr. Dors bien, ma chérie, nous en reparlerons demain.

Elle ne put s'empêcher de remarquer qu'il avait les yeux injectés de sang.

— Shelby ? appela-t-il alors qu'elle sortait dans le couloir.

Elle se retourna.

— Ce voyage dans le Maine, lui dit-il. Le fait d'aller parler en personne à Bastien Renaud. Je sais que ce n'était pas facile pour toi.

Mais tu l'as fait, et regarde la prouesse que tu as accomplie. Je suis très fier de toi. Je voulais juste que tu le saches.

— Merci, papa, répondit-elle, la gorge serrée.

Il lui sourit et lui fit signe de partir, comme il l'aurait fait à une petite fille.

— Allez, file ! Va vite dormir.

Pour se rendre dans l'aile est de la maison où se trouvait son appartement privé, Shelby fit un détour afin d'éviter de croiser Sloan. Elle n'était pas prête à lui parler.

Elle attendit d'avoir refermé la porte de sa chambre derrière elle pour libérer les larmes qu'elle retenait depuis un long moment. Elle pleurait pour son père. Elle pleurait pour elle-même. Elle pleurait de honte d'avoir menti à ses frères et sœur en recevant des félicitations qu'elle n'avait pas méritées.

Une fois étendue dans son bain, elle se sentit vidée de toute force. Alors qu'elle se laissait glisser vers le fond de la baignoire, la réception d'un message fit tinter son téléphone posé non loin d'elle. Elle s'essuya les mains et regarda l'écran.

Son cœur tressaillit dans sa poitrine.

C'était un SMS de Bastien Renaud :

Il faut qu'on parle.

9

Bastien fixait l'écran de son portable en attendant une réponse à son SMS.

À cause des génies de la technologie, qui avaient pensé que ce serait une bonne idée, il pouvait voir que son message avait été lu mais il attendait toujours un retour.

Il n'était que 21 heures sur la côte Ouest. Chez lui, il était à la fois trop tôt et trop tard.

Il se leva de son canapé et fit les cent pas dans le salon. Le long hiver du Maine commençait à lui peser et il avait hâte qu'arrive le printemps, qu'il puisse enfourcher sa moto pour une escapade quand bon lui semblerait.

Ses années de détention l'avaient rendu claustrophobe et il savait que son désir de contacter Shelby représentait pour lui une forme d'évasion.

Son téléphone sonna brièvement. Bastien laissa échapper un cri de frustration presque animal en voyant que le message qu'il avait reçu venait de Remy, son frère.

Une exposition dans une galerie de San Francisco ???

Les nouvelles allaient vite. Merci à *Bad Boys of Booze* et à ses hordes de fans qui échangeaient sur les réseaux sociaux la moindre information concernant les frères Renaud. C'était sans doute sur Internet que Remy avait appris ce que Bastien lui-même avait découvert sur un moteur de recherche, grâce à une alerte qu'il avait programmée pour être tenu au courant de toute nouvelle mention faite de son nom. Depuis la diffusion de l'émission, le flot était tel qu'il avait dû modifier les paramètres pour réduire le volume des notifications qu'il recevait. Voilà pourquoi il avait été particulièrement surpris de voir apparaître cet e-mail dont l'objet comportait son nom et celui de la Llewellyn Gallery. En cliquant sur le lien, il s'était retrouvé sur le site de la galerie, où une exposition de ses œuvres était annoncée pour dans trois mois.

Avant qu'il ait eu le temps de répondre à Remy, un commentaire de Law apparut sur leur messagerie de groupe :

Bastien rejoint volontairement la civilisation ? On aura tout vu.

Bastien s'empressa d'écrire avant que leur échange aille plus loin :

Ils ont fait cette annonce par erreur. Je les ai déjà contactés pour mettre les choses au clair.

Ce « ils » n'avait toujours pas répondu au SMS qu'il avait envoyé cinq minutes plus tôt. Bastien était tellement irrité que s'il restait ici, il risquait de casser quelque chose pour se défouler. Il décida donc de mettre ses bottes et son manteau pour se rendre dans son atelier.

La neige crissait sous ses pas et étincelait comme un tapis de diamants dans le clair de lune. Le froid qui lui piquait le nez et les joues ne suffisait pas à lui faire oublier les questions qui lui envahissaient l'esprit. Et surtout celle-ci :

Pourquoi aurait-elle fait cela ?

Il savait qu'elle était partie fâchée de chez lui, mais annoncer l'exposition alors qu'il était revenu sur son approbation était un curieux choix de vengeance. Surtout pour elle.

Il poussa la grande porte en métal et entra en tapant des pieds pour se débarrasser de la neige qui collait à ses semelles. Après avoir allumé les lumières et le chauffage d'appoint, il se frotta les mains en marchant autour de la sculpture qu'il était en train de réaliser. Son portable se mit alors à sonner.

C'était *elle*. Enfin.

— Salut, dit-il en décrochant.

— Bonjour, Bastien, répondit-elle d'une voix à la fois polie et froide.

— Tu as quelque chose à me dire ? demanda-t-il après un silence.

— Pas spécialement, non.

Il respira profondément pour garder son sang-froid.

— Tu annonces publiquement que je vais faire une exposition à la Llewellyn Gallery alors que je t'ai dit non, et tu ne penses pas que j'ai le droit d'être au courant ?

Le bruit d'éclaboussure qu'il entendit à l'autre bout du fil couvrit presque la réponse de Shelby :

— *Quoi ?*

— Je pense que tu m'as bien entendu.

— Oui, mais je ne comprends pas de quoi tu parles.

Bastien suspendit à sa place le marteau qu'il tenait et regarda la page Internet encore affichée sur l'écran de son téléphone. Oui, cette exposition était bien annoncée parmi les prochains événements de la galerie. Il n'avait pas rêvé.

— Dans ce cas je te suggère de consulter le site de ta galerie, répliqua-t-il.

Il y eut un nouveau silence, puis un nouveau bruit d'eau, puis un juron très emphatique qui le fit sourire en dépit des circonstances.

— Où es-tu ? demanda-t-il.

— Je... J'étais dans la baignoire quand j'ai reçu ton message et...

— Peu importe.

Il se mordit l'intérieur de la joue pour contenir les pensées que lui inspirait cette image.

— Le fait est que l'exposition est annoncée sur le site, ajouta-t-il.

— Oui, apparemment, finit-elle par répondre.

— Mais ce n'est pas toi qui t'en es chargée ?

— Absolument pas.

— Alors qui l'a fait ?

— Certainement Sloan ou une personne du service marketing. Il y a moins d'une demi-heure, forcément.

— Tu leur as dit que j'avais refusé l'exposition et elle a quand même publié cette annonce ?

— Ne quitte pas, d'accord ? Je te reprends dans une minute.

Le silence se fit et il comprit qu'elle avait coupé le son, sans doute le temps de sortir de son bain.

Cette fois il ne put s'empêcher de l'imaginer. Nue, mouillée, la peau rosie par l'eau chaude, se penchant pour attraper une serviette. Un mélange de colère et de désir l'envahit et il dut s'asseoir pour retrouver son calme.

— Excuse-moi, dit Shelby. Je suis de retour.

Il s'éclaircit la voix et contempla sa sculpture en cours, qui n'était pour l'instant qu'un entremêlement de fils de fer.

— Je t'écoute, répondit-il.

— Ce qui s'est passé, c'est que j'avais déjà dit à mon père que tu avais accepté l'exposition avant que nous… euh… enfin, avant que tu changes d'avis. J'avais prévu de le prévenir de vive voix dès mon retour, mais quand je suis arrivée, mes frères et ma sœur étaient là. Il m'avait fait la surprise de les inviter pour fêter la nouvelle avec du champagne…

Elle s'interrompit en poussant un petit cri.

— Que se passe-t-il ? demanda-t-il.

— Un message de l'assistante de mon père. Elle me félicite d'avoir obtenu l'exposition et m'annonce qu'il l'a chargée d'envoyer une invitation aux principaux donateurs pour le vernissage.

Bastien se massa le front pour dissiper son mal de tête.

— Oh ! non.

En entendant la voix étouffée de Shelby, Bastien devina qu'elle s'était enfoui le visage dans les mains.

— Bon sang, qu'est-ce que je vais faire ?

Il aurait voulu se dire que ce n'était pas son problème. Mais elle semblait tellement paniquée…

— Une maladie ? Non, ils ne vont jamais y croire, marmonna-t-elle en faisant des pauses.

— Tu fais les cent pas ? demanda-t-il.

— Pourquoi ?

— Tu parles comme si tu étais en train de faire les cent pas.

— Cela m'aide à réfléchir.

Cette image d'elle en train d'arpenter sa chambre couverte d'une simple serviette eut l'effet inverse sur Bastien.

Il poussa un soupir résigné et répondit enfin :

— D'accord.

— Comment ça, *d'accord* ?

— D'accord, je ferai l'exposition.

Il sentit son estomac se nouer d'un coup. L'idée de traverser le pays pour se retrouver face à Gerald Llewellyn et ses amis le réjouissait autant que de monter à l'échafaud. Mais il était en partie responsable de cette situation. Ses frères aussi, avec leur émission ridicule sans laquelle son nom ne serait jamais parvenu aux oreilles du père de Shelby.

— Tu es sérieux ?

Le soulagement qu'il perçut dans sa voix le fit se sentir encore plus mal.

— Oui. Mais je ne serai présent que le soir de l'ouverture. Et ne compte pas sur moi pour donner une conférence ou quoi que ce soit de ce genre.

— Pas de conférence, approuva-t-elle. Mais peut-être un petit dîner la veille de l'ouverture ?

Bastien secoua la tête tout en souriant intérieurement. Sa ténacité forçait le respect.

— Je viens d'accepter de faire l'exposition et tu me demandes déjà autre chose ?

— Une petite chose. À vrai dire, je prends simplement les devants, parce que je sais que mon père va te contacter pour t'inviter à Green Gables.

— J'aurais préféré. Lui, j'aurais pu lui dire non.

— Exactement.

Le sourire qu'il entendit dans sa voix lui réchauffa le cœur. Pourquoi ? Il n'aurait su le dire.

— Et quand suis-je censé arriver pour ce petit dîner ? demanda-t-il en se passant la main sur le visage.

Elle passa les minutes suivantes à lui donner des noms, des dates potentielles, des instructions.

— Je te promets de rendre tout cela aussi indolore que possible, dit-elle en guise de conclusion.

— La douleur ne me fait pas peur.

— Alors qu'est-ce qui te fait peur ?

Il regarda par la fenêtre l'endroit où il l'avait trouvée au lendemain de leur premier baiser. Il se rappelait son soulagement de voir qu'il ne lui était rien arrivé.

— Les gens, répondit-il.

Les deux mois qui suivirent lui rappelèrent pourquoi, au cas où il l'aurait oublié. Sa vie, jusque-là si tranquille, s'était changée en un tourbillon d'e-mails et de coups de téléphone, d'échanges de toutes sortes avec des sociétés de transport, des assureurs, et même avec Sloan Whitley, dont le seul nom le faisait désormais trembler dès qu'il le voyait s'afficher sur son écran. La tonalité de ses messages était soit condescendante, soit cassante, soit mielleuse. Dans tous les cas, elle trouvait le moyen de glisser une pique en direction de Shelby concernant l'organisation de l'exposition.

Quelques semaines plus tard, son atelier et plusieurs garde-meubles où ses œuvres étaient conservées à température constante avaient été vidés. Onze de ses sculptures préférées attendaient à la Llewellyn Gallery, prêtes à être dévoilées. La veille du départ de Bastien, Shelby avait tenu à ce qu'ils se parlent une dernière fois au téléphone afin de récapituler le programme.

Tout comme le costume suspendu à la porte de son armoire, l'oreillette qu'il utilisait à cet instant était une acquisition récente et étonnamment bienvenue dans son existence. Elle lui permettait de parler avec Shelby tout en faisant ses bagages.

— Et je viendrai te chercher à l'aéroport, dit-elle comme si elle venait juste d'y penser.

— Je te remercie de me le proposer mais j'ai déjà réservé une voiture de location.

— Je ne le fais pas pour te rendre service, précisa-t-elle.

Le ton autoritaire de sa voix était particulièrement sexy.

— Je voudrais te parler de quelque chose avant que toute cette folie commence.

— De quelque chose d'autre, tu veux dire ? demanda-t-il en sortant le sac de voyage qui lui servait si rarement. Parce que je crois me souvenir que ces deux derniers mois, nous nous sommes parlé plusieurs fois par semaine. Et je crois même que nous sommes en train de nous parler.

— Te parler en personne. Et en privé.

Il avait une vague idée du sujet qu'elle voulait aborder. Le seul qu'ils avaient soigneusement évité depuis qu'elle était partie de chez lui. Leurs conversations avaient été amicales, parfois suggestives, mais jamais ils n'avaient évoqué ce qui s'était passé entre eux. Ce n'était pas faute d'y avoir pensé, en ce qui le concernait.

Il pensait à cela.

Il pensait à *elle*.

— Devrais-je m'inquiéter ? demanda-t-il.

— Pas du tout. J'ai juste besoin d'un peu d'aide à propos de quelque chose.

Cette explication le laissait avec plus de questions que de réponses, mais s'il avait appris une chose en prison, c'était bien la patience. La perspective de ne pas avoir sa propre voiture l'angoissait un peu, mais la curiosité prit le dessus.

— D'accord, répondit-il.

Elle lui souhaita une bonne nuit et ils raccrochèrent.

Mais il eut du mal à trouver le sommeil et au petit matin, un sentiment de malaise s'empara de lui. De retour de croisière, Remy lui avait proposé de profiter de sa venue sur la côte Ouest pour passer quelques jours chez Cosima et lui. Bastien avait décliné son invitation, prétextant des obligations professionnelles qui le contraignaient à rentrer rapidement dans le Maine. Son frère n'était sûrement pas assez naïf pour l'avoir cru.

Bastien détestait mentir autant qu'il détestait prendre l'avion.

Il ne souffrait pas de claustrophobie. Ce qui le dérangeait, c'était de n'avoir aucun contrôle en cas de problème. Or son expérience lui avait appris que les choses se passaient rarement sans encombre. Voilà pourquoi l'idée d'ajouter des vols à son voyage, même pour voir Remy, Cosima et Emily, l'avait tétanisé.

Il le fut tout autant à son arrivée à San Francisco, après six heures de souffrance, en voyant son nom inscrit sur la pancarte que tenait un homme en uniforme de chauffeur. Il était descendu de l'avion nerveux et tendu. Le fait que Shelby lui ait réservé un siège en première classe l'avait grandement aidé, mais son voisin avait fait tout le contraire.

En percevant son anxiété, cet homme âgé lui avait fourni des statistiques prouvant qu'il était beaucoup moins probable de mourir en avion qu'en voiture. Et pendant ce temps, Bastien n'avait fait qu'imaginer les gros titres qui pourraient paraître le lendemain dans la presse à scandale :

> *Accident d'avion ! Une nouvelle tragédie pour les Bad Boys of Booze !*

Alors qu'il considérait l'éventualité de louer une voiture pour rentrer tout de suite dans le Maine par la route, le chauffeur le vit et lui fit un signe. Évidemment, Shelby avait fait en sorte qu'il puisse l'identifier. Bastien aurait dû s'en douter.

Il salua le chauffeur, insista pour porter lui-même son sac jusqu'à la voiture et le suivit en direction du parking VIP.

— Nous sommes arrivés, monsieur.

Le chauffeur inclina la tête et tendit sa main gantée vers une Mercedes-Maybach noire rutilante. Quand il ouvrit la portière, une odeur de cuir neuf s'en échappa, mêlée à un parfum que Bastien n'avait pas oublié.

Une fois assis sur la banquette arrière, il regarda Shelby et la reconnut à peine. Sa douceur généreuse était enfermée dans un tailleur crème et un chemisier noir qui dissimulaient les courbes de son corps. Ses boucles blondes étaient tirées en chignon et des lunettes masquaient ses grands yeux marron aux reflets dorés.

— La Mercedes était-elle vraiment nécessaire ? demanda-t-il.

— Mon père y tenait.

Mon père.

S'il pouvait ne plus jamais entendre ces deux mots, cela suffirait au bonheur de Bastien.

Tandis que le chauffeur démarrait, Shelby lança un bref regard à Bastien avant de fixer la console fixée devant elle.

— Tu as chaud ? Ou froid ? demanda-t-elle. Chaque passager peut régler la température individuellement. Il y a aussi un chauffage intégré à ton siège si tu veux.

Elle illustra ses propos en pointant l'index vers les boutons disposés sur la portière.

— Tout va bien, répondit-il.

Ce qui était faux, bien sûr.

Dès son entrée dans le petit aéroport de Bangor, il avait commencé à payer le prix des années d'isolement qu'il s'était imposées. Son mode de vie l'avait rendu incapable d'affronter une foule pressée. L'impatience des gens, leur comportement égoïste et leur énervement incessant l'avaient épuisé.

Et il n'avait pas encore rencontré Sloan Whitley et Gerald Llewellyn.

Shelby toucha l'écran fixé devant Bastien et afficha le plan qui montrait leur trajet de l'aéroport à la propriété de son père, située à la campagne. Ils avaient trois quarts d'heure de route devant eux. D'ici 17 h 30, avec un peu de chance, il se sentirait peut-être reposé et prêt à affronter le dîner qui l'attendait.

Mais il y avait autre chose avant cela.

— Alors, de quoi voulais-tu me parler ? demanda-t-il.

Elle se tint bien droite et pivota vers lui, avec une attitude de parfaite femme d'affaires.

— Sloan va probablement chercher à te faire dire pourquoi tu as accepté l'exposition et je voulais m'assurer que nous donnerions tous les deux la même version.

Ah.

Il sentit son téléphone vibrer et le sortit de sa poche. C'était un message de Shelby comportant une pièce jointe.

— De quoi s'agit-il ? lui demanda-t-il.

— Des notes.

Il ouvrit le document et le lut rapidement :

Nous avons échangé par téléphone et par e-mails pendant quelques mois.

Puis nous nous sommes parlé en visio.

Nous avons ensuite décidé de nous rencontrer pour que je voie les œuvres qui n'étaient pas encore sur ton site Internet.

Ma visite s'est bien passée et nous nous sommes mis d'accord pour organiser l'exposition.

— Pourquoi penses-tu qu'elle posera ces questions ? s'étonna-t-il.

— Parce qu'elle ne l'a pas encore fait, ce qui veut dire qu'elle se réserve pour une occasion particulière.

— Écoute, je suis le premier à reconnaître que Sloan n'est pas la personne la plus agréable qui soit. Mais tu ne crois pas être un tout petit peu paranoïaque ?

Elle le fixa à travers les verres de ses lunettes de grande marque.

— Venant de quelqu'un qui constitue des dossiers sur tout le monde, jusqu'au moindre livreur de pizzas, c'est assez ironique, souligna-t-elle.

Elle marquait un point.

— Je t'assure qu'elle est beaucoup trop gentille en ce moment, insista Shelby. Elle prépare quelque chose pour cet événement. Je le sais.

Bastien relut son petit résumé.

— C'est pour cela que tu tenais tant à venir me chercher à l'aéroport ?

Shelby s'éclaircit la voix et joua nerveusement avec le revers de sa veste.

— À vrai dire, non, répondit-elle.

Il attendit la suite. Après un instant de suspens, elle ajouta :

— Je voulais aussi te demander si tu aimerais recoucher avec moi pendant que tu es là.

Heureusement qu'il n'était pas en train de boire, car il aurait certainement aspergé la vitre fumée – et sûrement insonorisée – qui les séparait du chauffeur.

Comme il ne répondait pas, elle poursuivit :

— Nous le savons tous les deux, je ne suis pas douée pour la séduction. J'ai pensé que ce trajet nous donnerait l'occasion de nous mettre d'accord à l'avance. Ça m'a plu, et j'ai eu l'impression que ça t'avait plu aussi, alors si jamais tu es toujours célibataire…

— Tu as eu *l'impression* que ça m'avait plu ? répéta-t-il, incrédule.

Shelby cligna des yeux. Si elle avait préparé mentalement cette conversation, elle ne se déroulait visiblement pas comme elle l'avait prévu.

— C'est aussi un très bon moyen d'évacuer la tension, ce dont tu sembles avoir besoin si je peux me permettre.

Elle regarda ostensiblement sa main, agrippée à la poignée de la portière.

— Je reçois une proposition en plein jour à l'arrière d'une voiture qui coûte plus cher que ma maison tout entière. Pardon si j'ai l'air un peu déconcerté.

— Désolée, dit-elle en rougissant. J'ai été maladroite. Je ne veux surtout pas te mettre de pression. Si tu n'en as pas envie…

— Bien sûr que si, j'en ai envie, dit-il impulsivement.

C'était la vérité. Il s'était passé de ces sensations pendant des années. Mais depuis sa rencontre avec Shelby, sa libido s'était réveillée et le fait de la revoir ne faisait qu'attiser son désir.

— Seulement je crois qu'il y a certains facteurs que tu n'as pas pris en compte.

— Lequel, par exemple ? demanda-t-elle.

— Ton père.

— Ce que je fais de mon corps ne le regarde absolument pas. Et de toute façon, il n'a pas besoin d'être au courant.

S'il n'était pas très à l'aise avec l'idée d'avoir une liaison secrète avec elle, cette nouvelle volonté d'indépendance qu'elle affichait lui paraissait encourageante.

— Tu dis cela maintenant, répliqua-t-il. Mais si lui ou Sloan remarque quelque chose, ce sera une tout autre histoire.

— Que veux-tu qu'ils remarquent ?

— Quand il y a de l'intimité entre deux personnes, elles se comportent l'une envers l'autre avec une aisance qui peut donner des indices aux autres.

— Tu penses que ce sera le principal problème ? Que je sois trop à l'aise avec toi ?

C'est vrai qu'il y avait d'autres éléments essentiels.

— Où pourrions-nous nous donner rendez-vous ? demanda-t-il.

— L'appartement que nous avons fait préparer pour toi est relié au mien par un couloir que personne n'emprunte jamais. Une fois que tout le monde sera couché…

Elle laissa sa phrase en suspens, le laissant imaginer la suite.

— Tu as pensé à tout, bravo.

— Merci, répondit-elle avec un petit sourire.

Elle semblait se détendre un peu.

— J'ai juste une question, dit-il.

— Je t'écoute ?

Il regarda par la vitre le ciel bleu qui s'étendait à l'infini, tellement différent de celui du Maine toujours barré par de grands arbres. Ici, il se sentait exposé. Vulnérable.

— Que se passera-t-il quand je repartirai ?

Elle afficha un sourire neutre et répondit :

— Tu retrouveras ta vie d'ermite et moi ma routine à la galerie. Promis, je ne viendrai pas te harceler chez toi.

Il pensa au courage qu'elle avait dû trouver pour lui parler avec autant de franchise. La femme qu'il avait rencontrée presque trois mois plus tôt n'aurait jamais fait cette demande pour elle-même. Pour satisfaire son propre plaisir. S'il n'avait rien d'autre à lui offrir, il pouvait au moins lui donner cela, puis retrouver sa solitude à l'autre bout du pays.

Mais s'il acceptait sa proposition, ce ne serait pas par altruisme.

Il avait envie d'elle.

Après avoir passé des mois à essayer – en vain – de se convaincre du contraire, il était finalement capable de l'admettre.

Il avait envie d'elle et elle avait envie de lui, et après toutes ses années de célibat, il n'était pas encore immunisé contre cela.

Malgré le nœud qu'il avait dans le ventre, il serra la main de Shelby pour lui donner son accord.

Elle sourit et changea aussitôt de sujet.

— As-tu prévenu Law et Remy que tu allais venir ici ? demanda-t-elle.

— Oui.

Il s'était toutefois bien gardé de leur parler de son aventure avec Shelby, malgré les questions insistantes de Remy. Il ne considérait pas cela comme un mensonge mais seulement comme un élément de sa vie privée qu'il préférait garder pour lui. Remy aussi avait vécu une aventure d'un soir par le passé ! Une nuit qu'il avait complètement oubliée jusqu'à ce qu'elle vienne bouleverser sa vie neuf ans plus tard. Cosima avait eu la mauvaise idée de lancer l'émission à l'origine de la situation actuelle de Bastien, mais il devait bien reconnaître qu'il n'avait jamais vu son frère et sa nièce aussi heureux.

— Ils sont débordés, dit-il. Entre la distillerie, les enfants, l'émission, la vie…

— C'est dommage qu'ils ne soient pas présents pour ta première exposition officielle.

— Ils ne se sont jamais tellement intéressés à mes sculptures, répondit-il avec un haussement d'épaules.

— À l'exception de celle que tu as installée à la distillerie Four Thieves. J'aimerais bien que tu m'en parles, d'ailleurs.

Il n'aimait pas s'expliquer sur son travail, sur son inspiration et sur les mois qui précédaient la naissance d'une œuvre. Mais puisqu'il allait devoir le faire pour l'ouverture de l'exposition, après tout, c'était l'occasion de s'entraîner.

— J'ai compris que Law était le faucon, Remy le coyote et Augustin le lynx, poursuivit-elle. Ce qui m'échappe, c'est pourquoi tu as choisi un sanglier pour toi.

Elle était la toute première à saisir la signification de sa sculpture. Les autres avaient pensé que le personnage placé à l'écart des autres était Augustin. Et pour cause. C'était bien lui qui s'était enfui avec la fiancée de Law et une somme d'argent qui ne lui appartenait pas.

— Ce n'est pas moi qui ai choisi, répondit-il. C'est notre mère.

L'histoire de leur mère était le seul sujet qu'ils avaient réussi à maintenir à l'écart de l'émission. Une histoire dont Bastien avait appris la vérité récemment, quand Remy leur avait révélé qu'elle était morte seulement une semaine après son départ, tuée dans un accident de la route.

Lorsqu'elle avait quitté la maison, Bastien était un adolescent de quinze ans, en colère et facile à manipuler. Zap en avait profité pour lui faire prendre parti contre elle. S'il avait su à l'époque tout ce qu'il savait aujourd'hui, son père et lui en seraient venus aux poings beaucoup plus tôt. Et pour des raisons beaucoup plus sinistres.

Shelby n'insista pas et durant la demi-heure qui suivit, ils ne ressentirent pas le besoin de combler le silence. Ils traversèrent la banlieue de San Francisco puis roulèrent d'une colline à l'autre, le paysage urbain laissant progressivement place à la végétation.

Ils finirent par arriver devant un mur en pierre ancien, éclairé par des lanternes. Rien n'annonçait qu'ils se trouvaient à l'entrée d'un domaine de presque quarante hectares, mais Bastien eut l'impression de sentir le luxe monter de l'allée parfaitement entretenue sur laquelle ils avançaient.

Comme à son habitude, Bastien avait fait des recherches et trouvé beaucoup d'images de la propriété dans les magazines et sur les sites Internet dédiés au patrimoine des grandes fortunes. À cet instant, il avait en tête les photos du bassin romain, des jardins dignes d'un château, des six dépendances, de la fontaine, des écuries, des vergers, des bois et de la vue à couper le souffle sur la côte Pacifique.

— À cette heure-ci, dit Shelby, la maison est encore vide. Je vais te montrer ta chambre pour que tu puisses te détendre un peu avant le dîner.

— Je pourrais voir la tienne d'abord ? demanda-t-il avec un sourire.

— Si tu veux.

Le chauffeur s'arrêta devant l'immense maison. Bastien le remercia, prit ses deux sacs dans le coffre et suivit Shelby à l'intérieur.

En se réveillant ce matin, il s'était attendu à détester ce qu'il découvrirait en arrivant. Le fait que ce sentiment se dissipe aussi rapidement le surprit. La décoration faite d'œuvres d'art et de plantes ornementales avait un charme particulier, et contrairement à ce qu'il avait imaginé, le mobilier n'était pas constitué de pièces de musée mais de fauteuils et de canapés dans lesquels on avait réellement envie de s'installer.

— Par ici, dit Shelby en traversant le salon.

Elle le conduisit dans un long couloir, puis vers une volée de marches ingénieusement dissimulées derrière une porte camouflée.

— J'ai mis une éternité à comprendre ce mécanisme quand je suis arrivée ici, confia-t-elle.

Bastien avait presque oublié que Shelby n'était pas née ici, qu'elle avait été adoptée.

Une histoire qui commence bien ne se termine pas par un enfant confié aux services sociaux. Il était bien placé pour le savoir.

Arrivés en haut de l'escalier, ils franchirent une autre porte en bois, semblable à celle d'en bas, et longèrent un nouveau couloir éclairé par de grandes fenêtres voûtées. La lumière du soleil faisait briller le parquet ciré.

— La maison principale a été construite en 1907, expliqua Shelby.

Remarquant sans doute qu'il contemplait les statues, elle ajouta :

— Si jamais tu te perds, rappelle-toi juste que pour venir chez moi, c'est la troisième porte à gauche après Artémis.

Elle s'arrêta, sortit de son sac une carte magnétique et déverrouilla la porte avant de tendre la carte à Bastien.

— Celle-ci est pour toi, dit-elle. Pour que tu puisses aller et venir comme bon te semble.

Ce geste le toucha sincèrement. Non seulement elle le recevait chez elle, mais elle lui laissait même libre accès à sa chambre. Cela montrait combien elle avait confiance en lui.

Dans l'appartement privé de Shelby, le changement d'ambiance était évident. L'ordre et l'élégance qui régnaient dans le reste de la maison étaient ici remplacés par une énergie vivante et chaotique. Il y avait trop de plantes sur le rebord de la fenêtre. Des bougies à demi consumées étaient posées sur le comptoir de la cuisine, des jetés jonchaient le canapé et la chaise longue qui meublaient le salon. Il y avait aussi un coin bibliothèque avec un pouf et encore des plantes et des bougies.

On ne pouvait pas appeler cela du désordre, mais de toute évidence, certains objets n'avaient pas de place attitrée. Des magazines. Des courriers. Des livres. Il se pencha vers l'un d'eux et vit qu'il s'agissait d'un livre de cuisine dont la couverture était craquelée et dont les photos semblaient dater des années 1960.

— C'est de là que vient l'idée de mettre des lentilles dans la sauce des pâtes ? demanda-t-il en montrant la photo d'une gelée de fruits verte assez peu appétissante.

— Je les collectionne, dit-elle en guise d'explication. La salle de bains est derrière cette porte, si tu veux l'explorer aussi.

Évidemment, c'était bien plus qu'une salle de bains. C'était un véritable spa. Des crédences en marbre, une douche aussi grande que la chambre de Bastien, équipée d'un banc et de multiples jets, et cette baignoire...

Cette baignoire dans laquelle elle s'était trouvée quand ils s'étaient parlé au téléphone après l'annonce de l'exposition sur le site de la galerie. Une baignoire assez longue et profonde pour qu'ils y soient à l'aise à deux. Avec son mètre quatre-vingt-dix-huit, il avait depuis longtemps abandonné tout espoir de se prélasser dans une baignoire de taille standard.

L'appartement voisin était aussi luxueux que celui de Shelby mais nettement moins chaleureux. Un salon parfaitement meublé, une chambre splendide et une somptueuse salle de bains, mais pas un seul objet qui traînait.

— Je te laisse t'installer, fais comme chez toi, lui dit-elle. Je vais me chercher un kombucha dans la grande cuisine. Je te rapporte quelque chose ?

— J'imagine que tu n'as pas de bière sans alcool ?

— Tu en trouveras dans le frigo de ton coin cuisine, répondit-elle avec un sourire malicieux.

Le fait qu'elle ait eu cette attention à son égard lui procura une émotion qu'il ne préférait pas analyser.

— Merci, dit-il simplement.

— Je t'en prie. À tout de suite.

Une fois seul, il sortit sa trousse de toilette de son sac et entreprit de comprendre le fonctionnement de la douche, ce qui lui prit un certain temps. Lorsqu'il sentit les jets d'eau chaude masser son corps tendu, il s'en voulut d'avoir opté pour une douche classique en aménageant sa propre maison.

Par curiosité, il prit l'un des flacons posés à portée de sa main. C'était une jolie bouteille dont l'étiquette était celle d'une grande marque française. Il l'ouvrit et l'odeur de lavande qui s'en échappa lui rappela aussitôt celle qu'il avait sentie en enfouissant le visage dans les cheveux de Shelby. Il n'en fallait pas davantage pour que des souvenirs divinement sensuels envahissent sa mémoire. Ses seins, ses fesses, le plaisir absolu d'être en elle.

— Bastien ?

Il faillit glisser en entendant sa voix dans la chambre. Il n'avait pas pris la peine de fermer la porte.

— Oui ?

— Tu penses que tu pourrais être prêt d'ici un quart d'heure ?

Il baissa les yeux pour constater l'effet évident de ses pensées sur son corps. À contrecœur, il ferma le robinet d'eau chaude et le froid lui coupa le souffle.

— Un quart d'heure ? Je croyais que nous avions jusqu'à 19 h 30.

— Mon père m'a demandé si nous pouvions passer à la galerie

avant le dîner. Sloan lui a parlé d'une question importante pour laquelle elle avait besoin de ta contribution.

Il se rinça et se sécha rapidement, puis noua sa serviette autour de ses hanches et sortit de la douche. Shelby était debout dans l'encadrement de la porte, poliment tournée vers la chambre.

— Comment dois-je m'habiller ce soir ? demanda-t-il.

— Un pantalon et une chemise. La cravate n'est pas requise.

— Tu peux me regarder, tu sais, plaisanta-t-il. Il n'y a rien ici que tu n'aies pas déjà vu.

— Je sais, répondit-elle en se penchant pour regarder un point sur le mur. Bon, je vais me changer. Rejoins-moi quand tu es prêt.

Il ne mit pas plus de cinq minutes à s'habiller, à peigner ses cheveux mouillés et à s'assurer que le travail de son barbier avait bien tenu. Quand ce fut fait, il mit son portefeuille dans sa poche et attrapa une bière sans alcool pour patienter dans la pièce qui reliait les deux appartements.

Shelby apparut au bout de dix minutes, remaquillée et les cheveux dénoués, vêtue d'une robe de cocktail rose foncé, sans manches, qui épousait à merveille sa silhouette généreuse.

Bastien cligna des yeux, comme s'il était face à un mirage.

— Tu es…

— Ridicule, interrompit-elle. Je n'aurais jamais dû laisser Kendall me convaincre d'acheter cette robe.

Elle se mit à aller d'un meuble à l'autre, ouvrant hâtivement des tiroirs avec des gestes pressés.

— Est-ce qu'elle sera là ce soir ? Parce que j'aimerais la remercier personnellement.

— Elle est à Milan pour un défilé de mode, répondit-elle en enfilant des escarpins à talons. Mais j'ai eu la bêtise de lui promettre que je la porterais pour le dîner de ce soir.

— Ce n'est pas que j'aie envie que tu te changes, mais puisque ta sœur ne sera pas là pour vérifier, pourquoi te forcer à la mettre ?

— Elle verra les photos.

La tension qui avait commencé à se dissiper s'empara de nouveau de Bastien.

— Les photos ? demanda-t-il avec angoisse.

Shelby lança un regard vers lui.

— Rien d'officiel, assura-t-elle. Juste quelques images pour le site Internet. Ah, te voilà ! s'exclama-t-elle triomphalement.

Elle enfila le bracelet scintillant qu'elle avait fini par trouver, se redressa et se tourna vers Bastien. Dès qu'elle le vit, son sourire s'effaça.

— Qu'est-ce qui ne va pas ? demanda-t-elle.

— Tu ne m'as jamais dit qu'il y aurait des photos.

— Je ne pensais pas que cela poserait un problème.

Il posa sa bouteille à moitié vide sur le bar et s'y appuya des deux mains en regardant vers le sol. Il se sentit sombrer si vite qu'il tressaillit quand Shelby posa la main sur son épaule.

— Bastien, que se passe-t-il ?

Incapable d'articuler un seul mot, il garda les mâchoires serrées.

— S'il te plaît, parle-moi, insista-t-elle. Pourquoi est-ce un problème qu'il y ait des photos de toi sur le site de la galerie ?

Il respira profondément et puisa au fond de lui la force de lui répondre :

— Mon père a escroqué beaucoup de gens. Je me suis retrouvé en prison avec un homme qui lui en voulait, et qui s'est mis en tête de me faire payer à sa place.

— Payer ? dit-elle en écarquillant les yeux. Mais comment ?

Bastien reprit sa bière et en but une gorgée.

— En l'aidant à vendre de la marchandise de contrebande à l'intérieur de la prison. Mais je ne voulais qu'une chose : purger ma peine et en finir avec tout ça. J'ai donc décliné sa proposition. Ses amis se sont chargés de me faire comprendre qu'il ne s'agissait pas d'une proposition.

Il contempla le visage à la fois stupéfait et triste de Shelby, et sa situation lui parut irréelle. Comment avait-il pu passer toutes ces années dans les bas-fonds et être aujourd'hui invité dans une maison qui valait plusieurs millions ?

— Une semaine plus tard, poursuivit-il, sa cellule a été inspectée. Il a pensé que c'était moi qui l'avais dénoncé. Les années suivantes ont été atroces. Après ma libération, je suis allé d'un endroit à l'autre, sans jamais m'attarder nulle part, jusqu'à ce que Law, Remy et Augustin créent la distillerie Four Thieves. Je m'y suis installé aussi et, au bout d'un an, j'ai commencé à recevoir ces messages étranges. Des demandes d'argent, parfois des menaces. Ils faisaient tous référence à des choses qui m'étaient arrivées en prison.

— Qu'as-tu fait ?

— Curieusement, un ancien détenu recevant des menaces d'un autre ancien détenu, ce n'était pas la priorité de la police.

C'était bien la première fois qu'il parvenait à plaisanter en évoquant ce sujet. Sur le moment, et pendant longtemps, il l'avait très mal vécu. Il s'était senti terriblement coupable de mettre en danger ce que ses frères avaient construit. Il avait eu peur pour Emily, sa nièce encore si jeune à l'époque. Déjà, avant sa naissance, il avait pris le parti de Law contre l'idée de Remy d'engager des anciens détenus à la distillerie. Une fois qu'elle avait été là, la sélection des candidats était devenue encore plus précautionneuse.

Comme Remy, Bastien savait malheureusement de quoi les gens étaient capables quand ils n'avaient plus rien à perdre.

— Alors j'ai quitté la distillerie, poursuivit-il. À défaut de pouvoir identifier le coupable ou faire cesser ces menaces, je devais m'éloigner de mes proches afin de les protéger.

— Et aujourd'hui ? Tu continues à recevoir ces messages ?

— Cela s'est arrêté quand j'ai emménagé dans le Maine, répondit-il en finissant sa bière. Pendant quelques années, j'ai cru que j'allais enfin pouvoir vivre en paix. Puis la diffusion de *Bad Boys of Booze* a tout changé. Maintenant que nous sommes devenus des personnages publics, j'ignore si le flot de messages haineux que je reçois vient des spécialistes du genre qui envahissent les réseaux sociaux…

— Ou si c'est la même personne qui te harcelait quand tu vivais à la distillerie ?

— C'est ça. Et à chaque fois qu'une nouvelle photo de moi apparaît sur Internet, je peux m'attendre à une nouvelle salve.

— Si j'avais su…

— Mais tu ne pouvais pas savoir.

Le portable de Shelby s'alluma dans sa main. Elle regarda l'écran et laissa échapper un juron.

— Il est déjà 19 h 20, dit-elle en prenant un imperméable beige sur le portemanteau. Je suis désolée. Tu veux bien que nous continuions cette conversation en chemin ?

— Inutile d'en discuter plus longtemps.

Elle prit son sac à main. Comme il lui tenait la porte, il s'étonna de la voir s'arrêter devant lui.

— Tu as oublié quelque chose ? demanda-t-il.

Elle prit sa main libre et la serra entre les siennes.

— Merci de m'avoir dit tout cela, murmura-t-elle.

— Pourquoi ?

Elle haussa les épaules et répondit :

— Parce que j'ai le sentiment que tu n'en as pas parlé à beaucoup de gens.

Elle avait raison.

À part elle, une seule personne était au courant.

Son frère Augustin.

10

Le cœur de Shelby battait la chamade quand la Mercedes s'arrêta devant la galerie, devenue pour elle la source de tant d'espoir et de peine. À travers les vitres teintées de la voiture, elle voyait son père et Sloan de dos, derrière la vitrine, en train de se parler en observant une sculpture de Bastien.

Je peux le faire, se dit-elle avec détermination.

Espérons, lui répondit la petite voix qui la faisait constamment douter d'elle-même.

Elle avait souvent imaginé ce moment au cours des semaines de préparation de l'exposition.

Les présentations.

Elle avait beau savoir que c'était ridicule, elle avait l'impression d'avoir au-dessus de la tête une grande pancarte : J'ai couché avec Bastien Renaud.

Son langage corporel allait-il la trahir ? Un regard un peu trop insistant, un sourire suggestif…

Elle savait en tout cas que Sloan serait à l'affût du moindre indice. Sa belle-mère la surveillait comme une proie depuis son retour de Bar Harbor. Attendant un faux pas de sa part. Remettant en question chacune de ses décisions et de ses suggestions. N'ayant pas été satisfaite par les explications données par Shelby sur la façon dont elle avait obtenu l'accord de Bastien, elle l'avait interrogée sur chaque détail, aussi minutieusement qu'une araignée tissant sa toile.

Une toile dans laquelle Bastien était désormais pris avec Shelby.

Elle avait eu besoin de toute son audace pour lui poser sa question après être passée le prendre à l'aéroport. Son approche n'avait certes pas été très romantique, mais ce n'était pas une histoire sentimentale qu'elle recherchait. Ce qui rendait problématique la tendresse de plus en plus grande qu'elle éprouvait pour lui.

En entendant sa terrible histoire, elle avait eu envie de l'enlacer, de poser la tête contre son torse et de le serrer fort dans ses bras. Elle se demandait depuis combien de temps il n'avait pas eu droit à un tel geste d'affection.

Le chauffeur ouvrit la portière de Shelby et elle regarda Bastien, excessivement séduisant dans son pantalon bleu marine et sa chemise bleu pâle.

— Prêt ?

— Autant que je peux l'être, répondit-il en grimaçant.

Ils descendirent de voiture et se dirigèrent vers l'entrée de la galerie.

— Eh bien, vous êtes là, dit Sloan en venant à leur rencontre.

Elle examina rapidement Bastien de la tête aux pieds avant d'avancer vers Shelby pour lui faire un simulacre de baiser sur chaque joue.

— Toutes mes excuses pour notre retard, dit Shelby. J'ai dû régler un problème de dernière minute avec le traiteur pour demain.

La bouche crispée de son père finit par esquisser un sourire poli.

— Nous commencions à croire que vous aviez changé d'avis, dit-il en tendant la main à Bastien.

Leur poignée de main fut brève mais ferme.

— Gerald Llewellyn. Et voici ma fiancée, Sloan Bedford Whitley.

Bastien serra alors la main de Sloan, qui osa faire une remarque sur la rugosité de sa peau.

— Les risques du métier, se justifia-t-il avec un sourire qui détendit Shelby comme par magie.

— Je suis sûr que l'une des deux femmes de ma vie vous a dit à quel point j'admirais votre travail, dit Gerald. Nous sommes honorés d'accueillir votre première exposition officielle.

— Tout l'honneur est pour moi, répondit Bastien. L'espace que vous avez créé ici est remarquable.

Ils s'alignèrent tous les quatre et contemplèrent la galerie comme si elle représentait une œuvre d'art en elle-même.

— Oh ! merci, dit Sloan avec une satisfaction évidente. Je suis désolée pour le changement d'organisation de dernière minute, mais il m'a semblé préférable que vous veniez ce soir pour voir si vous vouliez apporter un quelconque changement.

C'était sa façon de suggérer à Bastien d'évaluer par lui-même le travail de Shelby.

— Je vous remercie pour cette attention, madame, dit Bastien.

Sloan passa le bras autour de la taille de Gerald.

— Je vous en prie, appelez-moi Sloan.

— Et moi, vous pouvez m'appeler « le sacré chanceux », plaisanta Gerald en embrassant sa fiancée sur la joue.

— Quand aura lieu le grand jour ? demanda Bastien.

— Le 22 avril, répondirent à l'unisson Sloan, Gerald et Shelby.

— C'est pour bientôt alors.

— Ne m'en parlez pas ! s'exclama Sloan en faisant une grimace de fatigue.

— Pour organiser une exposition et un mariage en même temps, dit Bastien, vous avez dû recevoir une aide précieuse.

— La meilleure, répondit Sloan avec enthousiasme. Celle de Fernando de Burgh. Officiellement, il est organisateur de mariages, mais il ressemble davantage à un ange ou un magicien. Et, bien sûr, j'ai pu compter sur Shelby pour l'exposition, ajouta-t-elle comme si elle s'y sentait obligée.

— Eh bien, dit Bastien, je ne peux pas m'exprimer sur le mariage, mais ce que je vois ici est formidable. Ce parquet est d'origine ? demanda-t-il en admirant le sol.

Shelby lui fut infiniment reconnaissante de changer de sujet.

— En effet, confirma Sloan. C'est l'un des éléments qui m'ont séduite quand nous cherchions une galerie à acquérir.

— Je vous comprends. Cela vous ennuierait que je jette un œil à l'éclairage du fond ?

— Pas du tout, répondit joyeusement Sloan en lui faisant signe de l'accompagner.

Shelby ressentit malgré elle une pointe de jalousie.

Elle comprenait l'importance pour Bastien d'établir un rapport professionnel avec Sloan, mais avait-il besoin de fournir autant d'efforts pour se faire bien voir ?

— Cela s'est mieux passé que je ne m'y attendais, dit Gerald. J'étais un peu inquiet quand j'ai reçu ton message m'annonçant que vous seriez en retard. Tu sais à quel point Sloan est contrariée quand il y a un contretemps.

Oh ! oui. Shelby le savait.

— Au fait, tu peux me rappeler quand Bastien doit repartir ?

Il n'avait pas pu l'oublier, mais elle répondit quand même à son père :

— Je crains qu'il doive rentrer chez lui dès le lendemain de l'ouverture de l'exposition.

— Si tôt ?

— Il a un magasin à Bar Harbor. Ce n'est pas une grande ville, mais il reçoit beaucoup de commandes en ligne.

— C'est juste que j'ai une partie dimanche matin et que je voulais lui proposer de m'accompagner.

— Il ne joue pas au golf, papa.

— Ce n'est pas seulement pour le golf. Nous allons ensuite visiter les caves de Silver Branch. Porter m'a dit que le domaine allait dévoiler son nouvel amarone.

— Il ne boit pas non plus.

— A-t-il eu des problèmes avec l'alcool ? demanda Gerald en fronçant les sourcils.

C'était ironique qu'il pose cette question.

— Cela va peut-être t'étonner, répliqua Shelby, mais certaines personnes choisissent la sobriété sans avoir besoin d'un problème pour le justifier.

Elle repensa à l'histoire de Bastien avec son professeur d'arts plastiques et songea qu'elle n'avait peut-être pas dit la stricte vérité, mais elle ne devait pas d'explication à son père de toute façon.

— Et qu'as-tu appris d'autre sur notre artiste pendant la nuit où tu étais bloquée chez lui par la neige ?

Shelby sentit ses joues s'enflammer et se tourna vers Sloan et Bastien pour que son père ne la voie pas rougir.

— Qu'il faisait une bonne sauce bolognaise, qu'il avait commencé la sculpture avec des savons, qu'un ours s'était introduit chez lui au printemps dernier et qu'il aimait les lentilles.

— Qui ? Bastien ou l'ours ?

Elle roula les yeux tout en se réjouissant que cette mauvaise plaisanterie dissipe la tension qui s'était installée.

— Les deux, j'imagine, répondit-elle en riant.

— Et c'est tout ?

Non, ce n'était pas tout.

Elle avait aussi appris que Bastien était protecteur, courageux et plein de ressources. Qu'il aimait Brahms et le blues. Qu'avec lui, elle se sentait vivante.

Toutes ces choses qu'elle ne pouvait pas partager avec l'homme qui comptait le plus pour elle.

— En gros, oui, répondit-elle.

Un éclat de rire aigu précéda de peu le retour de Sloan et Bastien.

— Un mât de tente ? Vraiment ? s'exclama Sloan en touchant l'avant-bras de Bastien. Non, vous plaisantez !

La fiancée de son père pleurait littéralement de rire.

— Je vous assure que c'est vrai, dit Bastien. Si mon pantalon n'avait pas été troué, je m'en serais sans doute sorti.

Sloan se tamponna le coin des yeux du bout de l'index.

— Bastien me racontait la fois où il a eu la vie sauvée par un enjoliveur, dit-elle à Gerald et Shelby.

— C'est insolite, s'amusa Gerald. Nous pouvons aller dîner ? demanda-t-il en offrant le bras à Sloan.

— Il n'y a pas de photographe finalement ? s'étonna Shelby.

Elle avait gardé son imperméable en espérant ne pas avoir à dévoiler sa robe de toute la soirée.

— Oh ! répondit Sloan. Il a dû annuler malheureusement, mais il sera là demain soir.

Shelby vit Bastien se raidir.

— Si nous faisions tous le trajet dans ma voiture ? proposa Gerald.

C'était la dernière chose dont Shelby avait envie.

— Je ne voudrais pas te vexer, mon chéri, mais je ne vois pas comment Bastien pourrait tenir sur la banquette arrière de ta Porsche.

— Il n'aura qu'à s'asseoir à l'avant. Comme ça, Shelby et toi, vous pourrez régler les derniers détails pour demain.

Shelby vit que Sloan se retenait de protester.

— D'accord, céda-t-elle. Laisse-moi juste le temps d'attraper mon sac et nous pourrons rentrer à Green Gables.

— En fait, je me disais que M. Renaud aimerait sûrement dîner au Pier Club. Ce sera l'occasion pour lui de voir un peu San Francisco, puisqu'il reste si peu de temps.

Shelby fut prise de panique. Elle aurait dû se douter que son père ferait ce genre de proposition.

Le Pier Club était le contraire d'un endroit où elle aurait emmené un homme comme Bastien Renaud. Des nappes en lin blanc, de l'argenterie et des verres en cristal, des portions minuscules et des plats aux noms prétentieux, et une clientèle constituée de champions de la Silicon Valley qui venaient parader avec un top model et montrer qu'ils pouvaient obtenir une table dans cet établissement réservé à l'élite.

Pourvu que Sloan s'oppose à cette idée…

— Bien sûr, approuva la fiancée de son père. Je vais téléphoner à la maison pour prévenir le personnel que nous ne rentrerons pas dîner.

Sur ces mots, elle se dirigea vers son bureau.

— J'espère que ce changement de programme ne vous dérange pas, dit Gerald à Bastien.

Mais Shelby voyait sur le visage de Bastien qu'il était contrarié.

— Tout ce qui compte, c'est que le repas soit bon, répondit-il néanmoins.

— C'est ce que m'a dit Shelby. Elle m'a aussi dit que vous ne jouiez pas au golf, que vous ne buviez pas et que vous receviez parfois des ours. Il ne manquerait plus que vous ayez fait vos études sur la côte Est et je serais obligé de vous renvoyer sur-le-champ.

Shelby lança à son père un regard noir qu'il ignora complètement.

— Alors heureusement que je ne suis pas allé à l'université, rétorqua Bastien.

— Et pourtant, vous vous en êtes suffisamment bien sorti pour construire votre propre maison, créer votre entreprise et acheter des terres. Quelle histoire merveilleusement inspirante ce doit être pour ceux qui se trouvent dans votre situation !

Shelby avait mal au ventre tellement son estomac était noué. Cette conversation était en train de dégénérer. Où son père voulait-il en venir ?

— Vous parlez de mon manque d'instruction ou de mon incarcération ? demanda Bastien. J'essaie de comprendre qui je suis censé inspirer.

Pour une fois, Shelby fut soulagée de voir Sloan revenir. Son père n'avait pas eu le temps de répondre à la question de Bastien et c'était mieux ainsi.

Shelby fut si mal à l'aise en voiture qu'elle était prête à se jeter dehors dès qu'ils arrivèrent au restaurant. À l'entrée, ils furent accueillis par un maître d'hôtel qui appela son père par son nom et les conduisit à une table située près de la grande vitre donnant sur la baie.

Shelby ôta rapidement son imperméable et s'assit aussitôt. Sloan eut tout de même le temps de remarquer sa robe.

— Elle est nouvelle ? demanda-t-elle. Je ne crois pas t'avoir déjà vue dedans.

— Kendall me l'a rapportée de Paris après le dernier défilé, répondit Shelby en se précipitant sur son verre d'eau.

— J'envie l'assurance des Françaises, commenta Sloan en soupirant. Ce doit être cela, le but de la haute couture. S'affirmer. N'est-ce pas ?

Shelby se mordit l'intérieur de la joue et fixa les yeux sur la carte. Elle devait à tout prix se retenir de mordre à l'hameçon, sinon ce dîner passerait d'ennuyeux à désastreux.

Ils passèrent commande et un silence tendu s'installa jusqu'à l'arrivée des plateaux d'huîtres.

— Tu es bien taciturne ce soir, Shelby, observa Sloan en dépliant sa serviette sur ses genoux.

— C'est sans doute la nervosité qui veut cela, à la veille de l'ouverture de l'exposition, dit Gerald.

— Vous êtes nerveuse, Shelby ?

C'était la première fois de la soirée que Bastien s'adressait directement à elle – avec la distance nécessaire pour dissimuler leur intimité. Assis à sa gauche, il avait la main posée à quelques centimètres de son coude. Si seulement il l'avait mise sous la table, sur sa cuisse... Rien n'aurait pu la réconforter davantage.

Elle s'éclaircit la voix et répondit :

— Nerveuse, pas vraiment. Mais j'ai passé tellement de temps à tout planifier... Maintenant je n'ai plus qu'à attendre de voir si tout se passe bien.

— Oh ! tu t'habitueras, dit Sloan en portant sa flûte de champagne à ses lèvres. Je me souviens de ma première exposition. J'ai l'impression que c'était il y a des siècles.

— Ce n'est *pas* ma première exposition, lui rappela Shelby.

— C'est vrai.

Le gros diamant qui ornait sa bague de fiançailles étincela quand elle entrelaça ses doigts à ceux de Gerald.

— J'avais oublié cette petite galerie où tu travaillais avant, ajouta Sloan.

Petite.

Petite par sa taille, certes, mais au moins, Shelby s'y était sentie bien. Tous les jours, elle regrettait d'avoir quitté cette galerie pour aller travailler avec Sloan Whitley.

— Ce qui lui manquait en surface était compensé par sa qualité, souligna Gerald. Et avec le charme de Shelby et ta sophistication, la Llewellyn Gallery rassemblera le meilleur des deux.

Sur ces mots, il leva son verre et but plusieurs gorgées.

— Parce que avant de prendre le nom de Llewellyn, ma galerie n'était qu'une boîte avec des dessins épinglés sur les murs, c'est ça ? demanda Sloan avec un rire agacé.

Gerald se prépara une huître d'un geste calme mais son visage trahissait son irritation.

— Tu exagères un peu, ma chérie, tu ne crois pas ?

— Ah bon ?

— J'en ai bien l'impression, oui.

— Et si j'avais dit que Llewellyn Enterprises deviendrait une firme incontournable dans le secteur des nouvelles technologies une fois que mon fils y serait entré ? insista Sloan en lui adressant un regard appuyé.

— Étant donné que tu n'as pas de fils, je ne suis pas sûr de comprendre ce que tu veux dire.

— Ce que je veux dire, c'est que j'ai travaillé dur pour faire de la Bedford Whitley Gallery une entreprise prospère et un établissement de référence, et ce bien avant que tu l'achètes et que Shelby rejoigne l'équipe.

— Tu veux dire que l'argent que j'ai investi dans le nouveau bâtiment n'a rien apporté ?

Gerald semblait maintenant plus amusé que contrarié.

— Ce n'est pas du tout ce que je dis, *mon chéri*, riposta Sloan en lui lâchant la main pour reprendre sa flûte de champagne. Je veux juste te rappeler que j'ai reçu d'autres propositions que la tienne.

Shelby sentit des frissons glacés l'envahir. Elle avait mal à la gorge à force de retenir ses larmes.

— Excusez-moi, dit-elle tout à coup en se levant. Je reviens.

Elle jeta sa serviette sur son siège et se précipita vers les toilettes, les yeux embués. Par chance, il n'y avait personne à l'intérieur. Elle ferma la porte à clé et se laissa tomber sur la banquette en velours prévue pour les femmes qui allaitaient leur bébé.

Comment avait-elle pu être stupide à ce point ?

Comment avait-elle pu commettre l'erreur de faire traverser le pays à Bastien et de lui imposer cet univers si éloigné du sien en pensant que tout se passerait bien ? Pourquoi fallait-il toujours qu'elle soit aussi optimiste ? À ce niveau, cela devenait un mélange désastreux de naïveté, d'entêtement et d'espoir.

L'espoir était source de souffrance. Quand son cœur incorrigible le comprendrait-il enfin ?

Les sept premières années de sa vie ne lui avaient donc rien appris ?

Elle s'accorda encore trente secondes avant de tapoter ses joues humides pour faire disparaître les traces de ses larmes. C'est alors qu'elle entendit quelqu'un frapper doucement à la porte.

— Une seconde ! dit-elle.

— Shelby ?

Bastien.

— Tout va bien, assura-t-elle. Je te retrouve tout de suite à table.

Elle respira profondément, afficha un sourire forcé et déverrouilla la porte.

Quand elle sortit, Bastien était toujours là.

— Tu étais censé retourner à table.

— Et risquer d'être poignardé avec une fourchette à huître ?

Elle n'eut qu'à voir son sourire pour se sentir plus légère.

— Ils se disputent toujours à propos de la galerie ? demanda-t-elle.

— Ils sont passés au mariage.

Elle ne put retenir un long soupir.

— Tu veux qu'on s'en aille ? proposa Bastien.

— C'est tentant, mais nous ne pouvons pas nous en aller comme ça.

— Pourquoi pas ?

— Parce que ce serait grossier.

— Plus grossier que de se disputer à table devant sa fille et un inconnu ? Dans un restaurant qu'on leur a imposé sans leur demander s'ils avaient envie d'y aller ?

Vu comme cela, évidemment…

— Tu ne crois pas que ce sera un peu bizarre si nous partons brusquement ensemble ?

— Tu oublies quelque chose. Je suis un artiste capricieux et solitaire. La bizarrerie, c'est ma spécialité.

Son air malicieux lui donnait encore plus de charme.

— Vas-y, dit-elle. Je t'écoute.

— Je sors et je t'attends dehors. Tu retournes à table, et au bout de quelques minutes, voyant que je ne reviens pas des toilettes, tu te lèves pour aller voir si je me sens bien. À ce moment, je t'envoie un message pour te prévenir que je suis mal à l'aise et que je rentre à Green Gables. Tu fais suivre mon SMS à Sloan et ton père et tu leur dis que tu vas rentrer aussi pour essayer de rattraper le coup. Ils sont gênés d'avoir gâché le dîner et nous pouvons nous enfuir. Nous aurons tout gagné.

Elle devait reconnaître que son plan était assez convaincant – sauf à la fin, car elle n'imaginait pas Sloan ou son père ressentir une quelconque gêne après un moment qui avait ressemblé pour eux à n'importe quelle réunion de famille.

— Nous devrions peut-être synchroniser nos montres ? suggéra-t-elle.

Il se pencha alors vers elle pour lui susurrer à l'oreille :

— Crois-moi, Shelby, je suis déjà en train de compter les minutes.

Un frisson d'excitation la fit vibrer de tout son être.

La stratégie de Bastien marcha encore mieux que prévu. Sloan parut sincèrement affectée par le départ de Bastien, même si ce n'était que pour contrarier un peu plus Gerald qui grommela une remarque sur les bonnes manières.

Une fois dehors, Shelby inspira profondément l'air frais du soir. Comme elle ne voyait pas Bastien, elle fit quelques pas le long du restaurant. Il surgit alors de l'ombre et l'attira dans la ruelle qui bordait le bâtiment.

— Eh ! Qu'est-ce que tu fais ? s'exclama-t-elle avec surprise.

Il lui répondit en nouant ses bras puissants autour d'elle :

— Je suis désolé que tu doives subir cette situation.

— Ce n'était pas comme ça avant qu'ils se fiancent. Oui, bien sûr, ils se chamaillaient de temps en temps, mais cela ne durait pas. Je veux vraiment qu'il soit heureux. Mais il n'est plus le même. Si tu l'avais rencontré à l'époque où ma mère était encore là, je pense que vous vous seriez très bien entendus tous les deux.

— Tu lui as déjà parlé de ce que tu ressentais ?

— Pas directement.

— Pourquoi ?

— J'ai l'impression que si je le faisais, il serait obligé de choisir un camp.

— Un camp ? Tu es sa fille.

Elle mit les mains contre son torse et s'écarta légèrement pour lever les yeux vers lui.

— Je suis sa fille *adoptive*, Bastien. Chaque matin, je me réveille en ayant conscience de la chance incroyable que j'ai. Je suis censée dire à l'homme qui m'a sauvée de l'enfer que la femme qui lui a permis de se relever après son deuil est un peu agaçante ?

En le voyant contracter la mâchoire, elle se rendit compte de ce qu'elle avait révélé inconsciemment.

Si elle avait déjà évoqué son enfance avec lui, ils n'en avaient pas parlé dans le détail. Mais ce qu'il savait semblait lui suffire pour deviner le reste. Les années en foyer et celles qui avaient précédé. Car il avait sans doute vécu la même chose, voire pire.

— Oui, répondit-il d'une voix ferme. Tu veux savoir pourquoi ?

— Pourquoi ?

— Parce que tu tiens à lui, et il le sait.

— Mais s'il décide quand même de se marier en sachant ce que je ressens ? Est-ce que ce ne sera pas encore pire ?

Il lui caressa la joue en ôtant la mèche de cheveux qui lui barrait le visage.

— S'il y a une personne capable d'avoir cette conversation avec lui sans faire empirer les choses, c'est bien toi.

Elle se sentit fondre quand il prit son visage dans sa main.

— Maintenant, murmura-t-il, ce serait bien que nous rentrions avant que je sois tenté de te faire l'amour ici, contre ce mur en brique.

— Qu'est-ce qui te fait dire que ce n'est pas ce que j'avais prévu ? s'amusa-t-elle en rejetant ses cheveux en arrière.

— Avec cette robe, tu veux dire ?

— Avec les sous-vêtements que je ne porte pas en dessous.

Il la regarda dans les yeux et referma les mains sur ses fesses pour vérifier qu'elle disait la vérité. Il laissa échapper un soupir rauque.

— Tu veux que j'appelle le chauffeur ? demanda-t-elle.

— Ce ne sera pas nécessaire.

Il se tourna et lui montra le taxi qui attendait, garé le long du trottoir. Quand ils furent assis à l'arrière, Shelby donna son adresse et le chauffeur la regarda avec stupeur dans le rétroviseur. Puis il démarra et Bastien profita de l'obscurité pour glisser la main sous la robe de Shelby et lui caresser la cuisse.

Elle mourait d'envie de le toucher aussi, mais elle craignait de le mettre dans une situation embarrassante s'il arrivait à Green Gables aussi excité qu'elle l'était et croisait des employés de la maison.

Par chance, une fois arrivés, ils purent rejoindre son appartement sans être dérangés et elle tremblait de fièvre au moment de sortir sa carte magnétique de son sac. Bastien l'aida à enlever ses chaussures, puis posa tranquillement son téléphone et son portefeuille sur la console de l'entrée.

Shelby s'adossa contre le mur et l'observa, aussi enivrée que si elle avait bu une bouteille de vin entière alors qu'elle n'avait pris que quelques gorgées.

— Tu sais ce qui me rend folle avec toi ? demanda-t-elle.

Il commença à défaire un à un les boutons de sa chemise.

— La liste est longue ? répliqua-t-il.

— Ta patience.

— Je suis patient quand je veux faire durer quelque chose le plus longtemps possible.

Une fois pieds nus, il la prit par la main et l'emmena dans la chambre et se mit derrière elle pour baisser la fermeture Eclair de sa robe. Elle attendit, guettant la réaction qu'il aurait en découvrant son petit secret.

— Dis donc, murmura-t-il en saisissant délicatement l'élastique de son string en dentelle.

Le tissu était si fin que Bastien ne l'avait pas senti sous sa robe.

— Qu'est-ce que c'est que ça ? ajouta-t-il en faisant semblant de se fâcher.

— Peut-être que je voulais juste te donner envie de me faire l'amour contre ce mur en brique.

Il fit glisser sa robe jusqu'à ses pieds et la ramassa délicatement pour la remettre sur le cintre accroché à la penderie. Comme elle le complimentait sur le soin qu'il y apportait, il lui répondit avec un sourire :

— Elle te va tellement bien... Je ne voudrais pas qu'elle soit abîmée. Cela dit, ajouta-t-il en se retournant vers elle, si c'est un mur que tu veux...

Là encore, il prit tout son temps, se penchant vers elle pour déposer des baisers dans son cou. Puis, alors que Shelby commençait à avoir le souffle court, il prit possession de sa bouche et la plaqua contre le mur en lui faisant sentir son érection. Elle gémit lorsqu'il glissa la main dans son string.

— Shelby, dit-il tout contre ses lèvres. J'ai envie de te goûter.

Sans qu'elle ait le temps de réagir, il l'emmena dans la salle de bains et la souleva pour la faire asseoir sur la crédence en marbre. Il s'écarta juste le temps de se débarrasser de ses vêtements, et dès qu'il fut de nouveau près d'elle, Shelby ne put résister à l'envie de prendre son sexe dressé dans sa main.

— Toi d'abord, ma beauté. Toujours.

Sur ces mots, il s'agenouilla, lui ouvrit les jambes et la caressa à travers la dentelle qui la couvrait toujours.

— Tu veux que j'aille lentement ? demanda-t-il en passant la langue le long de l'élastique. Que je te torture ? Ou bien...

Elle avait déjà le corps en feu.

Il attendit qu'elle le regarde pour écarter son string.

— Ou bien tu préfères que je te fasse jouir aussi vite et aussi fort que possible ?

Il mit la pointe de sa langue contre son clitoris et elle gémit en rejetant la tête en arrière.

— Je crois que j'ai la réponse.

Il releva la tête et une sensation de manque s'empara d'elle.

— Tu veux bien faire quelque chose pour moi ? demanda-t-il de sa voix grave.

Tout. N'importe quoi. Du moment qu'il lui redonnait sa bouche.

— Quoi ?

Il mit la main contre son sexe pour maintenir son excitation tout en lui parlant :

— Baisse ton soutien-gorge mais ne l'enlève pas.

Elle fit ce qu'il lui disait pour que sa poitrine soit libre mais maintenue vers le haut.

— C'est parfait, ma beauté. Maintenant caresse tes seins.

Le feu aux joues, elle lui obéit et se massa en imitant les gestes de Bastien.

— C'est agréable ?

— Oui, répondit-elle dans un souffle.

— Quand tu sentiras venir l'orgasme, tu te pinceras les mamelons, d'accord ?

Elle hocha la tête.

— Montre-moi.

Elle prit les pointes de ses seins entre le pouce et l'index, serra doucement et étouffa un cri.

— Parfait.

Il lui prit une jambe et la mit sur son épaule. Lorsqu'il remit enfin la bouche contre son sexe, elle crut s'évanouir de plaisir. Il l'embrassa comme il l'aurait fait sur sa bouche, ses lèvres et sa langue l'entraînant dans un tourbillon de sensations exquises. Alors qu'elle commençait à penser qu'il avait changé d'avis et décidé de prendre son temps, il accéléra le mouvement et elle se souvint juste à temps de suivre ses consignes au moment de jouir. Un éclair allant de ses seins à son sexe la traversa, lui arrachant un long cri.

Elle mit un long moment à retrouver son souffle et à redescendre sur terre. Bastien se releva et la prit dans ses bras.

— Je suis désolé.

— Désolé ? Mais de quoi ?

— C'est *ça* que j'aurais dû faire la première fois.

Elle remit son soutien-gorge correctement.

— Il aurait fallu que je te laisse faire, dit-elle. Souviens-toi, je ne voulais même pas que tu me regardes.

— Oh ! je m'en souviens.

— Tu sais, dit-elle après un silence, moi aussi, je voulais faire quelque chose. J'en ai eu envie dès que je t'ai rencontré.

— Ah oui ? Quoi donc ?

Elle lui sourit, descendit du meuble et marcha jusqu'à la baignoire. Une fois assise dessus, elle fit signe à Bastien de s'approcher. Quand il fut devant elle, la fixant de ses yeux brillants, elle caressa son sexe et en explora chaque centimètre avec ses doigts, ses lèvres, sa langue. C'était si bon de le sentir à sa merci, de voir ses abdominaux se contracter sous l'effet du plaisir, de l'entendre respirer de plus en plus fort…

Elle le prit dans sa bouche et il enfouit les doigts dans ses cheveux. Mais au bout de quelques instants, il se retira en haletant.

— Attends, dit-il. Tu n'es pas obligée de faire ça.

— Mais j'en ai envie.

— Shelby Llewellyn, dit-il en lui caressant le visage. Je n'ai jamais rencontré quelqu'un comme toi.

— Tu devrais sortir plus souvent, plaisanta-t-elle.

Elle le prit par les hanches et il se laissa faire. Ses soupirs rauques devinrent plus sonores, et en serrant les doigts autour de son érection, elle le regarda jouir.

Il semblait en extase, et c'était elle qui l'avait mis dans cet état. Elle n'avait pas imaginé que cela lui procurerait autant de bonheur. Cet homme lui faisait ressentir tant de choses qu'elle n'avait jamais ressenties avant…

Cette pensée lui serra le cœur. Car elle savait qu'un avenir avec lui était inimaginable. Même si ses bras étaient l'endroit où elle se sentait le mieux. Même si rien au monde n'était plus fort que de faire l'amour avec lui.

Malgré tout cela, elle allait devoir se passer de lui.

11

— Tu veux dire que quand nous étions chez Sergei, assis tous les deux au bar, c'était à *ça* que tu pensais ?

Bastien fit tourner dans sa main la bouteille de bière sans alcool qu'il buvait, allongé dans un bain moussant avec Shelby.

— Eh bien, pas précisément ce scénario-là, mais… oui.

Elle était assise devant lui, entre ses jambes, le dos contre son ventre.

— Ça te choque ? demanda-t-elle en prenant son verre de prosecco.

— Un peu.

— Tu ne pensais tout de même pas que les hommes étaient les seuls à fantasmer sur des inconnues, si ?

Peut-être que si.

— Simple curiosité, quel était ton scénario ?

Elle se retourna pour le regarder par-dessus son épaule.

— Tu veux vraiment le savoir ?

— J'ai posé la question, non ?

Elle se mit face à lui et son mouvement fit des vaguelettes dans son immense baignoire.

— C'était plus ou moins une réécriture de notre première rencontre dans ton magasin à Bar Harbor.

— Tu veux dire, une version dans laquelle je n'étais pas un odieux goujat qui t'ignorait ?

— Si, tu étais bien un odieux goujat. Mais au lieu de faire semblant de flâner pour te suivre discrètement, je te demandais des renseignements sur un mobile en bois et tu me répondais qu'il n'était pas à vendre.

Elle prit une fraise dans le bol pour la donner à Bastien, puis en mangea une à son tour.

— Donc j'étais encore *plus* odieux dans ton fantasme que dans la réalité ?

Elle haussa les épaules et précisa :

— Dans mon fantasme, ce mobile avait une grande valeur sentimentale, si cela peut te rassurer.

— Pas vraiment. Et ensuite ?

— Ensuite, je te demandais si tu serais intéressé par un autre type de paiement, et après une âpre négociation… tu acceptais.

— Nous étions seuls dans le magasin ?

— Non, mais à l'étage, oui. Personne ne pouvait nous voir.

— Mais on pouvait nous entendre, souligna-t-il.

— C'est pourquoi tu ne devais faire aucun bruit.

Il la regarda fixement, sidéré d'apprendre qu'elle avait eu tout cela en tête en buvant son whisky à deux mètres à peine de lui, sans qu'il ait eu la moindre idée de ce à quoi elle pensait.

— J'espère au moins t'avoir remerciée.

Il trouva sa cheville sous l'eau et la prit dans sa main. De temps en temps, subjugué par la grâce simple et la perfection du corps humain, il songeait avec regret qu'il ne sculpterait ni ne construirait jamais rien d'aussi élégant.

— Tu faisais bien plus que cela, dit-elle.

— Je t'écrivais une lettre ?

Elle l'éclaboussa en riant.

— Et toi ? demanda-t-elle.

— Quoi, moi ?

Voyant qu'il commençait à avoir les doigts fripés, il attrapa une serviette et s'essuya le visage et les mains. Shelby souleva le bouchon de la baignoire.

— Et toi, est-ce que tu as imaginé des choses en me voyant pour la première fois ?

— Toutes sortes de choses, répondit-il en sortant de la baignoire.

Elle le regarda avec insistance.

— Je t'ai raconté mon scénario, fit-elle observer.

Il l'aida à sortir du bain et mit une serviette sur ses épaules mouillées.

— Moi, répondit-il, je préfère te montrer.

Ses joues déjà rosies par l'eau chaude et le vin devinrent presque rouges.

— Tu veux dire que tu peux… encore ? s'étonna-t-elle. Déjà ?

L'idée qu'elle ait fait ce qu'elle avait fait tout à l'heure sans rien attendre en retour le mit en colère.

Et l'excita terriblement.

Il la prit par la main et la conduisit jusqu'à son lit. Après avoir mis de côté le couvre-lit et les coussins qui le jonchaient, il se glissa dans la douceur de ses draps bleu pâle et maintint la couette soulevée pour qu'elle le rejoigne.

— Tu viens ou non ?

— Euh… oui, répondit-elle, visiblement déconcertée par la tournure que prenaient les événements.

Elle jeta sa serviette et se mit au lit en remontant la couette jusqu'à son menton.

— C'est ça ? demanda-t-elle. C'est à ça que tu as pensé la première fois que tu m'as vue ?

— Presque.

Il ôta l'élastique qui lui nouait les cheveux, puis lui saisit la hanche pour la faire rouler sur le côté afin qu'elle lui tourne le dos. Il se mit alors tout contre elle, le sexe pressé dans le bas de son dos, leurs deux corps en parfaite harmonie.

Il avait su que ce serait comme cela.

À la seconde où il l'avait vue dans sa parka toute neuve, avec ses mauvaises semelles sur le barreau du tabouret de bar, il avait su.

Comme il savait quelle pièce de bois avait la forme dont il avait besoin pour une sculpture.

L'instinct.

Quelque chose d'animal qui ne s'expliquait pas.

Ils restèrent dans cette position jusqu'à ce qu'il la sente se détendre contre lui. Jusqu'à ce qu'elle savoure ce moment sans se préparer à la suite.

Il enfouit le visage dans la soie de ses cheveux, ferma les yeux et chuchota près de son oreille :

— Il fait un froid glacial dehors.

Elle se mit à rire.

— Mais nous...

— Un froid polaire, insista-t-il. Mordant. La neige recouvre les pins et s'amasse devant les portes et les fenêtres. On entend le vent siffler.

Sous la couette, il commença à caresser doucement le creux de sa hanche, puis sa cuisse.

— Mais ici, continua-t-il, nous n'avons rien à craindre. Nous sommes bien au chaud.

Il glissa la main vers l'avant, contre son sexe.

— Le feu est allumé dans le vieux poêle. Des ombres dansent sur les murs.

Il bougea les doigts et elle soupira en ouvrant les jambes pour l'inviter à continuer.

— Il y a une odeur de bois et de vieux livres, dit-il en mélangeant spontanément leurs deux univers.

— Et de jacinthe, dit-elle.

— De jacinthe ? répéta-t-il en insérant deux doigts en elle.

Elle gémit et dit d'une voix rauque :

— Oui, de jacinthe. Elles fleurissent en intérieur... l'hiver.

— Et de jacinthe, approuva-t-il.

Il continua à la faire voyager avec ses gestes, prenant un plaisir fou à la sentir explorer ses propres sensations.

C'était un crime qu'elle ait passé une si grande partie de sa vie d'adulte à donner du plaisir sans en recevoir. Un excès de générosité. Elle avait le cœur sur la main tandis que lui gardait le sien verrouillé à double tour. Avec son regard pétillant et son optimisme à toute épreuve, elle avait fait tomber toutes les barrières dont il s'était soigneusement entouré.

Elle se mit à bouger le bassin.

— Il faut que j'aille chercher quelque chose, dit-il.

— Regarde dans la table de nuit.

Il se tourna, tendit le bras pour ouvrir le tiroir et sourit en voyant que les préservatifs étaient de la même marque que ceux qu'ils avaient utilisés dans le Maine. Elle les avait donc achetés dans l'espoir qu'il accepterait sa proposition, et en sachant que s'il disait non, ils lui rappelleraient son refus.

Cette pensée le toucha tellement qu'il faillit en perdre son excitation. Mais il n'eut qu'à la regarder pour retrouver toute sa vigueur.

Une fois protégé, il reprit sa place tout contre elle et elle se cambra pour l'accueillir.

— J'ai un aveu à te faire, dit-il.

Elle tourna la tête vers lui.

— Tu ne trouves pas que c'est un drôle de moment pour les confessions ?

— Je n'ai pas pensé à ça la première fois que je t'ai vue.

— Ah ?

— Non. Cela faisait déjà un an que j'y pensais.

— Comment ça ?

— Tes messages vocaux.

— Qu'est-ce qu'ils avaient, mes messages vocaux ?

— Je trouvais que tu avais une voix sexy.

— Ma voix ? Qu'est-ce que tu pouvais bien lui trouver de sexy ? demanda-t-elle en riant.

— C'était celle d'une femme intelligente. Sophistiquée. Un peu autoritaire. Mais mes préférés étaient ceux dans lesquels tu étais clairement énervée contre moi.

— Donc… tous ?

— En gros, oui, confirma-t-il en lui caressant le sein.

— Et donc ? susurra-t-elle. Tu les écoutais en m'imaginant dans ton lit, nue contre toi ?

— Comme j'étais généralement dans mon lit quand je les écoutais, cette image me venait assez naturellement.

Elle lui adressa un sourire mi-timide, mi-provocateur et demanda :

— Est-ce que tu as déjà... ?

— Est-ce que j'ai déjà... ? répéta-t-il en faisant semblant de ne pas comprendre.

— Quand tu écoutais mes messages en m'imaginant dans ton lit. Est-ce que tu... participais ?

— Tu peux définir le mot « participer » ?

Elle poussa un soupir agacé et mit la tête dans son oreiller.

— Peu importe, dit-elle d'une voix étouffée.

Sous la couette, il lui prit la main, la mit sur son érection et la guida pour qu'elle fasse des allées et venues.

— Est-ce que je faisais ça en écoutant ta voix ? murmura-t-il. C'est ce que tu me demandes ?

Elle fit oui de la tête.

— Une ou deux fois, répondit-il. Par mois.

Elle secoua la tête avec un air amusé.

— Pendant tout ce temps, confia-t-elle, j'ai cru que tu ne décrochais pas et que tu ne répondais pas à mes textos parce que je n'étais pas assez importante.

Il s'assura d'avoir capté son regard avant de lui répondre :

— Je ne répondais pas parce que j'avais peur d'accepter de faire l'exposition si je t'écoutais me parler de vive voix. Et je ne t'ai jamais dit non par e-mail ou par texto parce que j'avais peur que tu arrêtes de m'appeler. Tu es importante, Shelby, dit-il en prenant son visage dans sa main. Pendant l'une des périodes les plus sombres de ma vie, tu as été plus importante que tu ne peux l'imaginer.

La gratitude qu'il vit dans son regard l'emplit d'émotion.

— Merci de me dire d'aussi belles choses, Bastien.

Elle bougeait maintenant d'elle-même la main sur son pénis tandis qu'il lui caressait les seins et l'embrassait dans le cou.

— Sebastien, soupira-t-elle.

Depuis quand n'avait-il pas entendu quelqu'un l'appeler par son prénom complet ? Dans la bouche de Shelby, il sonnait à la fois comme une prière et une louange.

Elle le fit entrer en elle et il la laissa bouger à son rythme pour qu'elle atteigne l'extase. Il sentit son sexe chaud se serrer autour du sien tandis qu'elle criait de plaisir.

Il resta immobile jusqu'à ce que le corps de Shelby se détende dans ses bras. Alors seulement, il se mit à aller et venir en se retenant d'accélérer. C'était le meilleur des supplices. Alors qu'il pensait être au maximum de l'excitation, Shelby changea de position pour se retrouver sur lui, qui restait étendu. Il voyait son dos et ses fesses.

— Regarde par ici, dit-elle en lui montrant le grand miroir fixé en face du lit.

Il pouvait ainsi contempler Shelby sous tous les angles.

— Qui es-tu ? demanda-t-il avec émerveillement.

Elle commença alors à onduler, lui faisant perdre toute lucidité et toute notion de la réalité. Les mains sur ses hanches, il accompagnait son mouvement en se délectant du spectacle qu'elle lui offrait. Les secousses de ses fesses et de ses seins attisaient les sensations qui le parcouraient.

Les premiers spasmes de l'orgasme s'emparèrent de lui. Il jouit en poussant un cri rauque et mit aussitôt la main contre le sexe de Shelby en lui ordonnant de continuer. Ils se regardaient dans le miroir quand elle trouva à son tour le plaisir suprême.

Ils retombèrent sur le matelas, exténués, leurs corps toujours unis. Il referma les bras autour d'elle et entendit bientôt qu'elle s'était endormie.

Il mourait d'envie d'en faire autant, mais cela aurait été de la folie. Au cours de la soirée, il avait dû lutter contre lui-même pour se retenir de dire ce qu'il avait à dire. Ne pas répondre aux provocations de Gerald Llewellyn, et surtout ne pas intervenir entre Sloan et Shelby lui avait demandé un effort surhumain.

Il connaissait bien cette mécanique.

Des compliments équivoques. Des critiques à peine déguisées. Un parent apathique et égocentrique.

Il avait bouilli intérieurement en voyant Shelby assise au milieu de tout cela, en proie à un désarroi qu'il avait vu s'accroître jusqu'à ce qu'elle s'enfuie aux toilettes. Il s'était levé sans un mot pour la rejoindre. Sans prendre la peine de s'excuser. En la trouvant en larmes, il aurait voulu la conduire devant son père et sa future belle-mère pour qu'ils voient dans quel état ils l'avaient mise.

Mais il n'avait aucun rôle à jouer dans cette histoire.

C'est pourquoi, quand il sentit qu'elle dormait profondément, il s'écarta tout doucement pour ne pas la réveiller et se leva. Après s'être assuré que son téléphone était branché et posé sur la table à côté d'elle, il éteignit la lumière et sortit pour regagner la chambre d'amis.

Cette attention serait la dernière qu'il aurait pour elle.

Car ce n'était pas à lui de protéger Shelby Llewellyn.

Du reste, qu'est-ce qui aurait pu lui faire penser qu'il en était capable ?

Ses antécédents indiquaient clairement le contraire.

12

Shelby coupa le réveil de son téléphone portable et roula sur le dos en bâillant. Elle s'étira et sentit des courbatures dans ses membres, mais malgré cela, elle était étonnamment bien reposée. Chacune de ces petites tensions lui rappelait tout ce qu'elle avait fait hier soir avec Bastien. Tout ce qu'ils s'étaient dit. Elle s'était endormie dans ses bras et réveillée sur un nuage.

Elle avait l'impression de flotter quand elle se leva pour aller dans la salle de bains. Après s'être douchée et brossé les dents, elle se mit devant la glace et remarqua de petites marques rouges sur ses seins et à l'intérieur de ses cuisses. Elle en vit une autre à la base de son cou et y posa le doigt, en songeant qu'elle allait devoir mettre une autre tenue que celle qu'elle avait prévue pour l'ouverture de l'exposition.

Elle sourit à l'idée d'avoir ces marques de leur nuit de passion cachées sous ses vêtements. Puis elle enfila un peignoir, se maquilla et dompta comme elle put ses cheveux ébouriffés. Elle s'était habillée et coinçait ses dernières mèches folles dans des barrettes quand elle reçut un SMS de Sloan.

En voyant la photo que la fiancée de son père lui avait envoyée, elle se figea et resta bouche bée. La grande vitrine de la galerie était brisée, percée d'un trou gros comme un ballon de basket et traversée par des fissures qui dessinaient comme une toile d'araignée autour du point d'impact. Sur le mur en brique, un mot avait été peint à la bombe.

ORDURE.

Tétanisée, Shelby mit un long moment à voir le message de Sloan sous la photo :

Appelle-moi.

Elle lui téléphona aussitôt et Sloan lui expliqua la situation. Seule la sculpture la plus proche de la vitrine avait été endommagée. La police était déjà venue et repartie, et Sloan avait obtenu un rendez-vous pour faire remplacer la vitrine dès ce matin. Quant au graffiti, leur entreprise d'entretien habituelle était en train de s'en charger.

Sloan était restée étonnamment calme en lui faisant ce récit.

— Mais je ne comprends pas, dit Shelby. Si l'alarme s'est déclenchée et a alerté la police, pourquoi personne ne m'a appelée ? Quand j'ai mis ce service en place, je suis sûre d'avoir donné nos numéros de téléphone à toutes les deux. Et toi, pourquoi tu ne m'as pas prévenue tout de suite ? Tu me dis que ça s'est passé à 3 heures du matin ?

Sloan laissa passer un silence avant de lui répondre :

— Tu avais l'air tellement angoissée hier soir… Avec ton père, nous avons jugé préférable de ne pas t'embêter tant que nous n'avions pas pris les choses en main.

Shelby s'assit sur le rebord de la baignoire. Son père était déjà au courant. Il savait et avait été d'accord pour ne rien lui dire.

— Compte tenu des circonstances, poursuivit Sloan, nous pensons tous les deux qu'il vaudrait mieux reporter l'inauguration. J'ai contacté Bastien et…

— Tu as *quoi* ?

Shelby s'était relevée d'un bond et vit son visage rouge de colère dans la glace.

— J'ai parlé avec Bastien juste avant que tu appelles et…

— Tu as appelé Bastien *avant* de m'avoir parlé ?

— C'est lui, l'artiste, Shelby. Après cet incident, il va vouloir joindre son assurance dès que possible.

Shelby se sentit idiote de ne pas y avoir pensé, et cela ne fit qu'alimenter sa rage contre Sloan.

— En tant que responsable de l'organisation de cette exposition, c'est moi qui aurais dû avoir cette conversation avec lui. Et c'est moi qui aurais dû échanger avec les policiers.

— Ils sont en train de visionner les images de vidéosurveillance. Ils reviendront vers nous dès qu'ils auront des informations à nous communiquer.

Sloan lui parlait comme à un enfant irascible.

— Tant que nous ignorons l'identité des coupables, poursuivit-elle, veux-tu vraiment risquer de mettre son œuvre en danger ?

Cette question occupait déjà l'esprit de Shelby. Qui avait bien pu faire cela ? Et surtout, *pourquoi* ?

Un fan de l'émission *Bad Boys of Booze* qui avait perdu la tête et voulu se faire remarquer à tout prix ? Sûrement pas un ancien codétenu gardant de la rancune contre lui…

Depuis quatre ans, il menait une vie paisible dans la splendide nature du Maine. Il avait fallu qu'elle vienne déranger sa tranquillité et le convainque de venir à San Francisco, où sa présence avait été annoncée publiquement, avec des détails sur le lieu et la date de sa venue.

Tout cela parce qu'elle avait été trop lâche pour avouer à son père que Bastien avait refusé l'exposition.

Elle s'en voulait tellement !

Comment avait-elle pu être aussi égoïste ?

À peine avait-elle raccroché qu'elle eut un violent haut-le-cœur. Son ventre la brûla et elle éclata en sanglots. Son ambition l'avait poussée à agir de manière complètement irréfléchie, et à présent, ce pour quoi elle avait tant travaillé s'écroulait devant ses yeux.

Au bout de quelques minutes, elle s'efforça de retrouver un semblant de calme et se leva péniblement en séchant ses larmes. Les jambes chancelantes, elle alla à la porte de l'appartement de Bastien et frappa.

— C'est ouvert, dit-il.

Il était debout à la fenêtre donnant sur le parc.

— Bastien, je…

— Tu veux qu'on aille faire un tour dehors ? demanda-t-il en se tournant vers elle.

Il était déjà habillé et ses cheveux bruns semblaient humides. Coiffés en arrière, ils faisaient ressortir la beauté brute de son visage.

— Maintenant ?

— Oui, maintenant.

Le mélange de tristesse et de résignation qu'elle vit dans son regard l'incita à accepter. Elle mit des chaussures confortables qui allaient à peu près avec sa robe en cachemire et un instant plus tard, ils sortaient dans le jardin qu'elle avait naïvement été impatiente de lui montrer. Avant que sa visite vire à la catastrophe, elle avait imaginé qu'il se plairait ici.

Ils s'engagèrent dans une allée de gravier bordée de haies.

— Porter et moi, nous venions souvent ici pour jouer à cache-cache, lui raconta-t-elle pour rompre le silence. Ou aux pirates. Ici, dit-elle en montrant une maisonnette en pierre, c'était notre navire. Nous imaginions que les fenêtres étaient des hublots.

Le regard de Bastien s'éclaira légèrement.

— Nous aussi, répondit-il, nous faisions ce genre de choses. Bien sûr, en général, nos jeux se terminaient par des coupures ou des brûlures, parfois très sérieuses.

— C'est vrai ?

— Oh ! oui. Nous avons de la chance de nous en être tous sortis vivants.

Le ton de leur conversation était tout sauf naturel. Elle avait hâte qu'ils arrivent au but de leur promenade pour se parler à cœur ouvert.

Au bout de l'allée apparut le grand escalier en pierre qui menait au bassin romain. Le plan d'eau reflétait un aqueduc à colonnade qui semblait appartenir à la fois à la terre et au ciel. Shelby n'avait jamais cessé d'être émerveillée par cet endroit. C'était sans doute la raison pour laquelle elle n'avait jamais vraiment réussi à partir, contrairement à Porter, Kendall et David. C'était un lieu magique à ses yeux.

Bastien ralentit en approchant de la tonnelle qui abritait un banc

portant une plaque en onyx gravée au nom de Grace Llewellyn. La mère adoptive de Shelby avait toujours aimé venir s'asseoir ici les soirs d'été.

— Je te dois des excuses, dit-il enfin.

— Toi ? demanda-t-elle avec stupeur. Mais pour quelle raison ?

— Hier soir, pour commencer.

— Que s'est-il passé hier soir ?

Il s'assit et la fit venir à côté de lui.

— Je tiens à te dire que tu es une personne extraordinaire, commença-t-il.

Le cœur de Shelby se mit à battre plus vite.

— Non, Bastien. S'il te plaît, non. Je sais ce que tu t'apprêtes à dire et ce n'est vraiment pas nécessaire. Je ne suis pas une gamine qui s'émerveille de tout.

Cela lui faisait du bien de le dire, même si c'était faux.

Car, si elle était honnête avec elle-même, elle se trouvait exactement dans cet état. S'il l'avait vue ce matin en train de danser en peignoir pour aller de sa salle de bains à son dressing…

— Je n'ai pas dit ça, répliqua-t-il.

— Ce n'est pas comme si j'avais cru que la nuit dernière était le début d'un conte de fées.

Non, elle n'avait pas cru cela. Mais en se réveillant ce matin, elle avait espéré.

Espéré que ce moment avait eu du sens pour lui aussi.

L'espoir, encore…

— Je n'ai pas dit ça non plus.

— Alors que veux-tu me dire ? demanda-t-elle.

Le masque de calme qu'il avait affiché jusqu'à maintenant sembla se fendre. Sa frustration commençait à apparaître sur son visage.

— Tout ce que je t'ai dit hier soir était vrai, Shelby. Mais cela ne signifie pas que j'ai eu raison de le dire.

— Parce que ?

Il soupira, se leva et fit quelques pas pour s'accouder à la rambarde de la pergola.

— Ce qui s'est passé ce matin à la galerie continuera à se produire encore et encore. J'aurai beau faire tous les efforts du monde, changer tout ce que je peux changer et me démener pour faire mes preuves, je ne ferai jamais partie de ce monde. Et il n'est pas question que je te fasse subir mes problèmes. Ni à toi, ni à qui que ce soit d'autre.

— Tu ne sais même pas encore ce qui s'est réellement passé à la galerie, protesta-t-elle. Personne ne le sait. Il arrive très souvent que des bâtiments du centre de San Francisco soient vandalisés. Tu t'en sers juste comme excuse pour me rejeter encore une fois.

— Encore une fois ?

Elle se leva pour s'approcher de lui.

— Après notre première fois dans le Maine, déjà, tu as fait exprès de me blesser pour que je parte. Mais ensuite, Sloan a mis cette publication sur le site de la galerie, tu t'es senti coupable et tu as accepté de faire l'exposition. Si tu le regrettes maintenant, j'en suis désolée. Je suis désolée que tu aies vécu des choses aussi horribles dans ton enfance. Désolée de ce qui t'est arrivé en prison. Et je suis désolée si c'est à cause de l'exposition que tes ennuis resurgissent. Mais je ne suis pas désolée d'être enfin capable de demander ce que *je* veux.

Elle porta la main à son cœur endolori et lui dit :

— Je ne suis pas désolée de te vouloir, Bastien. Et je ne suis pas désolée si c'est gênant pour toi de le savoir.

Les larmes coulèrent malgré elle sur ses joues.

Bastien fixa sur elle un regard ébahi.

— Shelby, tu ne peux pas vouloir ce que tu ne connais pas vraiment. Cette fois où tu m'as vu pour la première fois dans l'émission…

— Ce n'était pas l'émission, Bastien. C'était ton art. C'était le fait que tu sois capable de transformer ce que le monde avait rejeté en quelque chose de beau. L'espace d'un instant, j'ai eu le sentiment que tu avais fait pareil avec moi. Tu m'as donné l'impression que quelque chose en moi pouvait toucher quelqu'un comme toi.

Il fit un pas vers elle.

— C'était le cas, Shelby. *C'est* le cas. Je pensais tout ce que je t'ai dit hier soir. Tu comptes pour moi. Toi, ta sécurité. Ton bonheur.

Tes rêves. Ton avenir. Tout cela compte à mes yeux. C'est pourquoi je sais que je ne peux pas en faire partie.

Shelby laissa échapper un rire amer et essuya une larme du revers de la main.

— Si ça fait cet effet-là de *compter* pour quelqu'un, je préfère encore être ignorée.

Serrant les bras autour d'elle-même, elle tourna les talons et repartit d'un pas raide vers la maison. À mi-chemin, elle se mit à courir, de plus en plus vite, pour ne plus entendre les pas de Bastien derrière elle.

Elle avait la gorge en feu et les jambes tétanisées en entrant dans l'aile dédiée aux collections de son père.

Et c'est là qu'elle tomba sur lui.

Elle n'eut qu'à croiser son regard pour deviner qu'elle faisait peur à voir.

— Shelby ? Mais que se passe-t-il ? Sloan m'a dit que tu lui avais raccroché au nez. Cela fait une demi-heure que j'essaie de t'appeler. Tu vas bien ?

— Oui, oui, répondit-elle en hochant la tête. Je suis juste allée marcher pour m'éclaircir les idées.

— Non, je vois bien que ça ne va pas, insista-t-il en s'approchant pour la dévisager. Viens. Regarde-moi.

— Je t'assure que si. Je suis essoufflée, c'est tout.

Il la prit par les épaules pour l'empêcher de s'échapper.

— Qu'est-ce que je vois là sur ton cou ? demanda-t-il. Tu t'es fait mal ?

— Mais non, je n'ai rien, dit-elle précipitamment. S'il te plaît, papa, laisse-moi partir.

— Pas avant que…

Son père s'interrompit et recula en titubant. Il se rattrapa de justesse au socle d'une statue de marbre.

— Shelby vous a demandé de la laisser partir.

La voix grave qui venait de résonner derrière elle était celle de Bastien.

Bastien avait oublié le bien que cela faisait.

Cette adrénaline, cette rage presque animale. La satisfaction de voir la peur dans les yeux d'un homme qui l'avait bien mérité.

Évidemment, un homme comme Gerald Llewellyn ne la laissait jamais s'installer longtemps. Il se redressa et passa la main sur sa manche avec dédain, comme si Bastien avait sali son costume.

— Vous pouvez me dire ce que vous faites ici ?

Bastien croisa les bras et répondit :

— Je vous aide à donner un peu d'air à votre fille.

— Je vous demandais ce que vous faisiez *ici*, dans cette partie de *ma* maison ?

— C'est moi qui ai amené Bastien, intervint Shelby. Je l'ai croisé après avoir parlé avec Sloan.

Gerald Llewellyn se détendit très légèrement et s'adressa de nouveau à sa fille :

— Je suis navré à propos de ce qui s'est passé à la galerie, Shelby. Je sais le mal que tu t'es donné pour tout préparer. Dès que nous pourrons fixer une nouvelle date...

— Est-ce que je suis incluse dans ce « nous » ?

— Bien sûr que oui, répondit Gerald avec un air crispé. Pourquoi cette question ?

— Parce que je ne l'étais pas ce matin, de toute évidence. Ni quand Sloan a été prévenue, ni quand la police est arrivée, ni quand elle a pris rendez-vous pour faire changer la vitrine, ni quand vous avez décidé tous les deux de reporter l'inauguration. Sloan a même appelé Bastien avant que je sois au courant de quoi que ce soit.

Bastien fut sidéré par ce qu'il venait d'entendre. Quand Sloan lui avait téléphoné pour lui annoncer la nouvelle et discuter avec lui d'une nouvelle date, à aucun moment il n'avait imaginé qu'elle le faisait sans en avoir discuté avec Shelby. Après cela, la photo qu'il avait reçue l'avait obsédé.

ORDURE.

Il avait tellement regardé cette inscription qu'il la voyait apparaître à chaque fois qu'il clignait des yeux.

Peu lui importait que cette insulte désigne son travail ou lui-même. Pour lui, c'était la même chose.

— J'ignorais que tu n'avais pas participé à cette décision, Shelby.

— Tu l'aurais su si tu m'avais écoutée quand nous étions encore dans ton appartement.

Gerald avait les joues écarlates.

— Vous vous tutoyez maintenant ? demanda-t-il avec un mélange d'étonnement et de colère. Et quand étais-tu dans son appartement ?

Shelby regarda Bastien et il vit dans ses yeux ce qu'elle avait l'intention de faire. Malgré les conséquences que cela aurait pour lui, il était fier d'elle.

— Hier soir après notre départ du restaurant, répondit-elle à son père. Et ce matin.

Si la foudre avait frappé à ce moment-là et transpercé le plafond, Gerald Llewellyn aurait eu l'air moins effaré.

— Quoi ?

Shelby se redressa et affirma :

— J'ai passé la nuit avec Bastien.

Gerald serra les poings et se tourna vers Bastien.

— C'est vrai ? demanda-t-il avec une fureur contenue.

Bastien sentit des gouttes de sueur sur son front et entre ses omoplates. Même s'il dominait physiquement Gerald d'une quinzaine de centimètres et d'autant de kilos de muscles, il n'avait aucune envie d'en venir aux mains avec lui.

— C'est vrai, confirma Shelby.

Son père ne se tourna même pas vers elle pour la regarder.

— Je vous fais venir ici, tous frais payés, vous venez chez moi, vous mangez à ma table, vous dormez sous mon toit pour une exposition de vos œuvres que ma fiancée a accepté d'accueillir dans ma galerie, et vous avez l'audace de profiter de ma fille ?

— Papa, ce n'est pas...

— Bien sûr que si ! dit-il en interrompant Shelby d'un ton cinglant. Tu es gentille, tu fais confiance aux gens et tu vois toujours le bien en eux. Il s'en est tout de suite rendu compte. N'est-ce pas ? lança-t-il à Bastien.

Bastien serra les mâchoires pour s'empêcher de répondre. Il était inutile de se défendre face à tant d'arrogance.

— Vous savez pourquoi vous êtes là ? lui demanda Gerald.

Bastien regarda Shelby, qui le supplia du regard de mettre un terme à cette discussion. Mais il avait trop d'orgueil pour fuir maintenant.

— Pourquoi ?

— Vous êtes là parce que des hommes comme moi rendent la vie possible pour des hommes comme vous. Vous naissez dans la pauvreté. Vous n'avez ni compétences, ni chemin à suivre, ni instruction. Jusqu'à ce que quelqu'un comme moi croise votre route et vous élève. Vous offre une bourse, une deuxième chance, une occasion que vous n'êtes pas allé chercher et que vous n'auriez jamais pu avoir tout seul. C'est grâce à des hommes comme moi que les hommes comme vous et vos frères sortent de la misère. Je suis seulement soulagé d'avoir découvert ce que vous aviez derrière la tête avant que vous vous serviez de l'héritage de ma fille comme vous l'avez fait avec son cœur.

Bastien le regarda dans les yeux pour toutes les fois où il avait dû baisser la tête face à ce genre d'hommes. Ceux qui pensaient avoir été désignés pour dominer le monde. Il le fit pour Augustin, qui était entré honnête en prison et en était sorti brisé. Et pour tous ceux qui avaient mis leur avenir en péril dans un moment de désespoir.

— C'est là que vous vous trompez, rétorqua-t-il en se penchant au-dessus de Gerald. Sans les hommes comme moi, les hommes comme vous n'auraient rien. Des hommes assez endurcis pour travailler douze heures de suite dans vos entrepôts. Pour passer des nuits loin de leurs enfants, pour avoir du mal à joindre les deux bouts parce que vous les payez beaucoup moins que vous ne le pourriez. Et pourquoi ? Pour pouvoir acheter ce pseudo-château ridicule et le remplir de niaiseries comme celles-ci.

Il fit un geste pour montrer la grande salle et toutes ses statues.

— Des *niaiseries* ? répéta Gerald avec un rire méprisant. C'est ainsi que vous désignez une collection qui couvre plusieurs millénaires de l'histoire de l'humanité ?

— Des niaiseries. Le véritable art est celui qu'on ne peut pas posséder. Ce sont les mains qui ont transformé le marbre en peau et les pigments en lueur d'un regard. C'est l'esprit qui a conçu une idée assez importante pour que des siècles plus tard, nous parlions encore de la façon dont elle a changé le monde. Ce que vous avez, ce sont des preuves très coûteuses que l'art *a existé*.

Gerald ricana avec dédain.

— Vous ne savez rien de ce que je possède.

— Sans doute, concéda Bastien. Mais je peux vous dire ce que vous n'avez pas.

Gerald le mit au défi :

— S'il vous plaît, éclairez-moi.

— Une fiancée qui ne s'abaisse pas à soudoyer quelqu'un.

Gerald blêmit brusquement. Shelby s'approcha, aussi pâle qu'un fantôme.

— Qu'est-ce que tu veux dire, Bastien ? lui demanda-t-elle.

— Je veux dire que les paparazzis me suivent partout. Que l'un d'eux a pris une photo de nous hier soir devant le restaurant et que d'autres faisaient déjà le guet devant la galerie. Certains ont photographié quelqu'un en train de donner une enveloppe à la personne qui a vandalisé la galerie la nuit dernière.

Il sortit son téléphone de sa poche et leur montra l'une des photos en question. Le cri de Shelby lui transperça le cœur.

— Sloan !

— Je suis désolé, Shelby. J'avais prévu d'avoir cette conversation en privé avec ton père.

Cette fois, Gerald ne dit plus un mot.

— Je vais confier ces photos à la police, poursuivit Bastien. Je crois que je devrais y aller tout de suite.

— Pourquoi ? balbutia-t-elle.

— C'est mieux comme cela.

Il mit dans sa voix autant de tendresse que possible, en espérant qu'elle comprendrait.

Avant de partir, il vit Gerald passer un bras protecteur autour de sa fille.

Il aurait voulu se retourner. Trouver un moyen d'exprimer par le regard la montagne de regrets qui pesait sur ses épaules.

D'une certaine manière, Gerald avait raison. C'était mieux qu'elle découvre la vérité tout de suite.

Il ne pouvait y avoir de fin heureuse avec un homme comme lui.

Il en eut une fois de plus la confirmation lorsque, en atterrissant à Bangor, il ralluma son téléphone et reçut une avalanche de notifications. Et pour cause.

Remy avait appelé huit fois. Law, six fois. Leur groupe débordait de nouveaux messages. Dès la lecture du premier, Bastien se sentit mal.

Toi et Shelby Llewellyn ???

Il cliqua sur le lien ajouté par Remy et tomba sur une photo prise de côté mais qui les montrait, Shelby et lui, sur le trottoir, enlacés devant le Pier Club. Leurs visages étaient tout près l'un de l'autre.

Il jura entre ses dents. Sa voisine, une femme âgée qui lui avait dit qu'elle venait voir ses petits-enfants à Bangor, le regarda en fronçant les sourcils.

— Désolé, marmonna-t-il.

Sa boîte mail débordait aussi d'alertes. Son nom était apparu dans des dizaines d'articles sur Internet au cours des dernières heures. Et leur contenu n'avait pas échappé à Remy :

Alors comme ça, après des années d'une vie d'ermite, tu t'affiches avec une héritière de la Silicon Valley ?

S'ensuivait un dialogue avec Law dont le ton oscillait entre stupeur et moquerie.

C'était un cauchemar.

Une fois sorti de l'avion et assis dans son pick-up, il appuya le front contre le volant et respira profondément. Si seulement le froid avait pu calmer les pensées qui grouillaient dans son esprit…

Non sans peine, il trouva la concentration nécessaire pour faire la route jusque chez lui.

Seulement, quand il arriva, il ne se sentit pas chez lui.

Ce qui avait autrefois été sa tanière était désormais un mausolée à la mémoire de Shelby.

Il se laissa tomber sur son canapé et rechercha dans son téléphone les messages vocaux laissés par Shelby avant leur rencontre. L'un après l'autre, il les écouta puis les effaça.

En arrivant au plus récent, il se rendit compte qu'elle le lui avait laissé pendant qu'il était dans l'avion. Il faillit le supprimer directement mais n'en eut pas la force. Il ne l'écouta pas non plus. Il ne supporterait pas d'entendre sa voix. Pas maintenant, pas ce soir.

La neige devenait plus légère. Bientôt, elle disparaîtrait pour toute une saison.

Bastien était devant l'évier, vêtu du peignoir devenu son uniforme quotidien. Le café qu'il avait à la main était froid, mais il continua quand même à le boire.

La caféine restait de la caféine. Elle l'aidait à faire passer la journée plus vite.

Le bruit qu'il ne supportait plus retentit et il regarda son téléphone en attendant que sa messagerie réponde à sa place. À chaque fois qu'il sonnait, Bastien ne pouvait s'empêcher d'espérer. Et à chaque fois, la déception le faisait sombrer davantage.

Six semaines s'étaient écoulées et Shelby ne lui avait pas fait signe une seule fois.

Elle avait une nouvelle assistante maintenant que Sloan ne travaillait plus à la galerie, et c'était elle qui communiquait avec Bastien.

Le fait que rien ne soit sorti dans la presse à propos de l'acte de vandalisme ou des fiançailles rompues entre Gerald Llewellyn et son ex-fiancée prouvait une fois de plus le pouvoir de l'argent. Cette séparation lui avait été annoncée par Remy, qui l'avait su par Cosima. Quant à l'exposition, elle avait bien été inaugurée, mais en son absence. Le chèque qu'il avait reçu pour la vente de ses œuvres avait été signé par Shelby.

Comme son téléphone sonnait pour la troisième fois d'affilée, il finit par décrocher.

— Oui ? marmonna-t-il.

Il ajouta sa tasse à toutes celles qui s'entassaient déjà dans l'évier.

— Quelle voix atroce, dit Laney à l'autre bout du fil.

— Merci.

— Je suis sérieuse. Tu es malade ?

Malade ? Non. Il avait juste perdu l'appétit, la motivation, l'envie de se lever le matin.

— C'est juste que tu n'es pas passé au magasin depuis ton retour de Californie, expliqua Laney, et à mon avis, le shérif Dawkins pense que tu es mort et que je t'ai volé ton commerce.

Il émit un grommellement qui était devenu la réponse à presque toutes les questions qu'on lui posait.

— Bon, si tu ne veux pas venir en ville, est-ce que je peux passer chez toi pour prendre tes nouvelles créations ?

— Il n'y a pas de nouvelles créations.

Il y eut un silence.

— Tu es enfermé depuis un mois et demi et tu n'as rien fabriqué ?

— Exact.

— Mais qu'est-ce que tu fais de tes journées ?

Il regarda le salon. Des piles de livres, des journaux en lambeaux, un échiquier sur lequel il jouait tout seul.

— Un jeu vidéo, principalement.

— Un jeu vidéo, répéta-t-elle avec une incrédulité évidente.

— Oui.

— Lequel ?

Bon sang.

Il regarda par la fenêtre et répondit :

— *King of the Forest.*

— Ah. Jamais entendu parler. Sur quelle console ?

— PS4.

— Original, slim ou pro ?

Il soupira.

— D'accord, ce n'est pas vrai.

— Tu sais, dit-elle, jusqu'à ce moment, je me sentais coupable de ne pas avoir menti à ton frère comme tu me l'avais demandé.

— Mon frère ?

À cet instant, il reçut une alerte l'informant que la caméra située à l'entrée de la propriété avait détecté un mouvement.

— Qu'est-ce que tu as fait, Laney ?

Il entendit au loin un bruit de moteur.

— Qu'est-ce que tu as fait ? insista-t-il.

— Même Batman avait besoin de la Justice League.

Il se leva et reconnut aussitôt la silhouette qui passait de l'autre côté de la vitre.

— Tu es virée, dit-il.

Et il raccrocha en l'entendant rire.

— Ouvre-moi, je gèle ! cria Remy à travers la grosse porte en bois.

Bastien déverrouilla la porte et retourna aussitôt s'asseoir sur le canapé. Remy enleva ses chaussures dans l'entrée avant de le rejoindre dans le salon.

— La Californie t'a rendu frileux, dit Bastien.

— Dis donc, c'est sympa chez toi, rétorqua Remy en regardant le désordre autour de lui.

— Tu peux me dire ce que tu viens faire ici ?

Comme à son habitude, Remy s'assit sur le bras du canapé, comme s'il devait pouvoir s'échapper à tout moment.

— Une *intervention*, répondit-il. Je pense que ce serait le terme adéquat.

— Il y a un caméraman caché quelque part ?

— Dans mon sac, tu veux dire ? répliqua Remy d'un ton moqueur.

— Je ne sais pas, j'imagine que cela aurait été une bonne séquence pour ton émission. Voler au secours de ton ermite de grand frère.

— J'aurais attendu encore un peu que ton visage disparaisse sous ta barbe.

— Cette conversation est vraiment passionnante, mais tu pourrais en venir au fait ?

— Pourquoi, tu as rendez-vous ?

— Oui. Avec ce canapé.

Remy inspira profondément et lui demanda :

— Tu peux me dire pourquoi tu filtres tous les appels depuis plus d'un mois ?

— J'étais occupé.

— C'est ce que je vois, oui.

Du coin de l'œil, Bastien vit son frère déplacer une feuille de papier calque.

— Attends, dit Remy, est-ce que c'est...

Bastien se leva d'un bond pour récupérer son dessin de Shelby et le rangea d'un geste brusque dans son porte-documents en cuir. Ces dernières semaines, chaque jour, il l'avait regardé et recopié encore et encore, en étant de plus en plus écœuré par lui-même.

— Tu peux me parler, tu sais, lui dit Remy. De ce qui s'est passé à San Francisco.

— Non, merci. Autre chose ?

Bastien se pencha sur son échiquier et fit avancer son cavalier d'une case. Puis il changea d'avis et le remit à sa place.

— Oui, répondit Remy. Tu n'as pas le droit de revenir en arrière une fois que tu as joué.

— Mon adversaire s'en fiche.

— Tu es sûr que tu ne veux pas ?

— Te laisser faire la police des échecs ?

— Me parler de Shelby Llewellyn, rectifia Remy en faisant de nouveau avancer le cavalier.

Bastien reprit le cavalier et le reposa sur sa case initiale en tapant assez fort pour faire sauter toutes les pièces.

— Tu vas me laisser tranquille, oui ? s'exclama-t-il.

— D'accord.

D'une chiquenaude, Remy fit tomber le cavalier. Fou de rage, Bastien renversa tout l'échiquier.

— Très bien, dit Remy avec un sourire satisfait. On peut parler maintenant ?

— À quoi ça servirait ? Il s'est passé ce qu'il s'est passé. C'est fini. Terminé.

— Mais moi, justement, j'aimerais bien savoir ce qu'il s'est passé.

Bastien se laissa tomber au fond du canapé, épuisé par la poussée d'adrénaline qu'il venait d'avoir.

— C'est vraiment pour ça que tu as traversé tout le pays ?

— En tout cas, ce n'était pas pour ton hospitalité.

Alors Bastien ferma les yeux et lui raconta tout. Quand il eut fini, il se rendit compte que Remy était descendu de l'accoudoir pour s'installer confortablement à côté de lui.

— Je comprends mieux, dit simplement Remy.

— Tu comprends quoi ?

— Pourquoi cela fait un mois et demi qu'elle m'appelle pour prendre de tes nouvelles.

Le cœur de Bastien bondit dans sa poitrine.

— Pardon ?

— Tiens, regarde, dit Remy en lui montrant son téléphone.

Bastien regarda la liste d'appels affichée sur l'écran et eut un frisson. Tous les jeudis. Elle avait appelé Remy tous les jeudis, comme elle l'avait fait pendant un an avec Bastien.

— La première fois, comme c'était un numéro inconnu, je n'ai pas décroché. Mais après avoir écouté son message, je l'ai rappelée.

Bastien se redressa d'un coup.

— Mais pourquoi tu ne m'as rien dit ? s'exclama-t-il.

— C'est elle qui me l'a demandé.

— Que voulait-elle ?

Remy, qui avait toujours été incapable de rester longtemps dans la même position, se leva et fit quelques pas pour aller s'asseoir dans un autre fauteuil.

— Savoir comment tu allais, répondit-il. Elle voulait respecter ta décision mais s'inquiétait que… que tu fasses précisément *ça*, ajouta Remy avec un geste éloquent vers Bastien. Que tu te replies sur toi-même. Que tu te coupes du monde extérieur.

Bastien eut du mal à rouvrir la bouche pour parler.

— Que lui as-tu dit ?

— Je lui ai menti. Elle croit que tu vas bien.

— Je *vais* bien.

— Je serais curieux de connaître ta définition de cette phrase. Selon moi, quelqu'un qui va bien ne se barricade pas dans son bunker comme si l'apocalypse arrivait.

— C'est plus sûr pour tout le monde, soupira Bastien en ramassant mollement son jeu d'échecs.

— N'importe quoi. C'est plus sûr pour toi, oui ! Tu t'isoles ici pour ne plus entendre personne, et surtout pas les gens susceptibles de te rappeler des choses essentielles que tu n'as pas envie d'entendre.

— Tu ne sais pas de quoi tu parles.

— Tu fais allusion aux menaces que tu as commencé à recevoir quand tu vivais à Four Thieves ? Tu crois que nous n'avons pas compris que c'était Augustin qui les avait envoyées ?

Muet de stupeur, Bastien dévisagea son frère.

Au bout de longues secondes, il parvint à prononcer un seul mot :

— Quand ?

— À peu près au moment où nous avons découvert qu'il volait de l'argent à la distillerie pour rembourser ses dettes de jeu.

— Ce qu'il n'aurait pas pu faire si je vous avais prévenus, Law et toi, de ce qu'il faisait.

Le fait de prononcer ces mots le soulagea d'un poids.

— Tu le protégeais, dit Remy. Tu nous as tous protégés. Ça n'aurait pas dû être ton rôle, mais tu l'as fait, et nous avons survécu. Nous sommes encore là, tous les quatre. Toi, dans le Maine, où tu as pu t'acheter cette propriété grâce à tes investissements dans les technologies vertes. Moi en Californie avec les deux femmes de ma vie. Law, qui est devenu père. Law, le petit dernier, père de deux enfants ! Tu te rends compte ?

— Je me rends compte.

Bastien se tourna vers la cuisine où était encore aimantée la photo des jumeaux prise à leur naissance.

— Après tout ce que nous avons fait pour nous en sortir, tu es en train de manquer le meilleur.

— C'est le moment où tu me donnes les coordonnées d'un thérapeute ? railla Bastien.

— Non. C'est le moment où nous faisons le ménage ici et où tu t'occupes de cette barbe. Ensuite, tu seras prêt pour l'entretien en vidéo que je me suis permis d'organiser pour toi.

13

Debout dans le bureau de son père, Shelby le regarda serrer son nœud de cravate pour la énième fois. Voyant qu'il n'arrivait à rien, elle s'approcha de lui pour prendre les choses en main.

— Tu te rappelles quand tu m'as appris à le faire ? demanda-t-elle.

— Bien sûr, répondit-il avec une lueur dans les yeux. Tu avais besoin d'aide pour atteindre mon col avec tes petits bras, à l'époque.

— C'est certain.

Elle se revit à l'âge de huit ans, debout sur un siège, face à ce même miroir, observant ses gestes et s'entraînant à les reproduire. Une fois qu'elle lui avait fait son nœud de cravate, il l'avait gardé toute la journée, même raté, même de travers. Ce rituel l'avait aidée à trouver sa place.

Ils avaient dû l'abandonner quand elle était partie à l'université et n'avaient pas repris cette habitude à son retour.

Jusqu'à aujourd'hui.

Le jour du non-mariage de son père.

Plutôt que d'annuler la fête, Gerald avait décommandé les invités de Sloan et maintenu la réception pour les siens.

La rapidité avec laquelle il s'était remis de la trahison de sa fiancée et de leur rupture avait confirmé que leur union aurait été une erreur. Hélas, Shelby ne pouvait pas en dire autant d'elle-même. Être séparée de Bastien était une torture de chaque instant. Le manque était tel qu'elle se sentait dépérir de jour en jour.

Par l'intermédiaire de Remy, elle savait au moins qu'il était

« toujours en vie et toujours aussi odieux ». C'était à la fois une bonne et une mauvaise nouvelle.

Elle n'aurait su dire ce qui lui faisait le plus mal : que Bastien ait repris le cours de sa vie sans une seule pensée pour elle, ou qu'elle soit elle-même obsédée par lui et par le souvenir de ce qu'ils avaient vécu ensemble.

— Alors, qu'en penses-tu ? lui demanda son père en défilant devant elle. Ai-je l'air d'un non-marié ?

Elle le regarda et l'émotion lui noua la gorge.

— Papa, dit-elle, il faut que je te demande quelque chose.

Il reprit aussitôt son sérieux.

— Que se passe-t-il, ma chérie ?

— Tu te rappelles le jour où tu as dit à Bastien que les hommes comme lui n'existaient que grâce à des hommes comme toi qui les tiraient de leur misère ?

Ils n'en avaient jamais reparlé et il sembla vexé qu'elle aborde ce sujet maintenant.

— Oui, répondit-il.

— C'est ce que tu considères avoir fait avec moi ?

— Shelby ! s'exclama-t-il avec un air choqué. Comment peux-tu penser une chose pareille ?

Elle devait lutter pour retenir ses larmes.

— Ta manière de parler de lui aurait pu s'appliquer à moi aussi. Sans toi, je serais restée coincée là où j'étais. Et sans les services sociaux, je serais restée…

— Non, Shelby, tu ne dois plus penser à cet endroit horrible.

— Tu ne crois pas que j'y pense tous les jours ? Que je me demande sans cesse pourquoi j'ai eu autant de chance alors que d'autres enfants continuent à souffrir partout dans le monde ?

Gerald s'approcha d'elle et la prit tendrement par les épaules.

— Ce n'est pas toi qui as eu de la chance, Shelby. C'est nous.

Nous.

Ce simple mot lui donna le sentiment que sa mère se trouvait dans cette pièce avec eux.

— La première fois que Grace a évoqué l'idée d'une adoption, j'ai cru qu'elle avait juste besoin de combler un vide après le départ de Kendall et David et que cela passerait. Pendant un an, je me suis obstiné à dire non. Mais elle m'a dit quelque chose qui m'a fait changer d'avis. Tu veux savoir ce que c'est ?

Shelby acquiesça.

— Elle m'a dit : « Nous avons une autre fille, Gerald. Je le sens. Elle est là, elle vit quelque part. Il faut juste que nous la trouvions. » Et nous t'avons trouvée. Et Porter aussi, par-dessus le marché !

Cette fois, elle ne put s'empêcher de pleurer.

— Tu as toujours été notre fille, Shelby. Je suis seulement désolé que nous ayons mis tant de temps à te trouver.

— Merci, papa, dit-elle en le serrant dans ses bras. Merci pour tout.

Elle se tamponna les joues avec un mouchoir, puis ils se mirent côte à côte face au miroir.

— Tu sais ce que j'attends maintenant ? demanda-t-il.

— Non, quoi ?

— Le jour où je pourrai te conduire devant l'autel.

— N'y compte pas trop, répondit-elle avec un rire moqueur.

— Qui sait ? dit-il avec un sourire énigmatique.

Hélas, elle savait.

Parce que Bastien Renaud lui avait montré ce que pouvait être l'harmonie entre deux êtres. Et à seulement vingt-sept ans, elle craignait de passer le reste de sa vie à le comparer aux autres hommes.

Une heure et demie après le début de la réception, Shelby était déjà épuisée. Elle avait mal aux pieds, mal au dos et même mal aux joues à force de sourire. Alors quand son père annonça qu'il voulait dévier du programme initial et inviter tout le monde à se lever de table pour le suivre dans le jardin, elle ne fut pas très enthousiaste.

— Tu sais de quoi il s'agit ? lui demanda Porter.

— Aucune idée, répondit-elle.

Ils quittèrent la vaste et luxueuse tente où avait eu lieu le dîner et suivirent Gerald qui semblait avoir une idée bien précise en tête. Ce n'était pourtant pas encore l'heure du feu d'artifice.

Lorsqu'ils eurent dépassé le bassin éclairé par des torches et des lumignons, elle aperçut au milieu d'une pelouse une forme recouverte d'un drap noir. Son père prit alors le micro pour parler à l'assemblée :

— Je voudrais tout d'abord vous remercier d'être là ce soir. D'être venus, pour certains, d'Islande ou d'Australie pour célébrer ce moment avec moi. L'amour est la plus grande des forces, et j'ai la chance d'avoir non pas une mais deux filles qui me le prouvent à chaque instant.

Il regarda Kendall et Shelby, et un murmure ému parcourut l'assemblée.

— Et comme elles sont aussi passionnées d'art que moi, je crois avoir trouvé le meilleur cadeau que je pouvais faire à ma famille pour célébrer cet amour qui nous unit.

Il fit alors signe à un homme qui attendait non loin de lui et qui ôta le drap recouvrant la forme. Tous les spectateurs poussèrent un cri de stupeur et d'admiration mêlées.

Shelby eut le souffle coupé.

Ce que les gens avaient devant les yeux était facile à reconnaître.

C'était *elle*.

Elle, entourée d'oiseaux et de flocons de neige. Les fils qui maintenaient les différents éléments de la sculpture partaient de son dos, comme des ailes, et une couronne de feuilles et de brindilles surplombait sa tête comme une auréole.

Tout le monde se tourna vers Shelby. Elle reçut des félicitations. Mais elle ne pensait qu'à une chose.

Un seul artiste avait pu réaliser cette œuvre.

Alors qu'elle tournait vers son père ses yeux inondés de larmes, elle crut défaillir en voyant qui se tenait à ses côtés.

Bastien Renaud.

Irrésistible dans son smoking, les cheveux plus courts qu'avant mais toujours en broussaille, la barbe parfaitement taillée.

Le père de Shelby reprit :

— J'ai l'honneur et le plaisir de vous faire découvrir la nouvelle pièce de la collection Llewellyn et de vous présenter son admirable créateur, Bastien Renaud.

Un tonnerre d'applaudissements lui répondit.

— J'ai demandé à M. Renaud de bien vouloir nous dire quelques mots sur cette sculpture.

Gerald serra chaleureusement la main de Bastien et lui passa le micro.

— *Snow Angel* est une évocation de la beauté accidentelle, déclara Bastien de sa voix profonde.

Si Porter ne l'avait pas tenue par la taille, Shelby se serait effondrée.

— De ces instants magiques que nous vivons parce que nous nous trouvons au bon endroit, au bon moment, à la suite d'une succession de choix et de hasards. C'est cela, la grâce. C'est cela, l'art. Et je suis comblé de pouvoir partager le mien avec la plus merveilleuse des muses.

Il eut droit à une ovation.

Un instant plus tard, le voyant assailli par la foule, elle s'inquiéta en songeant à quel point il détestait ce genre de situations. Elle se fraya aussitôt un chemin vers lui.

Quand elle arriva, son père était toujours à côté de lui. Mais dès qu'il vit Shelby, il serra de nouveau la main de Bastien, puis entraîna ses invités en direction de la tente pour les laisser en tête à tête. Elle croyait rêver.

— Ton père m'a contacté, dit Bastien en répondant à la question qu'elle n'avait pas encore posée. Il y a une quinzaine de jours. Il voulait me présenter ses excuses pour son comportement et m'acheter une sculpture inédite en guise de réconciliation. Je lui ai répondu que j'avais une idée.

— Tu as fait cela en deux semaines ? demanda-t-elle sans comprendre.

C'était impossible.

— J'ai commencé ce travail le jour où tu as quitté Bar Harbor.

Elle regarda la sculpture, trop bouleversée pour trouver les mots justes.

— C'est... c'est magnifique.

— Oui, *tu* es magnifique.

Au milieu d'un tumulte d'émotions, elle fut sûre d'une chose. L'homme qui avait réalisé cette sculpture la connaissait.

Il connaissait son cœur. Il voyait son âme.

Et elle n'avait qu'à contempler son œuvre pour voir la sienne en retour.

— Alors, Bastien Renaud, comment allons-nous faire maintenant ?

Il prit son visage entre ses mains et la regarda dans les yeux.

— Pour commencer, répondit-il, je vais t'embrasser. Après, nous verrons.

— Tu veux bien que j'enlève ça d'abord ? demanda-t-elle en relevant légèrement sa longue jupe dorée pour lui montrer ses escarpins à talons. Je voudrais pouvoir me concentrer pleinement.

— Ma beauté, dit-il en la prenant par la taille pour la soulever, tu peux enlever tout ce que tu veux. À commencer par cette cravate ridicule.

Les mains tremblantes, elle défit son nœud de cravate, la lui ôta et la laissa tomber sur le sol. Quand leurs lèvres se retrouvèrent enfin, Bastien tourna doucement sur lui-même et Shelby se cramponna à ses épaules. Elle sentait l'air frais sur ses pieds nus et la chaleur de sa bouche contre la sienne.

Dans ses bras, elle n'avait plus peur de rien.

Épilogue

— Pourquoi veux tu absolument changer de robe ?

Bastien était pieds nus dans la grande chambre parentale qu'il avait ajoutée à sa maison du Maine tandis que Shelby fouillait le dressing qu'elle lui avait commandé. Ils venaient de passer ici leur premier été ensemble, et maintenant que l'automne commençait, ils s'apprêtaient à se diriger vers le sud, comme les oiseaux que Shelby aimait tant.

— Elle ne va pas avec ton costume, répondit-elle en refermant sa penderie.

Elle s'approcha de lui et lui présenta son dos.

— Tu veux bien m'aider ?

Il baissa sa fermeture Eclair en riant et la suivit des yeux pendant qu'elle se changeait. Il regarda ses seins, ses fesses, et quand elle se retourna vers lui, elle ne put que voir l'effet qu'il lui faisait.

— Tu te souviens que nous devons être à la réception dans vingt minutes, Bastien ?

Il la rejoignit et passa les bras autour d'elle.

— Une fête pour célébrer un baptême, ce n'est pas le genre d'événements où on peut arriver et repartir quand on veut ? demanda-t-il en l'embrassant dans le cou.

— Si le bébé en question n'est pas ta nièce, peut-être.

— Cosima ne nous en voudra pas. Elle n'est pas si attachée aux traditions. Sinon pourquoi aurait-elle organisé le baptême ici et non à Boston ?

— Parce qu'elle fait un geste pour te rapprocher de la famille, voilà pourquoi.

— J'étais en train de penser à un tout autre rapprochement, dit-il en la caressant.

Il la sentit s'abandonner contre lui.

— Bastien ? murmura-t-elle.

— Oui ?

— Merci.

— De quoi ?

— De m'avoir rattrapée sur le trottoir devant ton magasin. De m'avoir secourue quand ma voiture était coincée dans le fossé. De m'avoir fait à dîner. De m'avoir dessinée. De m'avoir montré que mon corps était bien vivant. De m'avoir sauvée.

L'émotion lui noua la gorge. Il parvint tout de même à lui répondre avec un sourire :

— Je ne t'ai pas sauvée. Je t'ai juste assistée pour la dernière ligne droite.

Elle rit en l'entendant citer ses propres paroles.

— Pourvu que ce soit une très longue ligne droite, conclut-elle.

Il y avait des moments de sa vie que Bastien aurait voulu pouvoir oublier. D'autres dont il était sûr de se souvenir longtemps. Mais s'il y avait une image qui devait l'accompagner constamment et pour toujours, c'était celle-ci : Shelby Llewellyn qui le regardait avec un sourire empli d'amour.

Vous avez aimé ce roman ?
Retrouvez l'histoire de Cosima et Remy
dans *Un séduisant* bad boy !

NIOBIA BRYANT

Une épouse à tout prix

Traduction française de
ROSELINE AULIAC

PASSIONS

HARLEQUIN

Titre original :
THE MARRIAGE DEADLINE

1

Une coupe de champagne à la main, Lucas Cress examinait les grandes photos en noir et blanc affichées dans le hall d'entrée de Manhattan University Prep. Depuis le gymnase transformé en salle des fêtes lui parvenait distinctement la chanson *Low* de Flo Rida et T-Pain, classée numéro un l'année où il avait décroché son diplôme de fin d'études secondaires dans cette prestigieuse et très sélecte école privée. Aujourd'hui, quinze ans après, alors qu'il assistait à la réunion des anciens élèves de sa promotion, les souvenirs affluaient à sa mémoire.

Ainsi, sa photo sur le tableau d'affichage lui rappelait l'adolescent qu'il était à l'époque : le visage joufflu, les cheveux bouclés et une vingtaine de kilos en trop. Peu populaire auprès des filles et des sportifs, contrairement à ses frères aînés qui l'avaient précédé dans cette école. Mal dans sa peau. Timide et réservé. Manquant de confiance en soi.

Il se sentit soudain triste pour cet ado.

Mon ancien moi.

Aujourd'hui, il était un chef pâtissier réputé et cadre dirigeant chez Cress Inc., l'empire culinaire fondé par ses parents. Qui plus est, cinq ans auparavant, il avait fait beaucoup d'efforts et de sacrifices pour perdre ses kilos en trop, se dépouillant ainsi de sa silhouette disgracieuse et de sa mésestime de soi. Désormais, grâce à sa belle apparence athlétique, il accumulait les succès auprès de la gent féminine, ce qui lui avait cruellement fait défaut au lycée.

— Luc Cress ?

Il se retourna en entendant son prénom. Son cœur manqua quelques battements et une onde de chaleur se diffusa en lui quand il reconnut la jeune femme qui se tenait devant lui avec un sourire affable et une lueur de surprise dans les yeux.

Eve Villar.

Bien qu'elle ait coupé ses longs cheveux d'un noir de jais pour une coupe courte au dégradé subtil, elle n'avait guère changé. Une carnation mate. Des sourcils fins à l'arc parfait. Un regard pénétrant. Des pommettes hautes et une bouche pulpeuse mise en valeur par un gloss marron foncé.

Elle dégageait une énergie et une sensualité incroyables.

Et elle était toujours aussi belle.

Oh ! oui, il se souvenait très bien d'elle. Malheureusement.

Tandis qu'un souvenir douloureux remontait à la surface, il serra le pied de son verre un peu plus fort.

Lucas et un de ses frères aînés, Coleman, étaient assis sur un banc en fer forgé dans la cour du lycée, vêtus de l'uniforme de l'école : cardigan bleu marine, pantalon kaki, chemise blanche et cravate rayée. Un peu plus loin, en face d'eux, se tenait un groupe de jeunes filles perchées sur une table en bois, jambes croisées, discutant, riant et attirant les regards d'admirateurs.

Comme Lucas.

Tout en buvant un jus de fruits, il ne quittait pas des yeux Eve Villar qui passait ses doigts aux ongles peints en rose dans sa longue chevelure brune aux reflets auburn. Consciente de sa beauté, elle prenait la pose, tel un top model, la mine tantôt blasée, tantôt mutine.

Chaque fois qu'ils assistaient aux mêmes cours de première, Lucas était rempli d'une énergie nerveuse. Son cœur battait plus vite et ses paumes devenaient moites. Eve l'obnubilait tellement que l'idée de ne plus la voir pendant l'été lui faisait regretter la proximité des grandes vacances… et lui donnait enfin le courage de lui avouer son adoration.

— Je vais le faire, annonça-t-il à son frère, lequel obtiendrait son diplôme de fin d'études secondaires dans quelques mois.

Coleman secoua la tête, dubitatif.

— Je ne suis pas sûr que ce soit une bonne idée, Luc. Eve Villar est une vraie peste, tout comme sa bande de copines.

— Peut-être, mais elle est si belle.

Il lui tendit sa bouteille de jus de fruits et récupéra la boîte en plastique contenant une demi-douzaine de cupcakes façon fraisiers qu'il avait confectionnés la veille au soir.

Rien que pour Eve.

Faisant partie d'une famille de cuisiniers et appréciant les desserts depuis son plus jeune âge, Lucas était déjà très doué en pâtisserie et envisageait de suivre les cours de l'école culinaire fondée par ses parents une fois son diplôme en poche, l'année prochaine.

— Tu vas au-devant des ennuis, l'avertit à nouveau Coleman.

Lucas se sentit tout chaviré en voyant Eve rire à gorge déployée, la tête renversée en arrière. S'il l'embrassait, sa peau aurait-elle la saveur des bonbons ou des fleurs ? Qu'importait. Elle serait délicieuse.

Et si Eve devenait sa petite amie, il pourrait l'embrasser tout à loisir.

Bien sûr, il n'était pas aussi populaire auprès des filles que Coleman, mince et musclé, mais il savait qu'il était mignon. Et il était un Cress, rondouillard ou pas. Fort de ses atouts, il pensait avoir sa chance auprès d'Eve.

Et il allait la tenter.

Il n'avait pas le choix. Il était trop obnubilé par elle.

Coleman lui donna une tape sur l'épaule pour l'encourager.

— Bonne chance, frérot.

Lucas se mit en marche, ses paumes de plus en plus moites à mesure qu'il se rapprochait d'Eve.

— Oh ! regardez qui vient là, remarqua une des amies d'Eve.

— Pas le bon Cress, en tout cas, répliqua une fille d'un ton moqueur.

Elles se mirent à rire.

Lucas marqua une pause, mal à l'aise, son regard rivé sur Eve.

— Qu'est-ce que c'est ? demanda-t-elle, désignant la boîte qu'il tenait à la main.

Il aimait les inflexions rauques de sa voix et mourait d'envie de l'entendre prononcer son prénom.

— J-je t'ai f-fait des cupcakes, dit-il, lui tendant la boîte.

Eve haussa les sourcils sans mot dire.

— Ils s-sont garnis de morceaux de fraises fr-fraîches avec un gla-glaçage à la barbe à papa, expliqua-t-il, détestant le bégaiement qui survenait quand il était nerveux.

Après un coup d'œil à ses amies, Eve se leva et se planta devant lui, les mains sur les hanches.

— Regarde-moi et dis-moi si j'ai la silhouette de quelqu'un qui se goinfre de gâteaux.

Soudain inquiet, il secoua la tête.

— Bien sûr que non. Mais je pensais que tu aimerais les goûter...

Un petit sourire crispé aux lèvres, elle lui prit la boîte des mains.

— Si tu te regardais dans une glace, tu cesserais de les manger, répliqua-t-elle, lançant la boîte dans la poubelle en fer forgé.

Puis elle le détailla de la tête aux pieds d'un air méprisant.

— C'est bien la dernière chose dont tu as besoin !

Alors que les amies d'Eve se moquaient de lui, il demeurait planté là, le cœur en miettes. Puis, incapable de réagir, il fit demi-tour, tête basse, et rebroussa chemin.

— Oh ! non ! s'exclama Coleman en le rejoignant et en lui relevant le menton. Tu es un Cress, que diable...

Tandis qu'il reprenait pied dans la réalité, Lucas ne put s'empêcher de sourire en se remémorant le torrent d'injures dont son frère avait abreuvé la bande de filles, les faisant fuir à toutes jambes. À dix-sept ans, Lucas avait eu besoin de Coleman pour défendre son honneur. Mais aujourd'hui, l'ado en surpoids était devenu un homme de belle prestance, sûr de lui et capable de se défendre seul.

La vie était belle pour lui.

Eve s'avança en lui envoyant un baiser aérien.

— Tu es superbe ! dit-elle.

Elle aussi était superbe, songea-t-il, admirant sa combinaison pantalon vert émeraude sans bretelles et ses escarpins à lanières couleur cuivre. Tout en étant svelte, elle avait des courbes sensuelles, et son teint ambré était lumineux.

— Je te retourne le compliment, dit-il avant de boire une gorgée de champagne.

Elle contempla la photo de Lucas, puis reporta son attention sur lui avec un sourire hésitant.

— Je suis contente que tu sois venu, Luc, dit-elle en lui pressant le poignet.

Telle une étincelle, la chaleur de sa paume irradia dans tout son corps.

— Je n'en reviens pas comme tu as changé, remarqua-t-elle avec un grand sourire.

Perplexe, il scruta son regard et y perçut de l'appréciation. Voire du désir. Depuis sa perte de poids, il avait appris à décrypter le degré d'intérêt que lui portait une femme, et à l'évidence Eve Villar appréciait ce qu'elle voyait.

Et peut-être se laisserait-elle séduire par moi.

Avec ce lent sourire qui charmait les femmes, il posa une main sur la sienne. Il la sentit trembler – un autre signe révélateur d'attirance et de désir.

— Et moi, je n'arrive pas à croire que tu sois toujours aussi splendide, dit-il d'une voix caressante.

— Merci.

Ils demeurèrent silencieux et échangèrent un long regard intense.

Oh ! non, je ne rêve pas !

— Écoute, Luc, je suis venue pour m'excuser de mon comportement odieux envers toi au lycée, dit-elle, son pouce caressant le sien.

Il se souvint de ses paroles : « C'est bien la dernière chose dont tu as besoin. »

— C'est du passé, remarqua-t-il, s'efforçant de repousser les traces d'humiliation qui demeuraient vivaces en lui, même après tout ce temps.

— Mais j'étais tellement...

— Eve !

Ils se tournèrent vers les trois femmes qui s'avançaient vers elle, leurs flûtes à la main, un large sourire aux lèvres.

Ils s'écartèrent l'un de l'autre tandis que les anciennes amies d'Eve l'entouraient, tout excitées.

— Oh ! Eve, tu es superbe !

— Eve, comment vas-tu ?

— C'est si bon de te revoir, Eve !

Les laissant à leurs retrouvailles, il se posta devant sa photo et leva son verre en souvenir de l'ado qu'il avait été. Puis il s'éloigna, non sans jeter un dernier coup d'œil à Eve. Contre toute attente, il s'aperçut qu'elle le suivait des yeux pendant que ses amies l'entraînaient dans le gymnase où se déroulaient les festivités. Tout émoustillé, il lui adressa un clin d'œil complice, se promettant de la mettre dans son lit – ce qu'il n'aurait jamais pu faire jadis.

Même s'il savait que sa renommée de chef pâtissier – qui plus est un Cress – lui avait valu plusieurs photos et reportages dans les médias, cette réunion était l'occasion pour lui d'afficher son nouveau physique avantageux qu'il avait eu tant de peine à façonner. Il avait souhaité ardemment qu'Eve Villar le voie et regrette de l'avoir repoussé avec autant de mépris, mais l'occasion qui se présentait à lui de l'attirer dans son lit et de réaliser son fantasme d'adolescent dépassait ses espérances les plus folles.

Son entreprise de séduction était lancée.

Eve pénétra dans les toilettes de l'école au décor luxueux et exhala un soupir de soulagement en constatant que la pièce était vide. Dieu merci, elle était enfin débarrassée des minauderies et de l'attention encombrante de ses anciennes amies, Claudia, Ashanti et Lorn. Elle posa sa pochette en métal doré sur le comptoir de marbre. S'observant sans complaisance dans le miroir au cadre de bois sculpté, elle passa ses doigts aux ongles peints en doré dans sa chevelure courte, puis appliqua un peu de gloss couleur cacao sur ses lèvres pleines.

Cette école lui rappelait tellement de souvenirs qu'elle aimerait oublier !

À l'époque j'étais cruelle, vaniteuse et prompte à la critique.

Six ans auparavant, elle avait laissé une grande partie de son passé derrière elle, et depuis, elle s'efforçait de devenir meilleure. Si elle avait accepté d'assister à cette réunion, c'était uniquement pour montrer à ses anciens condisciples qu'elle avait changé et pour s'excuser auprès des personnes qu'elle avait blessées jadis à cause de sa suffisance.

Comme Luc.

Eve se sentit honteuse en se remémorant les paroles méchantes qu'elle lui avait adressées : « Si tu te regardais dans une glace, tu cesserais de les manger. C'est bien la dernière chose dont tu as besoin. »

Ce jour-là, il lui avait offert son cœur, et elle l'avait piétiné avant de jeter ses superbes cupcakes à la poubelle. Et pendant que son frère lui disait de façon brutale et non équivoque ce qu'il pensait de son attitude envers Luc, elle avait feint l'indifférence parce que Eve Villar affichait toujours un air flegmatique et blasé.

— Luc Cress, dit-elle à voix haute.

L'adolescent joufflu s'était métamorphosé en un bel homme au teint couleur de miel foncé et aux cheveux bruns coupés court. Son ombre de barbe soulignait ses pommettes hautes et sa bouche charnue. Ses yeux en amande, sombres et intenses, étaient ourlés de longs cils soyeux.

Oh ! oui, il était très séduisant. Grand. Robuste. Musclé. Débordant d'énergie.

Elle savait que ses frères et lui étaient devenus des chefs aussi célèbres que leurs parents, Nicolette et Phillip Cress Sr, mais elle n'avait pas suivi leurs faits et gestes durant ces dernières années. Voilà pourquoi sa rencontre avec le nouveau Lucas Cress lui avait causé un tel choc.

Et aussi un frisson d'excitation sexuelle. Elle prit son pouls au niveau de son poignet. Il battait très fort. La faute au long regard qu'ils avaient échangé. Celui de Luc était si chargé d'intensité qu'elle s'était sentie toute chavirée.

Jamais elle n'aurait imaginé qu'un jour Lucas Cress lui inspirerait des pensées coquines ! En venant ici, elle avait cru qu'elle le retrouverait plus gros et plus triste qu'à l'époque du lycée.

Je me suis trompée sur toute la ligne !

La porte des toilettes s'ouvrit, et la chanson *Better in Time* interprétée par Leona Lewis s'engouffra dans la pièce en même temps que Lorn, son ancienne amie, vêtue d'un tailleur-pantalon à paillettes.

— On se demandait où tu avais disparu, dit-elle en souriant et en posant sa pochette en forme de cœur sur le comptoir avant de s'adosser contre le rebord, les bras croisés sur sa poitrine.

— Qui aurait cru que Luc Cress changerait à ce point ?

— Pas moi, admit Eve.

— Il est beaucoup plus attirant, c'est certain !

Eve se contentait de sourire pendant que Lorn lui racontait des anecdotes croustillantes au sujet de leurs anciens condisciples. Ceux qui s'étaient mariés ou entretenaient des liaisons. Ceux qui se droguaient. Ceux dont l'entreprise avait fait faillite. Et ainsi de suite. Il s'était produit tellement de changements depuis la dernière fois qu'elle avait vu ses amies ou qu'elle leur avait parlé, six ans auparavant.

Les revoir lui rappelait quelle femme odieuse elle avait été avant de reprendre sa vie en main.

Lorn se tut, sans doute surprise de ne pas entendre les habituels commentaires sarcastiques d'Eve.

La porte de la salle s'ouvrit à nouveau. Sous le regard médusé d'Eve, Lorn prit la nouvelle venue par les épaules et la poussa hors de la pièce malgré ses protestations.

— Il y a d'autres toilettes. Nous avons une conversation privée, merci de votre compréhension.

— Excusez-nous ! cria Eve à l'inconnue juste avant que Lorn lui claque la porte au nez.

Consternée, Eve pressa les doigts contre son front.

— Je voulais m'entretenir seule à seule avec toi, Eve. Nous ne nous sommes pas parlé depuis la mort d'Aaron, expliqua Lorn en lui touchant légèrement le coude.

Eve secoua la tête, luttant contre l'envie d'esquiver le contact de Lorn et de fuir la mauvaise image qu'elle lui renvoyait d'elle-même avant que sa vie bascule.

— Pas maintenant, Lorn, dit-elle, s'agrippant au rebord du comptoir et exhalant un long soupir tremblant qui ne contribua pas à la délivrer des émotions qui l'assaillaient.

Le chagrin et la culpabilité.

— Je t'ai appelée…

Eve se força à lui sourire.

— Merci de ta sollicitude, Lorn. Mais je n'ai pas envie d'aborder ce sujet.

Lorn hocha la tête, son regard émeraude empreint de pitié, puis elle se contempla dans le miroir et lissa sa chevelure rousse coiffée en queue-de-cheval.

— Je comprends.

Ne supportant plus le regard scrutateur de Lorn dans le miroir, elle décida d'en finir avec cette page de son passé.

— Écoute, j'ai été contente de vous revoir toutes les trois, mais je dois parler à quelqu'un avant de rentrer chez moi.

Sans se soucier de la mine déconcertée de Lorn, elle glissa sa pochette sous le bras et envoya un baiser aérien à son ancienne amie.

— Bon retour, lança-t-elle en se dirigeant vers la sortie.

— Pourquoi ai-je le sentiment que tu m'envoies promener ? demanda Lorn.

Eve s'arrêta et se tourna vers elle.

— Parce que c'est le cas.

Alors qu'elle ouvrait la porte, elle perçut l'exclamation choquée de Lorn mêlée à la chanson *Into the Night* de Santana, un autre tube de 2008 sélectionné par le DJ.

Elle longea le large couloir au carrelage noir et brillant, et pénétra dans la grande salle où se déroulait la fête. Elle marqua une pause pour permettre à ses yeux de s'habituer à la pénombre traversée par des faisceaux lumineux multicolores. Il était un peu plus de 21 heures, et elle tenait vraiment à retourner chez elle, car demain matin de très bonne heure, elle devait assurer une formation de mise à niveau pour les maîtres-nageurs sauveteurs de sa société Aquatic Safety Solutions. C'en était bel et bien fini de ses nuits festives qui se terminaient à l'aube.

Elle balaya du regard la foule des danseurs à la recherche de Lucas Cress. Près de l'estrade, elle repéra un petit groupe rassemblé autour de quelqu'un et se dirigea dans cette direction. En se rapprochant, elle s'aperçut que le groupe était composé de femmes et que la personne au centre n'était autre que Luc. Elle s'arrêta pour l'observer pendant qu'il dédicaçait une pile d'albums-souvenirs de la promotion 2008 en adressant un sourire radieux aux heureuses destinataires.

Il est aux anges, songea-t-elle, en voyant son regard pétiller quand une jeune femme à la chevelure blonde et à la poitrine volumineuse déposa un baiser sur sa joue.

Il leva la tête et croisa le regard d'Eve pendant qu'une autre beauté aux longues tresses lui susurrait quelque chose à l'oreille. Eve haussa un sourcil amusé, et il leva les deux mains avec un sourire embarrassé.

Quel charmeur !

Tandis qu'il se levait et délaissait ses fans pour venir à sa rencontre, elle l'examina avec attention, ne voulant manquer aucun détail de sa nouvelle apparence : sa haute taille, ses épaules larges et ses hanches minces. Son costume bleu marine sur mesure mettait en valeur sa silhouette athlétique et sa carnation un peu plus foncée qu'à l'adolescence.

Le gamin grassouillet s'était métamorphosé en un homme sexy. Tout lui réussissait.

Et il le *savait*.

Pour autant, il ne faisait pas preuve d'orgueil démesuré ni d'arrogance. Simplement d'une grande confiance en soi.

Elle eut soudain un hoquet de surprise en prenant conscience du pouvoir que cet homme exerçait sur ses sens. Il s'arrêta devant elle, la dépassant d'une dizaine de centimètres, ce qui accrut son trouble.

— J'aimerais te parler… si tes fans n'y voient pas d'inconvénient, dit-elle, remarquant les douzaines d'yeux braqués sur eux.

Il se retourna et les salua de la main.

— Bien sûr, je t'écoute, acquiesça-t-il, reportant son attention sur elle.

— En privé.

Une lueur d'intérêt traversa son regard, et un lent sourire étira ses lèvres charnues.

— Il s'agit d'une conversation sérieuse, insista-t-elle, s'efforçant de ne pas lui sourire en retour.

Il redressa ostensiblement sa cravate en soie et s'éclaircit la gorge, affichant un air mi-sérieux mi-moqueur.

Prenant les devants, Eve se fraya un chemin parmi la foule des danseurs, ignorant les nombreux regards curieux rivés sur eux. Beaucoup de personnes devaient se souvenir de l'humiliation qu'elle avait fait subir à Lucas, puis du violent coup de gueule de Coleman qui lui avait valu une exclusion temporaire du lycée. Leur présence ensemble ne manquerait pas de faire jaser, mais elle s'en fichait.

Lorsqu'ils furent parvenus dans le couloir, elle se tourna vers lui tandis qu'il s'adossait contre un des vestiaires alignés le long du mur.

— Je tiens à te présenter des excuses, commença-t-elle, passant nerveusement une main dans ses cheveux courts.

— Pour quelle raison ?

— Pour la façon odieuse dont je t'ai traité au lycée, notamment le jour où tu as voulu m'offrir les cupcakes que tu avais préparés spécialement pour moi.

Il baissa les yeux sur ses chaussures sur mesure avant de la fixer à nouveau.

— Pas de souci. C'est du passé… Mais si tu acceptais de prendre un verre et de dîner chez moi, ta présence contribuerait à effacer les restes de ma blessure d'amour-propre, dit-il, une lueur ardente dans le regard.

— J'ai la curieuse impression que ce dîner ressemblerait plutôt à une séance de striptease dans ta chambre.

Lucas eut un sourire malicieux.

— Je prendrai grand soin de tes vêtements, assura-t-il, faisant un pas vers elle.

Eve se raidit, s'obligeant à ne pas reculer devant sa présence imposante.

— Je t'offre des excuses et non une partie de jambes en l'air.

— Dommage, dit-il avec un regret évident.

Elle ne put s'empêcher de rire.

— Je suis contente que tu réussisses aussi bien, Luc.

— Les choses pourraient être encore meilleures… pour nous deux, remarqua-t-il d'un ton enjôleur en lui effleurant le bras.

Eve ferma les yeux, troublée par ce doux contact.

— Au risque de te décevoir, mon projet pour ce soir consiste en un long bain chaud avant d'aller au lit, *seule*. Bonne nuit, Lucas, dit-elle en s'éloignant.

— Eve ?

Elle s'arrêta et se retourna.

— Je regrette de m'être montré trop pressant. J'ai oublié mes bonnes manières. Merci pour tes excuses.

— Merci à toi de m'avoir écoutée. Bonne nuit, Luc.

— *Tu es encore plus belle qu'au lycée*, dit-il en français.

Intriguée, Eve s'arrêta à nouveau.

— *Tu parles français ?* demanda-t-elle dans cette langue.

Lucas rit.

— Je te rappelle que nous avons fait notre scolarité ensemble.

— C'est vrai, j'avais oublié.

Ou j'étais trop égocentrique pour remarquer qui que ce soit en dehors de ma bulle, songea-t-elle tristement.

— Cette fois, il faut vraiment que je parte, dit-elle, se dirigeant à grands pas vers la sortie.

— *Jusqu'à ce que nous nous revoyions*, lança Luc en français d'une voix forte.

Eve sourit. Cette phrase lui faisait l'effet d'une promesse.

2

Deux semaines plus tard

Lucas se sentait heureux au milieu de toute sa famille réunie dans la salle à manger privée de Cress Inc., dont les locaux occupaient le quarantième étage d'un gratte-ciel de Manhattan. Il lissa la cravate en soie qu'il portait avec un costume confectionné sur mesure par son styliste préféré. Il n'avait pas honte de l'admettre, il aimait le luxe et le raffinement dans tous les domaines : ses vêtements, la décoration de son appartement, ses voitures, son train de vie et aussi les femmes qu'il mettait dans son lit. Hélas, c'était son amour de la bonne chère qui lui avait valu ses kilos en trop durant presque toute son existence.

Et ce surpoids avait été beaucoup plus difficile à perdre qu'à acquérir.

Il en était quitte pour manger moins et faire davantage d'exercice physique. Tous les matins, il s'astreignait à courir huit kilomètres sur son tapis de course pour garder la ligne. Quel dommage qu'il ne puisse pas savourer les pâtisseries succulentes qu'il aimait préparer !

Certes, ses frères étaient en mesure de confectionner des desserts, mais il était le chef pâtissier en titre – même si sa crème brûlée n'atteignait pas encore le degré de perfection de celle de sa mère, Nicolette Lavoie-Cress, la chef étoilée à la renommée mondiale, à l'instar de son mari Phillip Sr. Après s'être rencontrés à l'école de cuisine et être tombés amoureux l'un de l'autre, ils avaient ouvert des restaurants dans tout le pays, écrit de nombreux livres de cuisine et obtenu des récompenses prestigieuses décernées par le *Guide Michelin* et la Fondation James Beard. Au terme de leurs longues carrières, ils avaient créé leur propre fondation à but non lucratif, Cress Family Foundation, ainsi que leur empire culinaire, Cress Inc.

Les six frères Cress, tous chefs réputés et salués par la critique, occupaient des postes de direction dans le conglomérat. Gabriel supervisait les treize restaurants CRESS ouverts dans le monde entier. Coleman était chargé du marketing, des magazines en version numérique, des sites web et des médias sociaux. Leur frère aîné Lincoln, le fils que Phillip Sr avait eu en Angleterre avant son mariage avec Nicolette et qui venait d'intégrer leur famille, était responsable de la qualité et du développement durable. En plus d'animer des émissions culinaires sur diverses chaînes, Sean avait lancé le réseau de télévision de leur société, CRESSTV. Quant à Lucas, il dirigeait la production des articles de cuisine haut de gamme vendus dans le monde entier et plébiscités par Oprah Winfrey dans sa liste d'objets préférés pour la deuxième année consécutive.

Lucas reporta son attention sur Phillip Jr et se félicita du changement survenu chez son frère depuis qu'il avait été nommé directeur général, un an auparavant. Il paraissait plus sûr de lui et plus détendu maintenant qu'il n'était plus en concurrence avec ses frères pour ce poste qu'il estimait mériter en tant qu'aîné de la fratrie – avant l'arrivée de Lincoln.

Aujourd'hui, tous les membres de la famille Cress s'étaient mis sur leur trente et un pour la photo traditionnelle qui aurait lieu dans la salle à manger.

Chaque année, pour la plus grande joie de Lucas, la famille s'agrandissait.

Lincoln et son épouse Bobbie, tous deux vêtus de blanc, se tenaient près de la baie vitrée avec leur fillette Poppy qui fêterait bientôt son premier anniversaire.

Phillip Jr n'avait d'yeux que pour sa femme Raquel, laquelle redressait les lunettes roses de leur fille Collette âgée de huit ans.

Emme, deux ans, descendait des genoux de sa mère Monica et se dirigeait d'un pas mal assuré vers la baie vitrée offrant une vue splendide sur Manhattan. Rempochant son téléphone, Gabriel s'agenouilla auprès de sa fille et fit signe à Monica de les rejoindre.

Coleman se tenait debout derrière sa femme Jillian, assise dans un des fauteuils club de la salle à manger, et lui massait délicatement le cou et les épaules avant de se pencher pour déposer un baiser sur son front.

Morgan, deux ans, le fils de Sean et de Montgomery, se laissa choir sur le parquet ciré en riant et fit rouler son camion en forme de dinosaure.

Il y avait tellement d'amour dans cette pièce, songea Lucas, ému.

Même ses parents, assis l'un près de l'autre, se souriaient et se tenaient la main, comme deux tourtereaux. Depuis l'opération à cœur ouvert de son père et son départ à la retraite, l'année dernière, ses parents voyageaient à travers le monde et redécouvraient les différentes cuisines locales. Mariés depuis des décennies, ils avaient surmonté de nombreuses difficultés et s'aimaient plus que jamais.

En observant sa famille, Lucas prit soudain conscience qu'il était le seul célibataire du groupe. Tous ses frères étaient mariés et très heureux.

Bien sûr, en tant que benjamin de la fratrie, « le chouchou » comme le taquinaient ses frères, il était normal qu'il soit le dernier à se marier, mais le moment était peut-être venu de franchir le pas. De fonder une famille. D'opter pour la stabilité.

Il contempla sa main gauche et imagina une alliance ornant son annulaire. En diamants, bien sûr.

La cérémonie serait grandiose. Encore plus impressionnante que celles de ses frères. Le nec plus ultra.

C'est décidé. Je me marierai avant la fin de l'année. Il ne me reste plus qu'à trouver la mariée.

Certes, il avait de nombreuses conquêtes féminines à son actif. Mais y avait-il parmi elles la perle rare digne d'intégrer le clan Cress ? Non.

Les femmes qui lui faisaient les yeux doux depuis qu'il s'était forgé une silhouette athlétique avaient une beauté tapageuse et étaient totalement désinhibées. Parfaites pour l'amusement et le plaisir, mais pas pour fonder une famille. D'ailleurs, la plupart de ses aventures ne duraient pas plus d'une nuit.

— Pas maintenant, Sean. Tes parents nous regardent.

En entendant la supplique féminine, Lucas reporta son attention sur son frère, lequel semait des baisers le long du cou de Montgomery tout en essayant de l'entraîner en douce vers le couloir menant à la salle de bains privée. De tous ses frères, c'était de Sean qu'il était le plus proche – même si Gabriel et Coleman s'intercalaient entre eux dans la pyramide des âges. En voyant le couple si épris, Lucas se souvint qu'ils s'étaient mariés à cause de la grossesse de Montgomery et qu'ils avaient trouvé l'amour par la suite.

Ils sont tous amoureux.

Il observa à nouveau chaque couple. Les longs regards qu'ils s'échangeaient, leurs sourires complices et leurs frôlements prolongés exprimaient clairement l'amour qu'ils ressentaient l'un pour l'autre.

Il fronça les sourcils, perplexe.

L'amour ? Très peu pour lui. Il le considérait comme une faiblesse. Une porte ouverte au chagrin et aux tourments. Aimer impliquait de déposer son cœur entre les mains d'une femme. De devenir vulnérable. La dernière fois qu'il avait donné libre cours à ses sentiments, il avait récolté la souffrance et l'humiliation.

Et mes cupcakes avaient fini à la poubelle.

Eve Villar.

À l'évocation de ce nom, Lucas s'empara de son téléphone. Au même instant, Coleman vint s'asseoir dans le fauteuil à côté de lui. Il portait un costume noir, en total décalage avec le code vestimentaire prévu pour cette réunion, justifiant son surnom de « rebelle ».

— Luc, tu as terminé le gâteau d'anniversaire de Poppy ? demanda-t-il.

Leur nièce aurait bientôt un an, et ses parents organisaient une grande fête à cette occasion. En tant que chef pâtissier, Lucas était chargé de confectionner le gâteau, et tout le monde lui posait la même question depuis son arrivée.

— Elle va l'adorer, répondit-il avant de reporter son attention sur ses mails.

— Je n'en doute pas.

Votre composition florale a bien été livrée.

Lucas lut le message à voix haute, puis posa son téléphone avec un sourire satisfait. Chaque jour depuis la réunion des anciens élèves, il faisait livrer des fleurs à l'adresse de la société d'Eve, qu'il avait trouvée sur Internet.

Coleman récupéra un étui à cigares en cuir dans la poche intérieure de son blazer.

— Une composition florale ? Ce n'est pas dans tes habitudes. Qui est l'heureuse élue ?

Lucas lui montra la photo d'Eve qu'il avait prise en catimini lors de la réunion.

— Tu la reconnais ? demanda-t-il, chipant un cigare à son frère avant qu'il referme l'étui et le range dans sa poche.

— Fais-moi voir.

Coleman agrandit l'image.

— Mais c'est...

— Eve Villar, dirent-ils en chœur, Lucas satisfait et Coleman stupéfait.

— Elle était présente à notre réunion des anciens élèves.

— Elle n'a pas changé, remarqua Coleman en mordant le bout de son cigare. Est-elle toujours aussi garce ?

— Sûrement. Mais elle m'a présenté des excuses.

— Sans blague ?

Cette nouvelle sidérait encore plus Coleman que la photo.

— Elle te doit beaucoup plus que des excuses.

— Je suis de ton avis.

Coleman l'observa, intrigué.

— Qu'est-ce que tu mijotes ?

— J'ai l'intention de l'attirer dans mon lit, répondit Lucas sans se démonter.

— Elle t'obsède toujours autant, n'est-ce pas ?

Lucas haussa une épaule avec désinvolture.

— Crois-moi, elle est partante.

Il avait discerné dans ses yeux de l'intérêt et du désir pour l'homme qu'il était devenu.

— *N'allume pas ce cigare, Cole !* protesta Nicolette dans sa langue natale.

Coleman adressa un sourire espiègle à sa mère avant de lancer un regard entendu à son épouse.

— Ces derniers temps, il se contente de mordiller ses cigares, Nicolette, intervint Jillian.

Elle se leva et se posta à côté de son mari, déboutonnant son blazer en soie rose et exposant son ventre arrondi.

— Il n'en a pas allumé un seul depuis la découverte de ma grossesse.

Après quelques secondes de stupéfaction, tous se mirent à applaudir et à pousser des exclamations de joie. Coleman rayonnait de fierté et Jillian souriait aux anges. Aussitôt, un cercle d'amour et de soutien se forma autour de l'heureux couple.

— Toutes mes félicitations, dit Lucas avant de se mettre un peu en retrait du groupe familial.

Alors qu'il contemplait le bonheur de Coleman et de Jillian, il sut qu'il était prêt à trouver la femme digne de devenir son épouse et la mère de ses enfants.

Le groupe s'écarta pour faire place au patriarche, Phillip Sr, et à son épouse Nicolette. Sur le plan physique, ses parents étaient très différents. Son père était un Anglais grand et large d'épaules, noir de peau, tandis que sa mère était une Parisienne mince, dotée d'une carnation claire et d'une chevelure argentée où subsistaient quelques mèches blondes. Mais ils avaient fondé ensemble, avec amour et passion, une grande famille et un empire culinaire.

— Ce bébé à naître est une bénédiction, déclara Phillip Sr en se penchant pour déposer un baiser léger sur la tempe de Jillian.

Lucas sourit, amusé, en se remémorant la colère de ses parents quand ils avaient appris que Jillian et Monica, qui travaillaient respectivement comme cuisinière et gouvernante chez les Cress, allaient devenir leurs belles-filles. Elles s'étaient bien intégrées dans la famille, et ses parents avaient fait contre mauvaise fortune bon cœur.

— Fille ou garçon ? demanda Nicolette avec une lueur joyeuse dans ses yeux bleus.

— Des jumeaux, répondirent en chœur Coleman et Jillian.

— Quelle chance ! s'exclama Nicolette, ravie.

Tandis que tous prenaient enfin place pour la séance photo devant la baie vitrée donnant sur la ligne des toits de Manhattan, il régnait une ambiance de gaieté et de bonheur qui rendrait les photos encore plus réussies. Une fois la séance terminée, les membres de la famille prirent place autour de la longue table dressée pour quatorze couverts, avec un splendide service de table de la marque familiale et un magnifique arrangement floral en son centre.

— Excusez-moi, déclara Phillip Jr en se levant.

Tous les regards convergèrent vers lui.

— Puisque nous sommes tous réunis ici dans les bureaux de Cress Inc. où la tradition d'amour, de famille et de travail a été entreprise par nos parents, puis renforcée grâce à la contribution de chaque frère Cress et au soutien de leurs charmantes épouses, je voudrais vous remercier pour la confiance que vous m'avez témoignée en tant que nouveau directeur général durant l'année écoulée.

Il fit signe à Raquel et à Collette de venir près de lui.

— Si l'avenir de Cress Inc. est aussi prometteur, c'est grâce aux fondations solides établies par nos parents…

— Il tenait beaucoup plus à ce poste que nous autres, glissa Sean à Lucas, son voisin de table.

— C'est vrai. Et maintenant que papa l'a désigné comme son successeur, la guerre des ego est enfin terminée et tout est rentré dans l'ordre.

Sean approuva.

— Au fait, tu as fini le gâteau d'anniversaire de Poppy ?

— Non, mentit Lucas.

— Tu ne peux pas faire ça à Poppy ! murmura Sean, horrifié.

Lucas pouffa, et Sean lui donna un coup de coude.

— Crétin !

Entre-temps, Phillip Jr poursuivait son discours.

— En l'honneur du passé, j'ai pensé qu'il était temps de renouer avec une tradition que nous avions délaissée quand nos parents ont entamé leur tour du monde.

Phillip Jr adressa un large sourire à leurs parents.

— Désormais, une fois par semaine à compter d'aujourd'hui, je préparerai un repas pour les membres de la famille et nos assistants.

Il alla ouvrir les doubles portes de la cuisine d'essai de la société, puis réapparut au bout de quelques minutes avec une grande poêle garnie de paella qu'il posa sur un dessous-de-plat au centre de la table.

— Papa, j'ai préparé ce plat en souvenir de celui que tu nous concoctais ici, au travail.

Sean, Lucas, Gabriel et Coleman échangèrent des regards circonspects tandis que leur père examinait avec attention le riz infusé dans du coulis de tomates, accompagné de homards, de moules, de palourdes et de crevettes. Leur père leur avait préparé ce plat pour manifester sa déception la fois où aucun de ses fils n'avait été récompensé par la Fondation James Beard dans les catégories journalisme culinaire et restauration. Il exigeait de ses fils la même perfection qu'il mettait dans la préparation de ce plat phare de la cuisine espagnole.

Lucas commença à manger et ne put retenir un murmure de plaisir. Le plat était aussi bon que celui de leur père. L'assaisonnement était parfait et le riz cuit à point, tout comme les fruits de mer.

— Quel est ton verdict, papa ? demanda Phillip Jr.

L'espace d'un instant, Lucas se remémora les efforts de la fratrie pour obtenir l'approbation de leur père. Par chance, il était devenu plus indulgent depuis son opération du cœur, deux ans auparavant.

— Beau travail, fiston, déclara Phillip Sr en levant son verre d'eau.

À l'évidence, il faisait référence au plat et aux excellents résultats de son fils en tant que nouveau directeur du conglomérat.

Collette surprit tout le monde en se levant, son verre de citronnade à la main.

— *À la nourriture. À la vie. À l'amour*, dit-elle dans un français presque impeccable.

Souriant avec fierté, Nicolette leva son verre de vin blanc. C'était sa maxime favorite, qu'elle faisait graver sur tous les produits de Cress Inc.

— *À la nourriture. À la vie. À l'amour*, répétèrent en chœur les membres de la famille.

Eve se tenait sur le seuil de son bureau dans sa maison au bord du lac Swan Lake, à East Patchogue (État de New York). Cette modeste demeure de style ranch de cent soixante-cinq mètres carrés lui servait à la fois de lieu d'habitation et de bureau d'où elle gérait sa société Aquatic Safety Solutions. À cet instant, sa maison ressemblait plutôt à une boutique de fleuriste en raison des vases de fleurs de toutes les couleurs, senteurs et variétés qui en garnissaient les moindres recoins.

Chaque jour depuis deux semaines, un nouveau bouquet lui était livré, plus grand que celui de la veille. Ils étaient censés la séduire et l'obliger à se souvenir de l'expéditeur.

Lucas Cress et sa folie des grandeurs.

Comment pourrait-elle ne pas penser à lui alors qu'il se faisait un devoir de lui envoyer chaque jour un message fleuri depuis la fameuse réunion ? Elle ferma les yeux pour mieux se remémorer ce qui le rendait si différent de l'adolescent d'autrefois. Sa carrure athlétique. Sa confiance en soi. Son sex-appeal.

— Que veut-il ? demanda-t-elle à voix haute.

— C'est facile à deviner !

Exhalant un soupir, elle se tourna vers Suzi, sa responsable administrative et meilleure amie, installée derrière son bureau dans la pièce face à la sienne. Cette femme, au carré brun encadrant un visage rond et de grands yeux sombres, constituait un atout précieux pour Eve.

— C'est de l'argent jeté par les fenêtres et du gâchis de couper des fleurs qui ne survivront que deux semaines dans le meilleur des cas ! maugréa Eve.

Elle récupéra un énorme bouquet et alla le déposer sur un coin du bureau encombré de Suzi.

— Garde celui-ci et fais don des autres fleurs.

— Même les tulipes ? Ce sont pourtant tes préférées, remarqua Suzi, une lueur espiègle dans le regard.

— D'accord. Pas les tulipes.

Suzi huma le parfum délicat d'une fleur en forme de trompette.

— Et l'expéditeur… tu comptes aussi en faire don ?

— Tu serais prête à lui donner sa chance à cause des fleurs ? ironisa Eve.

Suzi pianota sur son ordinateur et lui montra l'écran où s'affichait la photo de Lucas.

— Et aussi parce qu'il est un chef pâtissier hyper-sexy !

Oh ! oui, oui, oui.

Tandis qu'Eve contemplait la photo, les battements de son cœur s'accélérèrent.

Au lycée, elle n'avait pas su voir que l'adolescent rondouillard et mignon promettait de devenir un bel étalon.

Qu'une femme aurait plaisir à chevaucher.

Soupirant à cette pensée grivoise, elle s'empressa de réintégrer son bureau. Le parfum de toutes ces fleurs l'enveloppait, la séduisait, l'émoustillait. Leur présence incarnait une promesse de quelque chose de plus durable et de plus excitant que leurs brèves retrouvailles lors de cette réunion au lycée.

Trêve de rêveries, se dit-elle, déposant les fleurs, à l'exception des tulipes, sur le parquet le long du mur. Elle avait du travail à faire. Dans quelques semaines, le 1er mai marquerait le début de la haute saison dans tous les villages et hameaux de Southampton et East Hampton sur l'île de Long Island. Eve et son équipe de maîtres-nageurs sauveteurs avaient déjà des réservations pour surveiller des plages privées et des soirées piscine, pour dispenser des cours de natation et superviser des activités aquatiques en milieu scolaire. Eve s'occupait aussi de la formation des nouveaux maîtres-nageurs sauveteurs et dépannait à l'occasion ses confrères en manque de personnel. Même durant la basse saison, des propriétaires de piscines d'intérieur faisaient appel à ses services lors de fêtes d'anniversaire ou autres.

Sa société était donc active toute l'année.

Dieu merci.

Au départ, c'était son amour de la natation qui lui avait fait choisir ce métier. Puis elle avait fondé sa société qui prospérait d'année en année et lui procurait un revenu stable. Eve était très fière de sa réussite qu'elle ne devait qu'à elle-même.

Elle se concentra sur les nouvelles demandes de réservation en ligne, plus nombreuses qu'elle ne pensait.

— Suzi, je sais que notre effectif est au complet, mais nous devrions peut-être envisager de recruter un ou deux maîtres-nageurs sauveteurs supplémentaires pour cette saison.

Contre toute attente, elle n'obtint aucune réponse.

D'habitude, en raison de la proximité de leurs bureaux, toutes deux préféraient communiquer en élevant la voix plutôt que d'utiliser l'Interphone.

Comme le silence persistait, Eve sortit dans le couloir et aperçut Suzi, bouche bée, en train de lire la carte accompagnant le dernier envoi de fleurs.

— Qu'y a-t-il ? demanda Eve en rejoignant son amie et en lui prenant la carte des mains.

— Oh ! ce Lucas Cress, quel séducteur ! s'exclama Suzi en s'éventant, la mine pâmée.

Eve lut le mot à voix haute :

> Chaque nuit, je rêve que je te fais l'amour. Je te désire de tout mon être. Es-tu prête pour moi ?

Oh ! Seigneur !

La gorge sèche et le cœur battant à tout rompre, Eve glissa la carte dans la poche arrière de son jean à la coupe évasée, qu'elle portait avec un top à volants noir très fin sur un bustier en dentelle.

« *Jusqu'à ce que nous nous revoyions* », avait-il promis.

Un frisson d'excitation la parcourut à l'idée qu'il semblait déterminé à tenir parole.

— Je t'ai sélectionné plusieurs dossiers de candidature, déclara Suzi en lui tendant une chemise cartonnée verte.

— Merci, Suzi. Que ferais-je sans toi ? demanda-t-elle, commençant à feuilleter les dossiers.

— Si seulement tu pouvais te montrer moins intransigeante envers toi-même que tu ne l'es envers ta libido !

À ces mots, Eve se figea.

— Ça fait six ans, insista Suzi d'une voix radoucie. Pendant combien de temps encore vas-tu te punir ?

Le cœur meurtri, Eve leva les yeux vers son amie dont le visage exprimait une infinie compassion, car elle était au courant de ses luttes intérieures.

— Non, Suzi, ne commence pas…

— Écoute, j'ai fait des recherches sur lui. C'est exactement l'homme qu'il te faut. Avec, au programme, de l'amusement et du plaisir sans engagement de part et d'autre. Quelle meilleure façon de t'aider à surmonter ton chagrin et ta culpabilité ?

Cela faisait six ans qu'Eve n'avait pas partagé le lit d'un homme, et les compensations que lui offrait son vibromasseur n'égalaient pas la sensation électrisante que lui procurerait un corps viril et chaud pressé contre le sien. Sous le sien. En elle.

« *Jusqu'à ce que nous nous revoyions.* »

Sans mot dire, elle retourna dans son bureau, déposa la chemise cartonnée et récupéra la carte de Lucas. Tandis qu'elle la relisait encore et encore, elle pouvait entendre sa voix grave lui susurrer à l'oreille : « Es-tu prête pour moi ? »

Le corps parcouru de frissons, Eve ouvrit le tiroir supérieur de son bureau pour y déposer la carte avec les précédentes, qu'elle avait pris la peine de garder.

Je le suis peut-être.

3

La salle de bal au centre de Manhattan où Poppy Cress fêtait son premier anniversaire bourdonnait d'excitation. Un magnifique décor de forêt enchantée métamorphosait l'espace. Du gazon synthétique recouvrait le parquet, des grands arbres factices étaient disposés ici et là, et des mini-jardins complétaient le décor végétal. Le plafond était drapé de soie sombre, des lumières clignotantes faisaient office d'étoiles et une lune brillante était suspendue à un chevron. Des animatrices étaient habillées en fées. Même les tables autour de la salle de bal étaient recouvertes d'un tissu en soie verte avec un imprimé de feuillage.

Les invités, petits et grands, savouraient cette ambiance magique et festive au son d'une musique entraînante.

La centaine d'enfants de tous âges désireux de satisfaire leur gourmandise avait accès à un bar à bonbons, à un stand proposant de délicieuses crèmes glacées et à un comptoir garni de cupcakes et de mini-cheesecakes.

Des jeux en intérieur étaient organisés pour eux : toboggans, château gonflable, piscine à balles et même un espace réservé au laser game.

Les adultes avaient droit à diverses boissons thématiques et à un large assortiment d'amuse-bouche et de hors-d'œuvre préparés par les restaurants CRESS de New York.

— Tout est prêt, Luc ?

Levant les yeux du gâteau d'anniversaire qu'il avait confectionné pour sa nièce, Lucas se tourna vers Lincoln, debout sur le seuil de la cuisine, les mains sur les yeux.

— Oui, tout est prêt, dit-il, posant le tablier qu'il avait enfilé par-dessus son jean noir et son pull à col en V.

— Je peux voir le gâteau maintenant ? demanda Lincoln.

— Non. Tu le verras en même temps que les autres invités.

Il poussa son frère, dépité, hors de la cuisine.

— Que se passera-t-il si Poppy ne l'aime pas ?

— D'abord, *je suis* Luc Cress, chef pâtissier multi-récompensé. Ensuite, Poppy n'a qu'un an. Alors, détends-toi.

Une fois débarrassé de son frère aîné, Lucas récupéra son iPhone pour vérifier que la composition florale du jour avait bien été livrée à Eve. Il sourit en recevant la confirmation du fleuriste. Cette fois, il avait mentionné sur la carte le lieu et l'heure de la fête, et invité Eve à le rejoindre.

Viendra-t-elle ?

Rien n'était moins sûr.

Sans nouvelles d'elle depuis la réunion au lycée, il commençait à croire qu'il ne réussirait jamais à l'attirer dans son lit. Il avait envisagé de se rendre dans les Hamptons, à environ deux cents kilomètres de Manhattan, mais craignant qu'elle ne prenne sa démarche pour du harcèlement, il y avait renoncé. D'où l'invitation qu'il lui avait lancée. Si elle y répondait favorablement, cela signifierait qu'elle était curieuse de savoir s'il serait en mesure de tenir ses promesses.

J'en suis capable et je les tiendrai !

Quant à lui, il était curieux de savoir si cette beauté snob renoncerait à ses manières pompeuses et à sa suffisance au lit. Serait-elle désinhibée ou réservée ? Bavarde ou silencieuse ? Quoi qu'il en soit, il voulait coucher avec Eve Villar, ne serait-ce qu'une fois, et il mettrait tout en œuvre pour atteindre son objectif. L'intérêt qu'elle lui avait manifesté était une occasion qu'il ne devait pas laisser passer.

D'autant que je l'attends depuis quinze ans… Et à l'époque, tout ce que je voulais d'elle, c'était un baiser !

Revenant sur terre, Lucas procéda à une dernière vérification avant de pousser le chariot en direction de la salle de bal. Sur le seuil, il marqua une pause et adressa le signal convenu au DJ. Puis il attendit que la chanson du groupe musical Kidz Bop cède la place à *Happy Birthday to You*, version *Gracie's Corner*, la chaîne YouTube pour enfants. Aussitôt, les enfants s'arrêtèrent de jouer pour suivre les instructions données dans la chanson, tandis que l'éclairage de la salle baissait, remplacé par des faisceaux de lumières colorées.

Lucas dirigea son chariot le long de l'espace délimité par des cordons de sécurité en velours et s'arrêta devant une impressionnante structure de ballons où l'attendait sa famille avec, en première ligne, Lincoln et Bobbie qui portait dans ses bras une Poppy excitée. Tout en savourant les exclamations d'admiration et les applaudissements des invités, Lucas n'avait d'yeux que pour sa nièce, guettant le moment où elle remarquerait son gâteau représentant une licorne grandeur nature, portant une selle dorée sur le dos, la tête penchée vers une mare d'eau entourée d'herbe. Il fut récompensé de ses efforts en voyant les yeux écarquillés de la fillette, puis son rire joyeux et ses applaudissements tandis qu'elle gigotait pour se libérer de l'étreinte de sa mère, sans se soucier des invités qui lui chantaient en chœur *Happy Birthday to You*.

Fier de lui, il prit sa nièce dans ses bras.

Poppy, qui était le portrait craché de sa mère, lui serra le cou à l'étouffer. Le cœur débordant d'amour pour cette fillette et sa famille, il refoula difficilement des larmes d'émotion.

— Bravo, Luc ! s'exclama Bobbie, ravie, en lui pressant le bras. Ce gâteau est une pure merveille !

— Tu as fait de l'excellent travail ! renchérit Lincoln en lui donnant une tape sur l'épaule.

— Le centre de la licorne est constitué de Rice Krispies. Poppy peut donc s'asseoir sur la selle sans problème, expliqua Lucas. Puis j'emporterai le gâteau à la cuisine pour le découper. Les enfants n'ont pas besoin d'assister à l'éventration de la licorne.

— *Exactement*, approuva Nicolette en tapotant la joue de son chouchou.

Chaque frère Cress était affublé d'un surnom. Lincoln était devenu « l'aîné » dès l'instant où il avait intégré la famille, Phillip Jr était « le responsable », Sean « la star », Coleman « le rebelle », Gabriel « le garçon bien » en raison de son sérieux, et Lucas « le chouchou ».

Alors qu'il tenait toujours Poppy dans ses bras, il remarqua une jeune femme au visage familier qui lui souriait.

Lana Ariti.

La fille d'Apollo Ariti, le magnat italien de l'immobilier. Belle. Accomplie. Mondaine. Visiblement intéressée par Lucas.

Émoustillé, il rendit Poppy à sa mère et alla à la rencontre de cette beauté brune sculpturale.

— Lucas, ça fait une éternité que nous ne nous sommes pas vus ! dit-elle avec un soupçon d'accent italien.

— Je suis d'autant plus content de te revoir, chère Lana, répondit-il, déposant un baiser léger sur sa joue.

— Le plaisir est partagé, assura-t-elle avec chaleur. J'étais en Toscane pour superviser la vente du vignoble familial.

Il admira sa tenue à la fois chic et décontractée, à l'image de son allure mêlant séduction et réserve.

— J'avoue que je ne m'attendais pas à te voir à cette fête d'anniversaire, dit-il, un peu confus. Aurais-je loupé une information te concernant ?

Lana rit et glissa une mèche brune derrière son oreille.

— Non. Je n'ai encore ni mari ni enfant. C'est ma nièce, Naya, que ta mère a invitée, et je l'ai accompagnée.

Elle désigna une fillette de huit ans qui riait aux éclats en atterrissant dans la piscine à balles.

— La semaine prochaine, c'est ta nièce Collette qui est invitée à la fête organisée pour Naya.

— Merci pour elle.

— J'ai entendu dire que tu envisageais de te marier cette année, Lucas.

Il la contempla en souriant.

— En effet... à condition que je trouve l'épouse idéale.

Lana acquiesça d'un signe de tête.

— Un projet ambitieux, remarqua-t-elle, ôtant une poussière sur la manche du pull de Lucas.

— Et je compte le mener à bien.

La main de Lana remonta lentement le long de son bras et se posa sur sa joue.

— Que les choses soient claires, Lucas Cress. Je pense être l'épouse qu'il te faut.

Elle lui caressa le menton en souriant avant de s'éloigner.

Il la suivit des yeux, interloqué, pendant qu'elle rejoignait sa nièce. Il ne se serait jamais attendu à pareille audace de sa part ! Mais cette volonté assumée lui plaisait.

Beaucoup.

Installée dans sa balancelle en bois de cèdre sur sa véranda, un verre de citronnade fraîchement pressée à la main, Eve contemplait le lac dont la surface rutilait sous le soleil printanier. Elle adorait ce lac pour sa beauté paisible, mais elle préférait nager dans l'océan ou dans une piscine.

C'était dans ces étendues d'eau qu'elle avait fait ses séances de rééducation. Elle leur devait sa guérison, physique et mentale.

À l'évocation de ce passé douloureux, elle resserra sa prise autour de son verre, les yeux brouillés de larmes.

Depuis six ans, sa vie avait radicalement changé. Parce qu'elle en avait décidé ainsi. Tout en étant une source de réconfort, cette transformation n'avait hélas pas le pouvoir d'effacer de sa mémoire les événements dramatiques qui l'avaient amenée à cette prise de conscience douloureuse.

Un souvenir lui revint en mémoire.

— *C'est ma tournée ! lança Aaron à la cantonade.*

Les faisceaux lumineux colorés balayaient la salle, et la ligne de basse de la musique pulsait contre les corps des danseurs évoluant sur la piste de danse de ce club très sélect. Sa longue chevelure brune ramenée sur une épaule, Eve contemplait, tout excitée, son petit ami Aaron, debout sur une table, tenant à bout de bras une bouteille de champagne presque vide. Elle l'applaudit à tout rompre en riant et en bondissant sur son siège.

Aaron était un concepteur de logiciels très recherché. Il venait de vendre sa dernière application pour la bagatelle de quarante millions de dollars. Ils avaient donc une excellente raison de faire la fête, d'autant qu'Aaron n'en était pas à son premier coup de maître. Il aimait la richesse et il en faisait largement profiter Eve. En tant que fille unique de parents appartenant à l'élite de Manhattan – son père était un avocat renommé dans le domaine du divertissement et sa mère était une neurochirurgienne respectée –, elle avait acquis très tôt le goût du luxe et du raffinement. Elle avait rencontré Aaron trois ans auparavant alors qu'il venait de vendre sa première application de médias sociaux, et depuis la vie était une succession de fêtes.

Aaron sauta à bas de la table et se laissa choir sur le siège à côté d'Eve. Elle éclata de rire quand il l'attira contre lui pour semer des baisers voraces sur sa poitrine mise en valeur par sa robe bustier rose. Elle l'obligea à relever la tête pour capturer avidement sa bouche.

— Nous nous envolons demain pour Dubaï, annonça-t-il, son regard rendu un peu vitreux par l'excitation, l'alcool et sans doute une ou deux prises de cocaïne.

— Yes !

Elle l'étreignit, ravie, puis marqua une pause.

— En jet privé ?

— Évidemment !

Quelle chance, songea-t-elle, rêvant de shopping dans des boutiques luxueuses, de soins de beauté dans des salons haut de gamme et de soirées endiablées.

Elle lui prit le magnum des mains et but le reste de champagne au goulot, sans se soucier du liquide qui coulait sur son menton et sa robe.

Qu'importait ? Elle ne mettait jamais la même tenue deux fois.

Oh ! oui, elle adorait la vie qu'elle menait et en voulait toujours plus.

Ils dansèrent et firent la fête jusqu'à la fermeture du club. Puis, ils se dirigèrent en riant et en titubant vers la Ferrari rouge qu'Aaron avait achetée le jour même. Il ne se refusait rien, et c'était très bien ainsi.

Une fois installée sur le siège du passager, elle ôta ses talons hauts à paillettes et déposa sa pochette sur le plancher. Aaron démarra la voiture et sortit du parking dans un crissement de pneus. L'aube pointait, mordant sur l'obscurité du ciel. Aaron abaissa la capote de la voiture et jeta un coup d'œil à Eve.

— C'est ta nouvelle voiture, chérie, dit-il avec un large sourire qui creusa ses fossettes. J'en choisirai une noire pour moi.

Eve poussa un cri de surprise, puis embrassa Aaron sur la joue pendant qu'il accélérait le long des rues presque désertes de New York. Elle caressa le tableau de bord en cuir avant d'y déposer un baiser.

— Je l'appellerai Candy, dit-elle, heureuse et détendue grâce à l'alcool.

— Comme tu veux.

— Mais... où allons-nous ? demanda-t-elle, voyant qu'il ne prenait pas la direction de leur appartement à Tribeca.

Aaron lui adressa un clin d'œil.

— À l'aéroport. Destination Dubaï, dit-il, s'engageant sur l'autoroute.

— Sans bagages ?

— À quoi bon ? Nous trouverons tout ce qu'il nous faut sur place !

Elle rit, aux anges.

— Accroche-toi, chérie, je vais voir ce que Candy a dans le ventre.

L'un et l'autre se fichaient d'être verbalisés pour excès de vitesse.

Ils faisaient ce qui leur plaisait et ne se refusaient rien.

— Plus vite, mon amour, plus vite ! s'exclama Eve, lui massant la cuisse pendant qu'il passait les vitesses.

Il obéit, et le moteur s'emballa.

— Le monde est à nous ! s'écria Eve en riant.

— Bravo !

Eve ne voulait surtout pas que leur vie ralentisse. Elle adorait son rythme effréné.

— You can have whatever you like[1].

1. Tu peux avoir tout ce que tu veux (NdT).

Tandis qu'Aaron chantonnait le refrain, elle songeait que cette chanson de T.I. leur allait à merveille.

— Plus vite, mon amour ! cria-t-elle, surexcitée, les yeux clos.

Il passa une autre vitesse.

Soudain, la voiture dérapa sur la chaussée. Projetée brutalement contre la portière, Eve hurla. Les cris d'Aaron se mêlèrent aux siens quand la voiture se mit à virer sur elle-même, comme une toupie, avant de percuter de plein fouet un semi-remorque.

Puis ce fut le noir…

C'était tout ce dont se souvenait Eve. Des semaines plus tard, elle s'était réveillée à l'hôpital où on lui avait appris qu'elle avait les hanches et les jambes fracturées, et qu'Aaron n'avait pas survécu à l'accident.

Les faits remontaient à six ans. Pourtant, le chagrin et la culpabilité lui transperçaient le cœur avec la même intensité que si l'accident s'était produit la veille.

S'ajoutaient à cela les regrets et la honte.

En se réveillant à l'hôpital, immobilisée dans son lit pour de longues semaines et dans l'incapacité d'assister à l'enterrement de l'homme qu'elle aimait, Eve avait eu tout le temps de faire son examen de conscience.

Elle n'avait pas eu d'autre choix que d'accepter le constat terrible d'avoir été une personne exécrable. Discourtoise. Ingrate. Méchante. Imbue d'elle-même.

Confrontée à cette vérité et à ses erreurs, Eve avait décidé de tourner le dos à la fortune, aux privilèges et aux excès, persuadée que c'était son désir et celui d'Aaron d'obtenir toujours davantage de la vie qui avaient été la cause principale de leur accident mortel. Ils avaient cru stupidement que la richesse les rendait invincibles.

Quelle erreur monumentale !

Elle n'était jamais retournée dans leur appartement dont elle était toujours propriétaire, laissant tout en l'état.

Accablée de douleur par la mort d'Aaron, et ayant elle-même frôlé la mort de près, elle s'était sentie obligée de modifier son mode de vie et sa manière d'être en devenant aimable, prévenante et généreuse. Chaque jour, elle trouvait une sorte de réconfort dans l'expiation de ses erreurs passées.

Cette ancienne version de moi n'existe plus.

La thérapie aquatique lui avait permis de redécouvrir son goût pour la natation, qu'elle avait développé durant l'enfance mais auquel elle avait renoncé dès l'adolescence au prétexte que le bonnet de bain la décoiffait !

Pour mieux se dépouiller de son ancien moi, elle avait coupé ses longs cheveux qu'elle chérissait tant et renoncé à son fonds spécial, au grand désarroi de ses parents. Désormais, elle menait une vie simple et solitaire.

Elle ne faisait plus partie de l'élite de Manhattan et ne fréquentait plus ses anciennes amies.

Si elle avait tenu à assister à la réunion des anciens élèves du lycée, c'était pour s'excuser auprès de Lucas.

« Regarde-moi et dis-moi si j'ai la silhouette de quelqu'un qui se goinfre de gâteaux ? »

Eve secoua la tête, mortifiée.

« Si tu te regardais dans une glace, tu cesserais de les manger. »

Le souvenir du moment où elle avait jeté la boîte de cupcakes à la poubelle tournait en boucle dans sa tête.

« C'est bien la dernière chose dont tu as besoin. »

Quelle garce j'étais, songea-t-elle douloureusement.

Cinq ans auparavant, elle était venue dans les Hamptons durant l'été pour se faire connaître en tant que maître-nageuse sauveteuse privée après avoir obtenu tous les brevets requis et contracté les assurances nécessaires. Elle avait su qu'elle avait fait le bon choix car le succès avait tout de suite été au rendez-vous. Ayant plus de demandes qu'elle ne pouvait en satisfaire seule, elle avait engagé un maître-nageur sauveteur pour la seconder. Sa clientèle s'étoffant chaque année, elle avait créé sa société, et deux ans auparavant, elle avait acheté sa maison à East Patchogue, située à moins d'une heure de route de la plupart de ses lieux de travail, pour un prix beaucoup plus abordable que dans les Hamptons.

Quelle ironie de songer qu'elle travaillait désormais pour les personnes appartenant à l'élite new-yorkaise dont elle avait jadis fait partie ! Il n'empêche qu'elle préférait être de l'autre côté de la barrière. C'était là qu'elle avait trouvé son équilibre intérieur.

Eve vérifia l'heure sur son téléphone. Elle avait largement le temps de se rendre à Manhattan. Ce serait un de ses derniers samedis libres avant le 1er mai, début de la haute saison. Tout en déplorant que ses parents aient conservé en l'état son ancienne chambre – en hommage à l'adolescente qu'elle avait été –, elle était heureuse de les retrouver et de satisfaire leur demande pressante de la voir plus souvent.

Après un dernier regard au lac, elle rentra dans sa maison et alla dans la cuisine. Sur le comptoir proche du grand évier en porcelaine blanche de style rustique trônait la dernière composition florale de Lucas dans les tons blancs, roses et lavande. Cette fois, il l'invitait à la fête d'anniversaire de sa nièce et indiquait son numéro de portable.

Une attention charmante, sans la connotation sexuelle des cartes précédentes.

À moins qu'il ne s'agisse d'une manœuvre pour m'attirer dans ses filets.

Elle se remémora les paroles qu'il lui avait lancées d'un ton assuré alors qu'elle s'éloignait dans le couloir de leur ancien lycée.

« *Jusqu'à ce que nous nous revoyions.* »

— Hors de question, dit-elle à voix haute, comme pour se convaincre.

Mais tout en se dirigeant vers sa chambre, elle s'autorisa à imaginer ce qui se passerait si elle se risquait à aller à cette fête. L'entraînerait-il dans un recoin pour se délecter d'elle, comme si elle était un délicieux cupcake ? Avidement au début, comme s'il était affamé, puis langoureusement, pour finir de la savourer.

« Es-tu prête pour moi ? »

Elle relâcha le souffle qu'elle retenait, mais cela ne contribua pas à soulager l'incandescence de son désir pour Lucas Cress.

Pas plus que le fait de penser à lui sous la douche.

Et maintenant, tout en s'habillant, elle ne pouvait pas s'empêcher de se demander si les caresses de Lucas seraient aussi douces et sensuelles que sa lingerie en satin et dentelle – son seul luxe !

Délaissant son jean, elle opta pour une robe printanière fleurie, se demandant à nouveau si elle plairait à Lucas. La jugeant un peu vieillotte, elle la posa et choisit une robe verte plus ajustée, mais encore trop sage. Finalement, elle se décida pour une robe en coton rouge qui flattait sa silhouette élancée.

Devant le miroir, elle examina le profond décolleté en V, satisfaite de voir qu'il rehaussait ses seins petits mais galbés. La jupe ample descendant à mi-mollets et dotée de poches soulignait la finesse de ses chevilles et sa taille de guêpe, tandis que sa couleur rouge mettait en valeur sa carnation mate et sa chevelure d'un noir de jais.

D'humeur joyeuse, elle compléta sa tenue par des sandales compensées ainsi qu'un bijou en or. Sans oublier le gloss rouge vif.

— Mes parents seront ravis de me voir aussi fraîche et pimpante, dit-elle à son reflet avant de sortir de la chambre.

Durant le trajet de presque deux heures, elle écouta du R&B, cette musique lente et sensuelle qui lui évoquait deux personnes allongées sur un canapé, échangeant des baisers langoureux tandis que la pluie tambourinait contre les carreaux. Deux personnes heureuses d'être ensemble et savourant le lien charnel qui les unissait.

Tout cela me manque terriblement.

Arrêtée à un feu rouge au volant de sa modeste berline, elle se mit à chantonner *Hrs & Hrs* avec Muni Long tout en regrettant la longue abstinence sexuelle qu'elle s'était imposée. Elle contempla les gratte-ciel de Manhattan éclairés par le soleil de cette fin d'après-midi. Malgré la musique résonnant dans l'habitacle et les bruits familiers de la ville, elle percevait les battements de plus en plus forts de son cœur à mesure qu'un projet insensé germait dans sa tête.

« C'est exactement l'homme qu'il te faut. Avec au programme de l'amusement et du plaisir sans engagement de part et d'autre. »

— Tais-toi, Suzi, marmonna-t-elle, hésitant à tourner à gauche, en direction de l'appartement de ses parents dans Upper East Side, ou à droite en direction des nombreux hôtels alignés sur plusieurs pâtés de maisons.

Comme elle tardait à choisir entre une visite à ses parents ou la satisfaction de son désir charnel, le conducteur derrière elle la rappela à l'ordre d'un coup de klaxon. Elle sursauta, surprise, et tourna à gauche, roulant jusqu'à l'immeuble centenaire où vivaient ses parents depuis trente-cinq ans, dans un somptueux appartement au trente-neuvième et dernier étage. Là, elle se gara en double file.

Le cœur battant la chamade et les mains fébriles, elle prit son téléphone et composa un numéro qu'elle n'était pas censée connaître par cœur puisque c'était la première fois qu'elle l'utilisait.

Après plusieurs sonneries, une voix grave se fit entendre.

— Luc Cress.

Qu'est-ce que je décide ? se demanda-t-elle, tétanisée, en percevant de la musique, des conversations d'adultes et des rires d'enfants.

— Allô ? insista-t-il.

— Luc, dit-elle, fixant le reflet de son regard dans le rétroviseur. C'est Eve. Eve Villar.

Elle se sentit soudain ridicule de décliner son identité complète alors qu'il lui avait envoyé des fleurs durant les deux dernières semaines.

— Eve ? Tu es ici ?

— Je suis à Manhattan, mais pas pour me rendre à ta fête, dit-elle, hésitant toujours à franchir le pas. Mais merci pour ton invitation.

— Tu m'appelles juste pour me dire que tu me fais faux bond ?

« Une agréable façon de t'aider à surmonter ton chagrin et ta culpabilité. »

— Es-*tu* prêt pour *moi*, maintenant ?

Voilà, je l'ai dit.

— Où et quand ? demanda-t-il du tac au tac.

Elle rit de son empressement.

— Nous pourrions nous retrouver quand ta réception sera terminée, proposa-t-elle, s'insérant à nouveau dans la circulation. Je vais prendre une chambre d'hôtel dans le coin. Je te communiquerai les coordonnées par texto.

Elle raccrocha avant de paniquer et de changer d'avis.

Tandis qu'elle choisissait un hôtel, payait la chambre et prévenait Lucas, la perspective de vivre une aventure d'un soir suscitait en elle un mélange d'anticipation et d'appréhension.

Elle s'apprêtait à se dévêtir quand on frappa à la porte. Prise de court, elle regarda par l'œilleton. Un hoquet de surprise s'échappa de ses lèvres à la vue de son visiteur.

Elle ouvrit la porte d'une main tremblante.

— Luc, je ne t'attendais pas si tôt !

— Je suis parti dès que j'ai pu, dit-il, pénétrant dans la suite.

Le cœur battant à tout rompre, Eve referma la porte et s'adossa contre le battant pour se ressaisir, sous le regard attentif de Lucas.

— *Jusqu'à ce que nous nous revoyions*, dit-il, passant un bras autour de la taille d'Eve et l'attirant contre lui.

— *Et nous voici*, murmura-t-elle en français, les mains posées sur ses larges épaules.

4

Plongeant son regard dans celui d'Eve, Lucas posa ses lèvres sur les siennes. Lentement. Savourant ce moment exquis où il embrassait *enfin* Eve Villar. Et il ne fut pas déçu. Elle faisait naître en lui les mêmes sensations délectables que dans ses fantasmes grâce à sa fragrance grisante, à la douceur de ses lèvres, au contact émoustillant de ses mains sur ses épaules, à l'ardeur avec laquelle elle répondait à son baiser.

Elle avait *envie* de l'embrasser !

Il le savait, cette pensée appartenait à l'adolescent de dix-sept ans qui refaisait surface en lui. Mais il la repoussa dans son subconscient pour mieux se concentrer sur le moment présent. Il souleva Eve de terre et frissonna d'anticipation quand elle noua les bras autour de son cou et lui caressa la nuque.

— Attends, dit Eve, levant les yeux vers lui.

— Pourquoi ?

— Tu as des préservatifs ? demanda-t-elle, embarrassée.

Il sourit en la reposant par terre et sortit son portefeuille de la poche arrière de son jean.

— Oui, j'en ai quelques-uns.

— Parfait.

Elle les lui prit des mains et se dirigea vers la chambre.

Il lui emboîta le pas, admirant la façon dont sa jupe ample oscillait à chacun de ses pas, puis s'évasait quand elle s'assit au bord du lit.

— Tu *es* l'homme de la situation, dit-elle, ravie.

Il fronça les sourcils, perplexe.

— De quelle situation parles-tu ?

— C'est sans importance, assura-t-elle en souriant. Tu es très beau, Lucas Cress.

Il posa une main sur sa poitrine et s'inclina en signe de remerciement.

Elle tapota le lit à côté d'elle, l'invitant à la rejoindre.

Il obtempéra et fut surpris de se sentir aussi nerveux quand elle s'assit à califourchon sur ses genoux. Son regard était irrésistiblement attiré par la bouche d'Eve – pulpeuse et soyeuse, faite pour les baisers. Tellement tentante qu'il céda à son impulsion et en dessina le contour avec la langue tout en enlaçant son corps ferme.

Pour sa plus grande joie, elle approfondit leur baiser, prenant l'extrémité de sa langue entre ses lèvres et la suçant délicatement.

Il réprima à grand-peine un râle de volupté.

Tout en l'embrassant, il lui ôta ses chaussures et promena les mains le long de ses mollets galbés et de ses cuisses, se délectant de la douceur de sa peau. Les gémissements de plaisir d'Eve l'encouragèrent à lui prodiguer des caresses plus poussées. Il se sentit durcir au contact du tissu soyeux de sa culotte, mais quand il glissa les doigts en dessous pour les plaquer sur ses fesses rebondies, il fut traversé par un élan de désir fulgurant.

Eve lui prit le menton entre le pouce et l'index, et le fixa intensément. Dans ses profondeurs sombres, il perçut du désir et une étincelle de quelque chose d'autre qui l'intrigua. Puis elle se pencha pour lui lécher les lèvres, comme s'il s'agissait d'un dessert gourmand, et ce simple geste embrasa tous ses sens.

— Ça fait si longtemps, murmura-t-elle entre deux baisers.

Cette confession inattendue surprit Lucas et l'enhardit en même temps. Quand ses doigts saisirent ses fesses, elle gémit, la tête rejetée en arrière et les yeux mi-clos.

Il la contempla, fasciné par sa façon d'exprimer son plaisir. Sans réserve ni fausse pudeur.

— Oh ! oui, j'en ai *besoin*, soupira-t-elle.

Lucas déposa un baiser sur son décolleté et perçut les battements désordonnés de son cœur contre ses lèvres. À cet instant, il se sentait euphorique. Chaque frisson qui la parcourait, chaque gémissement qu'elle exhalait et chaque élan de désir qu'elle manifestait exacerbait sa propre libido. Il inhala la senteur exquise de sa peau avant de la lécher avec gourmandise, savourant les râles de plaisir qu'elle laissait échapper à chaque coup de langue.

Curieux, il inséra une main entre les cuisses d'Eve et la plaqua contre son sexe chaud à travers le tissu fin de sa culotte. La sensation était si délicieuse que son bas-ventre se contracta douloureusement.

— Tu es si moite pour moi, gémit-il avant de l'embrasser à nouveau.

Tandis que leurs langues s'exploraient langoureusement, il perçut le bruit de déchirure du sachet de préservatif et se sentit partagé. Bien sûr, il désirait ardemment s'enfouir en elle, mais il souhaitait aussi poursuivre leurs préliminaires érotiques, car il n'était pas encore prêt à aborder l'étape qui les conduirait à l'aboutissement de ce rapport charnel, aussi explosif soit-il.

— Eve, murmura-t-il, tout chaviré, en la voyant se lever et glisser les mains sous sa robe pour ôter sa culotte.

Puis elle s'agenouilla entre ses cuisses écartées et entreprit de défaire sa ceinture et de déboutonner son pantalon pour libérer son sexe en érection. Il haleta au contact de ses mains douces sur son sexe palpitant et cambra les reins en s'agrippant à la couverture.

Il était habitué à prendre les commandes dans la chambre, mais Eve maîtrisait la situation. Elle avait une façon si sensuelle de le caresser des deux mains du bas jusqu'au gland qu'il réprima à grand-peine un cri de plaisir. Alors, les cuisses tremblantes, il se mordit la lèvre pour s'empêcher de jouir beaucoup trop tôt.

Relâchant la couverture, il posa les mains sur celles d'Eve pour stopper ses caresses grisantes.

— S'il te plaît, supplia-t-il, s'en voulant de se sentir toujours aussi vulnérable en sa présence, comme s'il redoutait qu'elle lui fasse perdre ses moyens.

Elle s'accroupit en souriant et ôta le préservatif de son emballage.

— S'il te plaît, quoi ? demanda-t-elle, mutine.

Il mourait d'envie qu'elle prenne son sexe entre ses lèvres pulpeuses, mais n'osa pas le lui demander. À la place, il se leva et se débarrassa de son jean et de son boxer.

— Dire que j'ai manqué tout ça, jadis, murmura-t-elle, songeuse, en empoignant son membre.

Il faillit crier à nouveau et se mordit la langue, stupéfait de constater qu'elle avait toujours le pouvoir de le rendre nerveux. Était-ce à cause de son béguin pour elle au lycée ? De la façon dont elle l'avait humilié devant tout le monde ? De cette occasion rêvée de la mettre enfin dans son lit ?

Lentement, elle enfila le préservatif sur lui.

— Tu devrais peut-être prendre une taille supérieure.

Il se contenta de hocher la tête, se sentant aussi tendu que la fois où il avait perdu sa virginité.

Qu'est-ce qui cloche chez moi ?

Tenant toujours son sexe d'une main, Eve se releva et le renversa sur le lit, sa main libre plaquée contre son torse.

— Eve ! gémit-il, se sentant totalement à sa merci.

Elle secoua la tête et grimpa sur le lit, positionnant ses genoux de part et d'autre des cuisses de Lucas.

— Chut, murmura-t-elle, caressant lentement l'extrémité de son pénis.

Comme elle est belle !

Ses cheveux courts mettaient en valeur ses pommettes hautes et sa bouche charnue. Ses yeux brillants de désir et ourlés d'épais cils noirs le fixaient avec attention tandis qu'elle léchait sa lèvre inférieure avant de la mordiller.

Et tellement sexy !

— Tu veux bien que je te chevauche ? demanda-t-elle.

Ressaisis-toi, Luc !

Prenant une profonde inspiration, il s'efforça de reprendre confiance en lui et de déployer le talent, l'inventivité et l'audace qu'il avait acquis au fil des ans dans le domaine du plaisir sexuel. Il scruta le regard d'Eve et exulta en remarquant qu'il était saturé de désir.

Son désir pour moi !

Mobilisant ses abdominaux durement acquis, il se redressa pour lui faire face à nouveau et déposa un baiser léger sur ses lèvres.

— Oui. Je te laisse mener la danse.

Elle se releva en souriant, sa jupe ample couvrant leurs genoux, et positionna son pénis à l'orée de son vagin avant de se laisser pénétrer très lentement, la mine concentrée.

Elle poussa un petit cri et appuya son front contre celui de Lucas tout en poursuivant sa descente.

— Ton sexe est tellement dur, Luc ! haleta-t-elle, imprimant à ses hanches un minuscule mouvement ondulatoire.

Exultant de sentir le sexe d'Eve l'enserrer étroitement à mesure de sa progression, il l'enlaça et elle fit de même avec lui.

Une fois qu'elle l'eut absorbé entièrement, elle posa la tête sur son épaule en frissonnant.

— Ça va ? demanda-t-il.

Elle l'embrassa dans le cou.

— Oui. Et toi ?

Curieusement, sa sollicitude le toucha. Pourtant, il s'agissait d'une simple aventure d'un soir – une victoire qu'il n'avait pas été en mesure de remporter des années auparavant.

— Ça va, mentit-il.

Malgré son expérience, Eve avait le don de susciter en lui un mélange de nervosité et d'excitation. Avec sa chaleur et sa moiteur qui l'enveloppaient étroitement, et le contact de sa poitrine ferme contre son torse, il sentait peu à peu monter en lui un orgasme explosif.

À cet instant, elle lécha cet endroit si sensible sous son oreille et commença à le chevaucher lentement, faisant naître en lui des sensations exquises.

Il inclina la tête en arrière, curieux de voir si elle éprouvait un plaisir identique au sien, et fut transporté de joie en voyant sa mine extatique et en percevant ses halètements.

— C'est bon ? demanda-t-il, le souffle entrecoupé, agrippant ses fesses et imprimant à son corps un rythme plus soutenu.

Pour toute réponse, elle cria de plaisir.

Il la souleva et l'abaissa à nouveau sur son membre, accélérant la cadence tout en guettant sa prochaine réaction.

Ce fut un autre cri.

— Oh ! oui, c'est divin !

Alors, il continua encore et encore, avec toujours la même réaction extasiée de sa part.

— J'adore cette friction sur mon point le plus sensible, haleta-t-elle, lui prenant le menton pour l'embrasser.

Désireux de rompre leur cadence, il immobilisa les hanches d'Eve, l'empêchant de le chevaucher. Sa mine dépitée le combla de joie, car cela signifiait que son désir n'était pas feint. Il ferma les yeux, savourant les ondes de volupté qui montaient en lui. Il s'en fallait de peu pour qu'il bascule, mais c'était trop tôt…

— Luc.

Il rouvrit les yeux au moment où Eve se libérait de son étreinte et le renversait à nouveau sur le lit.

— Non ! protesta-t-il tandis qu'elle le chevauchait avec fougue.

— Si ! répondit-elle, s'activant au-dessus de lui.

Alors, il s'abandonna sans restriction au plaisir inouï qu'Eve lui prodiguait grâce à ses va-et-vient débridés et à ses mouvements ondulatoires.

— Ooooooh ! s'exclama-t-il, tous ses sens en ébullition.

Il avait chaud et regrettait qu'ils ne soient pas nus, mais il ne voulait pas la stopper dans son élan alors qu'il sentait monter en lui les prémices de la jouissance.

— J'en avais tellement besoin ! haleta-t-elle.

— Besoin de quoi ?

— De sexe !

Puis elle se pencha pour l'embrasser.

— Merci, murmura-t-elle.

Il n'eut pas le temps de s'interroger car tout s'accéléra. Soudain elle s'écria, extatique :

— Je jouis, Lucas ! Oh ! oui, je jouis !

Il n'en fallut pas davantage pour qu'il s'envole à son tour, frémissant sous l'effet d'un orgasme d'une puissance phénoménale, ses cris mêlés aux siens.

Il la contempla, fasciné, tandis qu'elle continuait de le chevaucher lentement, achevant de l'épuiser.

Finalement, Eve s'arrêta et s'étira avec un sourire de pur contentement.

— C'était *fabuleux*, soupira-t-elle en se levant.

Et moi, je tremble comme une feuille et je crains que mes jambes ne se dérobent si je me lève.

Il redressa la tête et s'aperçut, interloqué, qu'elle se dirigeait vers la salle de bains, sa culotte à la main.

Elle ne va quand même pas se sauver !

— Tu retournes à la fête ? cria Eve pour dominer le bruit de l'eau.

Lucas fronça les sourcils. Des images d'Eve et de lui, nus et blottis dans le lit avant un deuxième round, se dissipèrent peu à peu. Il se redressa.

— Non, ce n'était pas mon intention.

Elle sortit de la salle de bains, recoiffée et rhabillée.

— Il faut que j'y aille, dit-elle. Mes parents m'attendent.

Il la contempla, atterré.

— M-mais…

Eve coupa court à sa protestation par un baiser.

— C'était super, Luc ! murmura-t-elle à son oreille tout en lui glissant un objet en plastique dans la main.

La carte magnétique de la suite d'hôtel.

— Dépose-la à la réception quand tu partiras, d'accord ?

Puis elle tourna les talons et sortit de la chambre sans un regard en arrière.

Oh ! c'est trop fort !

En dehors de la natation, Eve ne s'accordait plus guère de distractions. Désormais, elle pouvait y ajouter le sexe avec Lucas Cress. Elle passa en souriant l'index sur sa lèvre inférieure, se remémorant la délicieuse sensation de ses baisers, la nuit dernière.

Elle n'en revenait toujours pas d'avoir franchi le pas.

Et de ne pas être restée pour prolonger le plaisir.

À l'évidence, il avait été pris de court par son départ précipité, et elle-même était restée immobile quelques secondes sur le palier, luttant contre l'envie de retourner auprès de lui. Mais elle n'avait pas prévu d'assister à la fête de famille chez les Cress ni de passer la nuit entière avec lui. En fait, elle était même surprise qu'*il* lui ait proposé ces deux invitations. C'était son indisponibilité et son sex-appeal qui faisaient de lui le meilleur candidat pour une aventure d'un soir.

Ou deux.

Elle balaya du regard son ancienne chambre chez ses parents, avec son décor clinquant rose bonbon, ses fanfreluches et ses paillettes. Elle avait adoré ce luxe tapageur et frivole, mais maintenant elle ne le supportait plus car il lui rappelait à quel point elle avait été une personne égocentrique et détestable.

J'ai tellement honte de celle que j'étais.

Ses yeux se posèrent sur une photo de Claudia, Ashanti, Lorn et elle dans un jet privé à destination de Paris pour la *fashion week*. Un cadeau d'Aaron, parmi tant d'autres.

Elle inspira profondément par le nez et expira à travers ses lèvres serrées, une technique que les thérapeutes lui avaient enseignée après son accident pour l'aider à maîtriser sa souffrance et sa colère. Maintenant, elle y avait recours pour apaiser son chagrin, se détendre et oublier.

Mais cette fois, elle ne lui fut d'aucune utilité.

Avisant son iPhone sur la commode aux finitions dorées, elle s'en empara. Son cœur battit plus vite tandis qu'elle composait un numéro. Elle n'avait pas de raison de s'attarder en ville puisque ses parents étaient déjà partis pour la journée... À moins qu'elle ne trouve une distraction en la personne de Lucas Cress.

Hélas, la sonnerie résonnait dans le vide.

Quel dommage ! C'était si bon, hier soir.

Oh ! oui, cet homme était bâti pour le plaisir.

Soudain son téléphone se mit à vibrer, et elle répondit, tout excitée.

— Hello, monsieur Cress !

— Bonjour, Eve.

— J'ai passé un moment fabuleux, hier soir, dit-elle, souriante, tout en étudiant son reflet devant le miroir.

— Moi aussi.

— J'ai un peu de temps libre avant de rentrer chez moi. Est-ce que je peux passer te voir en coup de vent ?

— Juste pour me voir ou pour un câlin vite fait bien fait ? demanda-t-il d'une voix amusée.

— Plutôt la seconde option, admit-elle en riant.

Elle contempla à regret le jean et le T-shirt qu'elle avait emportés pour ce court séjour, beaucoup moins seyants que sa robe rouge.

Tant pis. Ils feront l'affaire.

— Je suis chez moi. Je t'envoie l'adresse par texto, dit-il.

L'excitation crépita dans les veines d'Eve.

— Je me dépêche !

Sur cette promesse, elle mit fin à l'appel.

Ding.

Le texto de Lucas.

Elle fut surprise de constater qu'il habitait dans le quartier de Chelsea à Manhattan et non dans la maison de maître des Cress, située dans le quartier chic et historique de Lenox Hill dans Upper East Side.

Elle enfila ses vêtements, toute guillerette. Elle avait déjà pris un bon bain chaud et dégusté un *cheesecake crepe* aux fraises préparé par le chef de ses parents, aussi fut-elle prête en dix minutes. Tandis qu'elle roulait en direction de Chelsea, elle était tellement surexcitée qu'elle devait faire un effort pour rester concentrée sur la circulation.

La sonnerie de son téléphone retentit, et elle décrocha.

— Suzi ! s'exclama-t-elle joyeusement.

— Bonjour, Eve. Je suis passée chez toi pour t'apporter des biscuits au babeurre faits maison, mais en ton absence, je me suis permis d'entrer et de les déposer sur le fourneau.

— Oh ! merci. J'aurai un appétit d'ogre à mon retour.

— Qu'est-ce qui creusera ton appétit ?

— Lucas Cress !

— Tu veux dire que tu vas suivre mon conseil ?

— Oui. Je l'ai déjà suivi hier soir, et c'était si bon que je remets ça, ce matin.

— Non ! s'exclama Suzi.

— Si !

Elles éclatèrent de rire.

— J'espère que tu m'en diras un peu plus demain, déclara Suzi.

Eve ralentit et s'engagea dans le parking souterrain de l'immeuble de Lucas, à la recherche du numéro de son double emplacement.

— Je me gare à l'instant, annonça-t-elle à Suzi, s'arrêtant à côté d'une Bentley Bentayga noire dotée d'une plaque d'immatriculation personnalisée : OUI CHEF.

La perspective émoustillante de susurrer une telle réponse à Lucas quand il l'allongerait sur le canapé lui fit hâter le pas en direction de l'ascenseur.

Lucas ne put réprimer un bâillement en sortant de l'ascenseur au premier étage de la maison de maître des Cress, laquelle en comptait quatre, et en se dirigeant vers la bibliothèque.

— Bonjour à tous, lança-t-il à l'adresse des membres de sa famille installés dans des fauteuils en cuir dans la partie salle de cinéma, à l'avant de la vaste pièce.

Il fit une halte devant l'immense baie vitrée à l'arrière de la pièce pour admirer le grand arbre trônant dans la cour, dont les feuilles prenaient une teinte vert émeraude sous les rayons du soleil. Ce spectacle lui manquait, notamment en hiver, quand l'arbre ressemblait à une énorme boule à neige.

Hélas, six mois auparavant, son père l'avait surpris en train de faire entrer en catimini sa petite amie dans sa suite au troisième étage et l'avait prié de se trouver une garçonnière pour batifoler à son aise. Sa mère avait déploré qu'un autre de ses fils quitte la demeure familiale, mais elle aimait encore plus son intimité que son « chouchou » à qui elle reprochait vertement d'amener des femmes dévoyées sous son toit.

Il avait donc acheté un appartement à Chelsea, mais continuait de rendre régulièrement visite à ses parents.

Il s'écarta de la baie à contrecœur, traversa l'espace lecture avec ses rayonnages et ses fauteuils club en cuir, puis se dirigea vers l'espace cinéma avec son grand écran et sa vingtaine de sièges confortables. En chemin, il fit une pause au bar pour prendre un paquet de cacahuètes enrobées de chocolat avant de s'installer pour regarder le documentaire consacré au parcours de ses parents dans le domaine des arts culinaires, produit par Sean et devant être diffusé sur CRESSTV.

Tous les membres de la famille étaient présents à l'exception de Gabriel qui préparait l'inauguration prochaine du treizième restaurant familial à Dubaï.

— La séance va commencer, annonça Sean.

Lucas lui adressa un sourire encourageant car il connaissait son désir de faire plaisir à ses parents.

— D'abord, je veux tous vous remercier de votre participation à ce projet qui me tient à cœur, déclara Sean, le regard rivé sur ses parents. Et maintenant, je vous présente le documentaire intitulé *Nicolette et Phillip : Amour, Famille et Nourriture*.

— À la nourriture. À la vie. À l'amour, s'écrièrent-ils en chœur.

Lucas eut le temps de voir que son père prenait la main de son épouse pour y déposer un baiser avant que Sean utilise son iPad pour fermer les rideaux et baisser l'éclairage.

Lucas peinait à se concentrer sur le film, distrait par la soudaine réapparition d'Eve dans sa vie et son jeu de séduction avant de le laisser pantelant à la suite d'un orgasme époustouflant.

Le soir de l'anniversaire de Poppy.

Le lendemain, chez lui.

Puis, tôt ce matin. Après une semaine sans nouvelles de sa part – elle avait ignoré ses appels et ses textos –, elle lui avait envoyé un message l'informant qu'elle serait à Manhattan et qu'elle souhaitait le voir.

Me voir ? Ou coucher avec moi ?

De fait, dans leur hâte, ils n'étaient pas allés plus loin que l'entrée. À peine lui avait-il ouvert la porte qu'elle l'avait plaqué contre le mur en l'embrassant avec fougue. Ensuite, ç'avait été un mélange confus de gémissements, de propos coquins, de caresses grisantes, suivi de cris de volupté tandis qu'ils jouissaient ensemble.

Après quoi, elle avait prétendu avoir un travail important à faire et était sortie de l'appartement aussi vite qu'elle y était entrée, lui donnant l'impression désagréable de se servir de lui.

Bzzzz. Bzzzz.

— Chut, oncle Luc, murmura Collette assise devant lui.

— Désolé.

Il récupéra son téléphone dans la poche arrière de son pantalon de jogging gris et vit qu'il avait reçu un texto d'Eve.

Perplexe, il mit son téléphone en mode silencieux et le posa sur le siège à côté de lui, l'écran retourné. Il s'efforça de se concentrer sur le film en grignotant une friandise, mais son regard était irrésistiblement attiré par son téléphone. Sa curiosité était piquée, et les souvenirs de leur alchimie sexuelle explosive ne cessaient de le hanter.

À cet instant, il avait l'impression de redevenir l'adolescent de dix-sept ans qui brûlait de capter l'attention de la belle Eve Villar.

Non. Je ne suis plus cet être vulnérable et timide.

Puis l'écran de son téléphone s'éclaira à nouveau, annonçant un autre texto. Il sentit son pouls s'accélérer et son bas-ventre se contracter. Il serrait si fort le paquet de cacahuètes qu'il faillit l'écraser.

Bon sang !

Il prit son téléphone, s'en voulant de sa hâte à découvrir le message d'Eve, mais incapable de se retenir.

Luc, c'était tellement fabuleux ce matin que je n'arrive pas à me concentrer sur mon travail. Et si on remettait ça tout à l'heure ? Je devrais avoir fini dans une heure.

Elle n'arrive pas à se passer de moi ! songea-t-il, se remémorant son expression au moment où elle atteignait l'orgasme.

Cependant, accourir chaque fois qu'Eve Villar claquait des doigts et passer son temps à la faire jouir n'entrait pas dans ses projets.

En revanche, son intention de se marier avant la fin de l'année était bien réelle. Mais pas avec Eve.

Ils n'avaient rien à faire ensemble. Et si jamais il lui prenait l'envie folle de l'épouser, il savait que tout ce qu'elle attendrait de lui serait du plaisir charnel. Il n'existait pas de réelle connexion entre eux en dehors de leur formidable alchimie sexuelle.

Le simple fait de penser à cette alchimie fit naître en lui une onde de chaleur qui se diffusa dans tout son corps.

Il se leva précipitamment et se dirigea vers l'escalier, marquant une pause pour répondre à Eve.

Je t'attends.

— Luc !

Il se retourna et vit Sean s'avancer vers lui, la mine contrariée.

— Où vas-tu ?

— Évacuer une femme de mon système.

— Je croyais que tu cherchais une épouse !

— Elle n'est *pas* la bonne candidate, expliqua Lucas. Avant de trouver celle qui me convient et de lui demander sa main, je dois m'assurer que je ne serai pas hanté par cette femme.

Le visage de Sean s'éclaira.

— Oh ! je comprends. Il s'agit de sexe torride.

— Exactement. Le top du top.

Sean rit.

— Alors, bonne chance, frérot !

Puis il retourna dans la salle, laissant Lucas perplexe, se demandant ce qu'il avait voulu dire.

5

Le bruit d'un plongeon dans l'eau incita Eve à concentrer son attention sur la piscine de taille olympique aménagée dans une immense maison de maître de cinq étages au cœur de Manhattan. Eve avait été engagée à la dernière minute en tant que maître-nageuse sauveteuse pour surveiller vingt-cinq fillettes dans le cadre d'une fête autour de la piscine. Un décor élaboré métamorphosait ce bel espace en une réplique du film d'animation *La Petite Sirène*, et chaque fillette portait un maillot de sirène avec son prénom.

Par chance, sa journée de travail touchait à sa fin. Bientôt, elle se rendrait à Chelsea pour d'autres ébats torrides avec Lucas Crest.

J'en meurs d'envie !

Le 1er mai marquerait le début officiel de sa haute saison. Ses week-ends étaient complets jusqu'à la fête du Travail, début septembre. Elle n'aurait plus de temps à consacrer aux sollicitations de dernière minute pour divers événements à Manhattan ou pour des visites éclair chez Lucas Cress.

Notre prochaine rencontre sera la dernière.

Eve se redressa sur son siège au bord de la piscine, tous ses sens en alerte, en remarquant qu'une fillette tardait à refaire surface. Puis elle se détendit en la voyant réapparaître, la mine radieuse.

— Tu vois, dit-elle à son amie. J'ai réussi à retenir mon souffle !

Je ferais bien de surveiller de près ce bout de chou téméraire.

Entre-temps, les parents réunis dans une salle attenante bavardaient et sirotaient des cocktails, comptant sur Eve pour que la fête soit réussie. Elle se leva et glissa les mains dans les poches de son pantalon de sport bleu foncé qu'elle avait enfilé sur un maillot de même couleur, portant le logo de sa société Aquatic Safety Solutions. Elle longea le bord de la piscine, s'assurant qu'aucune fillette ne manquait à l'appel.

— Je vous suis très reconnaissante de votre sollicitude.

Surprise, Eve se retourna et se retrouva face à une belle jeune femme brune tenant une coupe de champagne. Tout chez elle trahissait son appartenance à un milieu riche et huppé.

— C'est bien normal, répondit-elle avec un sourire un peu forcé. Votre fille Naya est adorable.

— Non, Naya est ma nièce. Je suis Lana, la sœur de son père.

Elle désigna un homme grand qui faisait les cent pas en parlant au téléphone.

— Désolée pour cette méprise, dit Eve, reportant son attention sur les fillettes qui s'ébattaient dans l'eau.

— Je ne suis pas encore *maman*, mais j'espère l'être bientôt.

Lana but une gorgée de champagne sans quitter Eve des yeux.

— Dans ce cas, bonne chance.

Forçant un autre sourire, Eve continua son tour de piscine, suivie par Lana.

— J'ai entendu dire que vous étiez au lycée avec Lucas Cress.

Eve ne fut pas surprise d'avoir été reconnue. Il n'y avait pas si longtemps, elle faisait partie de cette élite new-yorkaise oisive et gâtée, qui passait ses journées à courir les boutiques chics, les instituts de beauté et les restaurants huppés. Avec Aaron, sa vie avait été aussi pétillante et grisante que le champagne.

Jusqu'à l'accident fatal.

Dans sa tête résonnaient encore l'horrible crissement des pneus, le choc ultra-violent de la collision, le grincement des tôles broyées et leurs hurlements d'effroi. C'était leur style de vie et leur besoin d'obtenir toujours plus de la vie qui les avaient entraînés, elle et Aaron, dans cette tragédie.

Elle frissonna et s'efforça de repousser ce souvenir douloureux.

— En effet. Nous faisons partie de la même promotion à Manhattan University Prep, dit-elle, regrettant de ne pas être sous l'eau, où tout était silencieux et paisible.

— Vous étiez amis ?

À l'époque ? Non. Maintenant ? Nous avons une relation amicale et sexuelle.

— Nous n'appartenions pas à la même bande d'amis, se contenta-t-elle de dire.

Lana hocha la tête et but une autre gorgée de champagne.

Eve ne put s'empêcher de demander :

— Vous le connaissez ?

— Pas aussi bien que je le voudrais. Mais j'y travaille car c'est un beau parti, et il recherche celle qui sera sa future épouse pour convoler avant la fin de l'année.

— Ah oui ? demanda-t-elle, usant de toute sa volonté pour dissimuler le choc que lui causait cette révélation.

Le regard de Lana se durcit. À l'évidence, Lucas Cress était chasse gardée.

— Oui, *vraiment*. Et ne rêvez pas. Comme si une simple *assistante* avait la moindre chance avec un homme comme Luc !

L'espace d'un instant, la colère bouillonna en elle, et l'ancienne Eve refit surface, prête à crucifier Lana avec une riposte cruelle. Mais la nouvelle Eve reprit le dessus, et sa colère se mua en pitié en comprenant que c'était la peur et le sentiment d'insécurité qui poussaient Lana à se montrer insultante envers elle.

Elle a besoin d'être rassurée et non humiliée.

— Si vous le permettez, je vais poursuivre mon travail... *d'assistante*, déclara Eve en s'éloignant.

Hélas, elle était tellement ébranlée qu'elle ne parvenait pas à stopper le flot de questions qui l'assaillait.

Lucas veut se marier ?

Pense-t-il que moi aussi je souhaite me marier ?

Est-il déjà fiancé ?

Ne suis-je pour lui qu'une maîtresse cachée ?

Le moment venu, elle fut soulagée de ranger ses affaires dans son sac de sport, d'enfiler sa doudoune longue et de quitter la fête qui se transformerait en soirée pyjama pour les fillettes. Prenant place derrière le volant de sa voiture, elle se dit que sa relation avec Lucas prenait soudain un tour beaucoup plus compliqué qu'elle n'avait cru.

Elle fut tentée de bloquer son numéro de téléphone et de couper les ponts avec lui, ce qu'aurait fait l'ancienne Eve, mais elle y renonça. Elle avait besoin de voir clair en elle avant de prendre une décision. Elle mit le contact et après un trajet de quinze minutes, elle se gara dans l'emplacement vide à côté de la Bentley de Lucas.

Un signe extérieur de richesse. Tout comme les véhicules luxueux que ses parents conduisaient. C'était un style de vie auquel elle avait délibérément renoncé.

« Comme si une simple assistante avait la moindre chance avec un homme comme Luc ! »

Les paroles de Lana l'avaient blessée. Non pas à cause de la diminution drastique de ses ressources financières – c'était son choix –, mais parce qu'elles lui rappelaient à quel point sa fortune et sa position sociale lui avaient procuré un sentiment de supériorité et l'avaient rendue cruelle, prompte à la critique. Détestable.

Tout ce qu'elle s'efforçait de ne plus être.

Jetant un coup d'œil alentour, elle remarqua que sa berline faisait tache à côté des véhicules somptueux des résidents de l'immeuble. Par chance, l'ascenseur était vide quand elle l'emprunta pour se rendre chez Lucas. Elle préparait ce qu'elle allait lui dire et la façon de le formuler quand il ouvrit la porte de son appartement avant même qu'elle sonne.

— Je ne veux pas me marier avec toi, déclara-t-elle tout d'un coup, oubliant ses résolutions.

Lucas la contempla, interloqué.

— Hum, d'accord. Tu veux quand même entrer ?

Elle demeura sur le palier, les yeux rivés sur Lucas.

— Es-tu fiancé ?

— Non.

— As-tu une petite amie ?

— Non.

Soulagée, elle pénétra dans l'appartement. Pour la première fois, elle prit le temps d'admirer le salon décoré dans les tons marron foncé, brun clair et crème, agrémenté de nombreuses œuvres d'art et de sculptures africaines. La vue sur l'Hudson River était fabuleuse, et le balcon privé où l'on accédait par une porte-fenêtre invitait à la contemplation et au farniente.

— J'adore ton appartement.

Elle contourna le canapé en cuir modulable et s'attarda devant le petit tapis en cuir brut tricolore disposé sous une table basse en verre coloré.

— Il a beaucoup de cachet.

Lucas rit.

— C'est la troisième fois que tu viens ici, Eve.

— La première fois, j'étais allongée sur ton canapé, et la deuxième…

— Nous n'avons jamais dépassé l'entrée.

Elle avisa la tenue de Lucas : T-shirt et pantalon de pyjama en coton. Les pieds nus.

— Il est un peu tôt pour le lit, non ?

— Comme tu es toujours pressée, je voulais te faciliter les choses. Je suis prêt à l'emploi, dit-il, une lueur espiègle dans le regard.

Eve ôta son manteau.

— Je me sens jugée.

Lucas examina son maillot de bain et son pantalon de sport avec une moue ironique.

— Je n'en reviens toujours pas que tu sois maître-nageuse sauveteuse. Au lycée, tu esquivais les cours d'éducation physique, notamment la natation, parce qu'ils te décoiffaient.

Eve se força à sourire.

— Je ne suis plus aussi superficielle et frivole.

Lucas eut un rire incrédule.

— Désolé, mais j'ai du mal à imaginer que…

— Que j'aie changé ? demanda-t-elle d'un ton acerbe. Quinze

années se sont écoulées, Luc, et beaucoup de choses se sont passées depuis cette histoire de cupcakes.

— C'est vrai, admit-il.

Il traversa le salon pour la prendre dans ses bras et poser son menton sur son crâne.

Elle ferma les yeux et inhala sa délicate odeur de savon. Son étreinte n'avait rien de sexuel et lui procurait un sentiment de réconfort et de bien-être.

Et cela la surprit.

« Comme si une simple assistante avait la moindre chance avec un homme comme Luc ! »

Les paroles de Lana lui rappelaient cruellement la personne détestable qu'elle avait été et qu'elle combattait encore. Elle plaqua les mains sur le dos musclé de Lucas, comme pour y puiser sa propre force.

— Il *fallait* que je change, Luc, admit-elle, éprouvant soudain le besoin de se libérer de ses émotions.

De ses démons.

Réconfortée par la chaleur de son étreinte, elle commença à lui dévoiler son passé – son style de vie oisif et frivole, son arrogance, la certitude que tout lui était dû.

— Après la mort d'Aaron, nager me faisait beaucoup de bien, au physique comme au moral, comme si l'eau me lavait de mes péchés, notamment de mon obsession pour la richesse. Aaron gagnait beaucoup d'argent grâce à ses talents d'informaticien mais il nous en fallait toujours davantage.

Eve prit une profonde inspiration avant d'expirer longuement. Comme Lucas ne disait rien, elle rompit leur étreinte et lui tourna le dos de peur de voir la réprobation ou le dégoût dans son regard.

— Je ne pouvais pas continuer ainsi. J'étais tellement endurcie qu'en découvrant qu'Aaron avait arnaqué ses investisseurs je n'ai même pas tiqué, dit-elle, contemplant le coucher de soleil sur l'Hudson River. Il a fallu un événement aussi dramatique que la mort d'Aaron pour que je prenne conscience de mes erreurs et que je me ressaisisse. Je n'aurais jamais changé s'il avait vécu.

— Eve.

Elle perçut sa présence derrière elle. Le contact de ses mains sur ses épaules nues la surprit, mais elle ne s'écarta pas.

— C'était comme s'il devait mourir pour que je me débarrasse de mes mauvais penchants, dit-elle, reconnaissant ainsi, peut-être pour la première fois, l'origine de ce sentiment de culpabilité qui lui collait à la peau.

Lucas murmura un juron, comme si sa confession le touchait, puis il la fit pivoter vers lui.

— Cesse de te torturer, Eve. Ce n'est pas comme ça que la vie fonctionne. Nous ne sommes pas sur terre pour souffrir.

Comme elle secouait la tête pour marquer son désaccord, il lui souleva le menton et plongea son regard dans le sien.

— Tu devrais être reconnaissante d'être toujours en vie au lieu de ressasser des pensées mortifères. Moi, je suis content que tu aies survécu à cet accident.

Ces paroles allégèrent un peu sa souffrance.

— Je ne suis plus d'humeur pour un câlin, Luc.

Ils rirent ensemble.

Elle s'écarta de lui à regret, mais il le fallait. Elle prenait trop goût à sa présence réconfortante et ne voulait pas avoir de regrets quand leur liaison prendrait fin.

— Je rentre chez moi, dit-elle, récupérant son manteau.

Elle se dépêcha de l'enfiler en sentant monter en elle une vague de tristesse à l'idée de le quitter.

— Eve…

— Le bruit court que tu t'es fixé un délai pour te marier, dit-elle soudainement.

Il battit des paupières, pris de court, puis détourna le regard – un signe très révélateur.

Ainsi, la rumeur est vraie.

— Avais-je la moindre chance ?

Non que la réponse ait une grande importance, mais elle prenait un malin plaisir à le voir embarrassé.

— Tu m'as clairement fait comprendre que j'étais relégué dans la catégorie des visites éclair et des ébats à la sauvette, répliqua-t-il.

Elle sourit tristement.

Il a éludé ma question, et cela équivaut à un « non ».

— Eh bien, ce soir, il s'agira de ma dernière visite éclair, mais sans ébats. Ma haute saison dans les Hamptons débute jeudi, et tu recherches une épouse. Alors…

— C'est un au revoir, dit-il.

Eve perçut le regret dans ses yeux. Elle aussi avait le cœur lourd, mais elle acquiesça d'un signe de tête.

— Bonne chance pour ta saison, dit-il. Prends soin de toi.

— Bonne chance pour ta recherche d'une épouse. Et prends garde à toi car il y a un barracuda femelle en quête d'un mari qui t'a dans sa ligne de mire.

Lucas renversa la tête en arrière et rit de bon cœur.

Le regard d'Eve se posa sur sa gorge, et elle fut prise d'une envie irrésistible de l'embrasser à cet endroit.

Et d'être embrassée partout par lui.

Cette pensée coquine fit naître des palpitations au creux de son ventre.

Elle ne chercha pas à dissimuler son désir, et bientôt le regard de Lucas s'assombrit.

— Eve…

— Que dirais-tu d'un dernier câlin ? demanda-t-elle, mutine, faisant un pas vers lui.

— Je réussirai enfin à te voir nue ?

— Et tu feras de moi tout ce que tu voudras, promit-elle. Puis je ferai de même avec toi.

Tout émoustillée, elle ôta son manteau.

Un mois plus tard

Lucas contemplait les flammes qui dansaient dans la cheminée du salon chez ses parents pendant que les membres de sa famille discutaient, que les enfants jouaient sur leurs tablettes et que Felice, la gouvernante à demeure, servait des amuse-bouche. Dehors, il pleuvait. Perdu dans ses pensées, il sirota une gorgée de brandy.

Des souvenirs torrides de la douche qu'il avait prise avec Eve, un mois plus tôt, avaient encore le pouvoir de le mettre en transe, notamment quand il l'avait fait jouir dans ses bras à force de caresses expertes.

— Ooh ! murmura-t-il en secouant la tête.

— Tu as dit quelque chose, Luc ?

Il sursauta en entendant la voix douce de Lana contre son oreille. Tout à ses souvenirs érotiques, il avait oublié qu'elle était assise dans le fauteuil gris perle à côté du sien. Ou même, qu'elle était présente. Pourtant, c'était lui qui l'avait invitée pour savoir si elle ferait une bonne épouse.

Il lui adressa un sourire chaleureux.

— Non, rien.

Elle lui rendit son sourire.

Elle est belle, intelligente, cultivée, et mes parents l'apprécient.

Son sourire chavira un peu.

Elle cochait toutes les cases et lui faisait clairement comprendre qu'il lui plaisait, mais…

Lana se pencha pour déposer un baiser au coin de sa bouche. Hélas, il ne provoqua pas la moindre étincelle de désir en lui, contrairement aux baisers addictifs d'Eve.

« Alors, bonne chance, frérot. »

Lucas reporta son attention sur Sean qui se versait un verre d'eau gazeuse.

— Excuse-moi, dit-il à Lana en se levant et en l'obligeant ainsi à retirer sa main posée sur lui.

Il se dirigea vers son frère et meilleur ami.

— Sean, j'ai besoin de te parler. Suis-moi.

Ils se rendirent dans la salle à manger attenante où ils avaient fait un délicieux repas composé de saumon sauvage farci au crabe, au homard et aux crevettes, servi avec un risotto au citron et accompagné de vin blanc. Lucas s'arrêta près de la longue table avec son plateau en cuir anthracite, autour de laquelle s'alignaient des chaises en cuir bleu acier.

— Que se passe-t-il ? demanda Sean, intrigué.

Soudain hésitant, Lucas se posta devant la porte-fenêtre et contempla la fontaine éclairée en forme de cascade à l'extrémité du patio. Sur le devant se trouvait une longue table en béton installée sous une pergola couverte en canisses de bambou. Cette structure procurait de l'ombre et de l'intimité à la famille.

— Le jour de la diffusion du documentaire, quand je t'ai dit que j'allais évacuer Eve Villar de mon système…

— Eve Villar ! s'exclama Sean, surpris. Tu ne m'avais pas dit qu'il s'agissait d'elle. C'était une beauté à l'époque.

— Elle l'est toujours.

Sean jeta un coup d'œil discret à Lana.

— À quoi rime cette envie de te marier à tout prix ?

— Puisque je suis le seul célibataire de la fratrie, il est temps que je fonde une famille.

Sean fit la moue.

— Ce n'est pas une raison suffisante. Nous nous sommes tous mariés par amour et non pour prouver quelque chose.

— Déclare l'homme qui s'est marié pour faire un coup publicitaire, répliqua Lucas. Il n'était pas question d'amour dans votre couple.

— Au début, admit Sean, jetant un regard à Montgomery qui se baissait pour prendre leur fils dans ses bras.

— Mais maintenant, j'aime ma femme chaque jour un peu plus, et avec mon fils, ils représentent tout pour moi. Éprouves-tu ce genre de sentiment pour Lana ?

— Pourquoi l'amour ne pourrait-il pas survenir plus tard, comme ce fut le cas pour toi ? demanda Lucas, se faisant l'effet du benjamin jeune et ignorant.

— C'est possible. Mais…

— Mais quoi ?

— Il existait une grande attirance physique entre Montgomery et moi avant que nous tombions amoureux. Nous ne pouvions pas nous empêcher de nous toucher.

Un souvenir torride de son premier rapport charnel avec Eve s'imposa à son esprit.

« Tu es si moite pour moi ! »

Il s'éclaircit la gorge, troublé.

— Et alors ?

— Tu as plus d'alchimie avec les sucreries qu'avec Lana Ariti, assura Sean.

« Tu veux bien que je te chevauche ? »

La demande chargée d'érotisme d'Eve le hantait encore.

— Pourquoi m'as-tu souhaité bonne chance, ce jour-là ?

— Parfois, l'attirance est le prélude à l'amour. C'est l'alchimie – cette première étincelle qui te fait comprendre qu'il se passe *quelque chose* entre toi et une autre personne. Une sorte d'intuition qui t'oblige à t'arrêter quand tu croises son chemin. Mais d'autres fois, c'est le lien physique qui se transforme en lien affectif.

— Et selon toi, je pourrais ne jamais me défaire de mon attirance pour Eve, remarqua Lucas.

Sean rit.

— Exactement. Bobbie croit à l'existence de l'âme. D'après elle, cette attirance immédiate que nous ressentons pour une personne pourrait être un avertissement, une façon de nous prévenir que nous avons rencontré notre âme sœur.

Lucas fit la moue.

— Je ne recherche pas une âme sœur mais une femme du même milieu social que nous et ayant le sens de la famille.

Sean secoua la tête.

— Ne te soucie pas de savoir si la femme que tu aimes a sa place dans notre famille. Aucune de celles que nous avons choisies, tes frères et moi, n'a eu la chance de plaire à notre chère mère. Puis elle s'est fait une raison. Commence par tomber amoureux. Et si ton choix se porte sur Eve, au moins tu auras une vie sexuelle épanouie.

Les cris de plaisir d'Eve quand il la faisait jouir résonnaient encore à ses oreilles. Oh ! oui, du sexe torride ! Mais ce n'était pas suffisant.

— Il ne m'est jamais venu à l'esprit d'épouser Eve. Notre histoire est trop compliquée. Qui plus est, elle est profondément marquée par la mort de son ex, expliqua-t-il, se remémorant son émotion quand elle s'était confiée à lui.

— Pourtant, les faits remontent à six ans, s'étonna Sean.

— Tu étais au courant ?

— Oui. Aaron et moi fréquentions les mêmes milieux. C'était un type extravagant, avide d'argent et de richesses.

— En effet. Ça correspond à ce que m'a dit Eve. Elle m'a avoué qu'elle n'était pas meilleure que lui.

Sean finit son verre d'eau.

— J'ai entendu dire qu'elle avait fait don de son fonds spécial aux familles des personnes décédées dans l'accident.

— Vraiment ?

« Il fallait que je change, Luc. »

— Oui. Prends le temps de la réflexion, frérot.

Sean lui donna une tape dans le dos avant de retourner dans la salle de séjour.

Les mains dans les poches, Lucas se posta à la fenêtre. La pluie avait cessé. Les nuages s'étaient dispersés et les rayons de lune filtraient entre les branches de l'arbre.

Je me demande ce que fait Eve.

Il n'aurait pas dû s'en soucier.

Mais c'était plus fort que lui.

Il pensait souvent à elle et rêvait d'elle encore plus souvent.

— À quoi penses-tu ?

Il fixa le reflet de Lana dans la vitre tandis qu'elle s'avançait derrière lui et passait les bras autour de sa taille. Il posa une main sur les siennes et tourna la tête vers elle.

— Le dîner t'a plu ?

— Oh ! oui. Merci de m'avoir invitée, répondit-elle en souriant. Nous pourrions aller chez moi pour le dessert.

Lucas pivota et noua les bras autour d'elle.

— Le dessert ? demanda-t-il, plongeant son regard dans le sien.

Jusqu'à présent, ils s'étaient contentés de s'embrasser.

Et leurs baisers avaient été dépourvus de passion.

Sean avait raison. Il n'y avait aucune alchimie entre eux. Aucune étincelle. Il n'avait même pas eu envie d'insister pour obtenir davantage d'elle. Il l'avait invitée avec l'intention d'en faire son épouse et la mère de ses enfants. Pour cela, il s'était fondé sur la bonne image que leur couple présenterait. Sur la capacité de Lana à s'intégrer dans sa famille. Sur son histoire familiale et son statut social. Sur son amour pour sa nièce et les autres membres de sa famille.

Il avait pensé à toutes ces choses.

Mais la passion et la magie étaient absentes. Et même si l'amour naissait entre eux un jour, en serait-il de même pour l'alchimie sexuelle ?

Je veux de la passion.

Je veux que le moindre attouchement de ma femme provoque des picotements de volupté sur ma peau.

Je veux que ses baisers m'excitent.

Je veux lui faire l'amour par plaisir et pas seulement pour procréer.

Il reporta son attention sur sa famille. Ses frères et même ses parents avaient tout : l'amour, la passion, la complicité.

Oui, il avait envie de se marier, mais il voulait que son union dure et s'épanouisse, et non qu'elle lui pèse.

Lana n'est pas l'épouse qu'il me faut.

Il lui prit une main et y déposa un baiser.

— Allons-nous-en, dit-il.

Elle lui sourit.

— D'accord.

Ils dirent au revoir à tout le monde, et Lucas remarqua que sa mère, plutôt réservée avec les personnes ne faisant pas partie du cercle familial, embrassait Lana sur les deux joues et lui donnait une accolade chaleureuse. Il remarqua aussi le regard de surprise qu'échangèrent ses belles-sœurs. Il ne put s'empêcher de sourire. Il les appréciait et il savait que sa mère leur avait mené la vie dure pour être tombées amoureuses d'un frère Cress.

— Sois prudent sur la route, lui dit Nicolette quand il l'embrassa sur la joue.

— Oui, maman.

— Luc, elle est *parfaite*, murmura sa mère, le regard pétillant. *Je ne voudrais personne d'autre pour mon petit garçon*, ajouta-t-elle en français.

Lucas lui adressa un sourire crispé avant d'entraîner Lana hors de la maison.

6

Deux semaines plus tard

Eve était épuisée.

Installée sur la véranda de sa maison, les pieds posés sur la balustrade en bois, elle contemplait le reflet du clair de lune sur la surface du lac en savourant une gorgée de son flotteur à la fraise. Elle s'était lavé les cheveux pour les débarrasser du chlore de la piscine et les laissait sécher à l'air libre après un soin capillaire.

Sa journée dans les Hamptons avait été longue. Non contente de remplir sa part de travail, elle avait remplacé un collègue malade et s'était occupée d'un client dont l'arrogance et les exigences lui avaient cruellement rappelé son propre comportement par le passé. Ce soir, elle appréciait d'autant plus sa solitude dans ce cadre majestueux. Elle pouvait recharger ses batteries et être prête pour une nouvelle journée de travail. Elle aimait sa maison et les abords du lac. C'était ici qu'elle avait commencé à trouver la paix intérieure.

Bzzzz.

Elle récupéra son téléphone sur la petite table en fer forgé à côté de la balancelle et sourit en voyant la photo de sa mère sur l'écran – une version plus âgée et beaucoup plus sophistiquée d'elle-même. Elle répondit en FaceTime.

— Hello, Joan !

Sa mère lui fit les gros yeux.

Eve ne put s'empêcher de rire.

— Bonsoir, ma chère *maman*. Comment vas-tu ?

Remarquant sa robe du soir sans bretelles couleur orange brûlée et l'arrière-plan qu'elle ne reconnaissait pas, elle ajouta :

— Et où es-tu ?

— Dans les toilettes pour dames du Plaza, répondit Joan, écartant de son visage la longue frange de son carré *wavy*. Ton père reçoit le prix annuel récompensant le meilleur avocat dans le monde du divertissement.

Eve eut un pincement au cœur, sachant ce qui allait suivre.

— Nous regrettons tellement que tu ne sois pas avec nous ! déplora Joan. Tu nous manques, ma chérie.

Nous y voilà, songea Eve, submergée par un sentiment de culpabilité.

— *Mais* nous comprenons tes raisons, ajouta Joan avec un sourire plein de tendresse.

— Merci, maman.

— Nous pensions à toi, et j'ai prévenu ton père que je m'éclipsais pour te passer un coup de fil. Il veut simplement savoir si sa fille chérie va mieux.

Eve reporta un instant son attention sur le lac.

Quand elle avait commencé à fréquenter Aaron, elle passait le plus clair de son temps avec lui. Puis, après sa mort, elle s'était raccrochée à son chagrin, mettant encore plus de distance entre elle et ses parents, qu'elle adorait par ailleurs. Ils avaient compris et soutenu son désir de changement et ne lui avaient adressé aucun reproche quand elle avait fait don de son fonds spécial aux familles des personnes décédées dans l'accident.

— Nous avons tous des regrets, Eve, poursuivit la brillante et très respectée neurochirurgienne. Si nous ne t'avions pas autant gâtée, si nous n'avions pas consacré autant d'attention à nos carrières respectives, nous nous serions rendu compte que tu avais davantage besoin de notre temps et de notre amour que de notre richesse.

Alarmée, Eve reporta son regard sur l'écran.

— Non, maman ! C'est ma faute si je suis devenue cette personne égocentrique, arrogante et frivole. C'était la vie que j'avais choisie.

Joan avait l'air sceptique, mais se contenta de dire :

— Bon. Il faut que je retourne dans la salle. Je ne veux pas manquer le discours de ton père. Envoie-lui un texto, ça lui fera plaisir.

— C'est promis.

Joan orienta son téléphone pour lui montrer sa robe.

— Comment me trouves-tu, chérie ? D'après ton père, je suis *muy caliente* !

Sa mère était afro-américaine et son père américain d'origine cubaine. Elle sourit en se remémorant combien sa mère se sentait frustrée quand Eve et lui parlaient espagnol devant elle pour la taquiner alors qu'elle ne comprenait pas ce qu'ils disaient.

Mais le Dr Joan A. Ellis-Villar ne s'était pas avouée vaincue et avait appris l'espagnol.

— *Las Pilates te quedan bien, mamá*[1].

Joan se rengorgea.

— *Gracias*, dit-elle, soulevant l'ourlet de sa robe pour simuler un coup de pied.

— Oh ! Dr Ellis-Villar ! s'exclama d'une voix choquée une dame qu'Eve ne voyait pas.

Joan haussa les épaules et lui adressa un clin d'œil.

Comme ils me manquent !

— N'oublie pas d'envoyer un texto à ton père, Eve. Je t'aime.

— Moi aussi je vous aime tous les deux.

Fin de la communication.

Elle envoya aussitôt un message de félicitations à son père accompagné d'émojis en forme de cœur. En appuyant sur la touche « Envoi », elle se promit d'aller rendre visite à ses parents dès que possible.

Cela faisait six semaines qu'elle n'était pas retournée à Manhattan. Elle se languissait des câlins de sa mère et de sa gaieté.

1. Les cours de Pilates te réussissent bien, maman (NdT).

Des délicieux plats cubains que son père concoctait quand il avait un peu de temps libre.

De Lucas.

Elle ferma les yeux et sourit en se remémorant leur dernière rencontre. Une onde de chaleur se diffusa dans tout son corps et son pouls s'accéléra tandis qu'elle pensait très fort à *lui*. À l'effet qu'il produisait sur ses sens. À leurs ébats torrides.

Ce dernier soir, dans la cabine de douche, les caresses grisantes qu'ils s'étaient prodiguées mutuellement et l'expérience époustouflante qu'ils avaient partagée l'avaient plongée dans un tel état d'émerveillement et de béatitude que le reste de la soirée demeurait confus dans son esprit.

Hélas, désormais, il ne lui restait que des souvenirs et des regrets de ce qui ne serait plus.

Elle poussa ses pieds contre la balustrade pour donner de l'élan à la balancelle. Elle rit toute seule en imaginant Lucas allongé sur cette même balancelle tandis qu'elle le chevauchait allègrement.

Si seulement ils pouvaient se revoir...

S'ils ne vivaient pas aussi loin l'un de l'autre.

Si Lucas n'était pas aussi déterminé à épouser une autre femme avant la date butoir qu'il s'était fixée.

Cette dernière pensée déclencha en elle une bouffée de jalousie et un sentiment de malaise.

Elle n'avait pas l'intention de se marier, mais elle appréciait leur alchimie explosive, leur connivence et leurs rires.

— Je meurs d'envie de m'amuser un peu, dit-elle tout haut.

— Moi aussi.

Eve poussa un petit cri de surprise en apercevant Lucas au pied des marches menant à sa véranda. Comme il était beau avec sa chemise en lin sombre aux manches retroussées et son jean délavé ! Une tenue décontractée et tellement sexy.

— Luc ! Que fais-tu ici ?

— J'ai besoin de quelque chose de ta part, dit-il, fourrant les mains dans les poches de son jean.

Elle se leva et s'appuya contre la balustrade, les bras croisés sur sa robe T-shirt rouge, la mine faussement sévère.

— Du sexe, n'est-ce pas ?

Comment pourrait-elle le lui reprocher alors qu'elle venait de se plonger avec délectation dans des souvenirs érotiques ?

Il fit un signe de dénégation, les yeux rivés sur ses chaussures, avant de relever la tête.

— Non. Ça ne me suffit plus. J'attends davantage de toi.

Le cœur d'Eve se mit à cogner dans sa poitrine.

— Que veux-tu dire ?

— J'ai besoin de ta présence. De ton sourire. De ton énergie. Et pas seulement de sexe.

— Je ne recherche pas l'amour ou le mariage, Luc.

— Moi non plus. Mais je veux apprendre à *te* connaître.

— Qu'en est-il de ta date butoir ? demanda-t-elle, surprise par l'émotion puissante qui lui étreignait la poitrine.

— J'y ai renoncé. Je préfère être heureux que marié.

Elle descendit une marche.

— Et tu penses que je peux te rendre heureux ?

Et lui, pourrait-il la rendre heureuse ? se demanda-t-elle, troublée.

— J'en suis sûr ! répondit-il sans hésitation.

Elle descendit une autre marche, se rapprochant de lui, comme si sa présence l'aimantait.

— Je ne veux rien de sérieux entre nous, prévint-elle.

— Mais pas seulement du sexe.

— De l'amusement aussi.

Elle s'arrêta sur la dernière marche pour être à sa hauteur, et il lui sourit.

— J'ai du mal à t'oublier, Eve Villar.

Elle posa les mains sur ses larges épaules.

— Vraiment ?

— Oui. Depuis le lycée.

Il lui enserra les hanches en riant.

— Quelle version préfères-tu : l'Eve d'avant ou l'actuelle ? demanda-t-elle, mutine.

— L'actuelle. Tu t'es bonifiée avec le temps.

Elle l'observa avec attention. À cet instant, elle savait seulement qu'elle était heureuse de le revoir et d'être près de lui. C'était suffisant pour le moment. Elle déposa un baiser léger sur ses lèvres et sentit le corps de Lucas frissonner, à l'instar de son propre corps.

Oh oui, leur lien charnel était indéniable.

— Au fait, demanda-t-elle, intriguée, comment savais-tu où j'habitais et que je serais chez moi… ?

— Suzi ! s'exclamèrent-ils ensemble avant d'éclater de rire.

— Un peu plus tôt, je t'ai appelée sur ton portable, et c'est elle qui a répondu. Elle m'a indiqué le chemin, expliqua-t-il, lui caressant les fesses.

— Je comprends mieux pourquoi elle était d'humeur rieuse. Elle pense que je mérite de passer du bon temps et que tu peux m'en procurer.

— Suzi et moi sommes devenus les meilleurs amis, dit-il avec un clin d'œil.

— Ah oui ?

Elle réprima un gémissement de plaisir quand il souleva l'ourlet de sa robe pour lui masser l'arrière des cuisses.

— Oui. Elle viendra demain matin pour que nous fassions connaissance et elle nous apportera le petit déjeuner avant que je retourne en ville.

— Demain matin ?

— Oui. Je ne veux pas seulement du sexe. Tu t'en souviens ?

— Ce n'est donc pas une visite éclair ? demanda-t-elle, espiègle, en posant une main sur sa joue.

Il pressa son visage contre sa paume, les yeux mi-clos.

— Non. Je ne rentrerai pas à Manhattan ce soir après t'avoir fait l'amour. *Et* nous pourrons remettre ça plusieurs fois.

— Toute la nuit ? demanda-t-elle, excitée.

Lucas la souleva de terre en riant.

Elle enroula les jambes autour de sa taille pendant qu'il grimpait les marches avec une fébrilité qui aiguisa son désir.

— Plus tard, nous reviendrons sur la véranda pour profiter de la balancelle, dit-elle, se remémorant la pensée émoustillante qui l'avait traversée avant l'arrivée de Lucas.

— Le lit ? demanda-t-il d'une voix rauque près de son oreille.

Frissonnant d'anticipation, elle le guida à travers la maison jusqu'à sa chambre faiblement éclairée. Là, il la déposa sur le lit et s'allongea sur elle, capturant sa bouche avec passion. Qu'y avait-il de plus délicieux que la façon dont Lucas lui suçait doucement le bout de la langue ? se demanda-t-elle, toute chavirée.

Ils continuèrent de s'embrasser. Lentement. Ce soir, rien ne les pressait.

Lucas lui ôta sa robe ainsi que ses sous-vêtements fuchsia. Elle cambra les reins, mutine, cherchant à l'aguicher avec les pointes dressées de ses seins. Sa manœuvre réussit car il fit passer précipitamment sa chemise par-dessus sa tête avant de se débarrasser de son jean et de son boxer. Elle retint son souffle à la vue de son sexe en érection et tendit les mains pour le prendre. Obtempérant de bon gré, il s'accroupit entre ses cuisses écartées, les hanches en avant, et elle s'empressa de le caresser.

Les cuisses robustes de Lucas tremblèrent et un grognement de volupté s'échappa de ses mâchoires serrées quand elle passa son pouce sur son gland.

Contre toute attente, il lui écarta les mains et se pencha pour goûter son sexe avec les lèvres et la langue.

Aussitôt, un million de picotements de plaisir parcoururent ses terminaisons nerveuses, et elle ne put s'empêcher de crier, les talons enfoncés dans le matelas, se trémoussant désespérément sous ses caresses grisantes.

— Oh ! oui, oui, oui ! gémit-elle, le corps en feu.

Quand il suça son clitoris, elle se couvrit le visage avec son oreiller et le mordit pour étouffer ses cris avant de se laisser emporter par un violent orgasme. Quand elle rouvrit les yeux, elle vit Lucas à nouveau accroupi, en train de se caresser, son regard lourd de désir rivé au sien.

Oooh.

Elle aimait sa témérité et sa liberté au lit. Désireuse de faire preuve d'autant d'abandon et de hardiesse, elle se mit à quatre pattes et entreprit de le goûter avec la langue.

Elle fut récompensée par un grognement guttural.

Ainsi encouragée, elle l'aspira dans sa bouche et le suça avec gourmandise.

— Non ! cria Lucas avant de se libérer.

Il se leva pour récupérer les préservatifs dans son portefeuille. Frissonnant d'anticipation, elle le regarda faire pendant qu'il enfilait prestement la protection. Puis il la saisit par les chevilles et l'attira au bord du lit avant de lui écarter les jambes.

Eve haleta en sentant l'extrémité de son membre à l'orée de son sexe. Puis, il la pénétra d'un puissant coup de reins, la remplissant corps et âme.

Elle cria, le corps parcouru de frissons, galvanisée par la cascade de sensations exquises qui déferlait sur elle. Sans la quitter des yeux, il prit ses seins au creux de ses mains, les pétrissant délicatement tout en poursuivant ses assauts. Elle se redressa et noua les bras autour de son cou, l'embrassant avec ferveur tout en ondulant le bassin pour accompagner chacune de ses poussées. Rivés l'un à l'autre, ils chevauchèrent ensemble les vagues d'un orgasme explosif avant de s'affaisser sur le lit, les membres tremblants et le souffle saccadé.

Un mois plus tard

Allongé à côté d'Eve sur une grande couverture posée sur l'herbe au bord de Swan Lake, Lucas fixait le ciel nocturne émaillé d'un million d'étoiles, mais c'était la délicieuse fragrance d'Eve qui monopolisait toute son attention.

— Que faisons-nous exactement ? demanda-t-il, roulant sur le côté et prenant appui sur un coude pour mieux la contempler dans sa brassière de sport et son short en jean.

En raison de son métier, elle possédait un corps ferme et musclé, doté de courbes sensuelles au niveau de la poitrine et des hanches. La perfection féminine, selon Lucas.

— Nous savourons la tranquillité du lieu, répondit-elle, les yeux clos. C'est une des leçons que j'ai retenues de ma convalescence : se ménager des pauses pour vivre intensément chaque instant, comme si on risquait de manquer quelque chose d'important.

Il ne put s'empêcher de la toucher et dessina des ronds autour de son nombril avec l'index.

Elle rit avant de lui donner une tape sur la main.

— Je te parle de paix et non de câlin.

Il se rallongea en souriant et contempla le ciel étoilé.

— Tends l'oreille, Lucas. Le son de la nature est parfois plus beau que la musique.

Il fronça les sourcils. Il venait à East Patchogue presque tous les samedis soir pour passer la nuit avec elle, et la contemplation des étoiles ne faisait pas partie de *ses* projets.

— Je te sens tendu, Lucas.

Surpris, il tourna la tête vers elle et constata qu'elle avait toujours les yeux clos.

— Tu as beau dire, la nature est silencieuse, répliqua-t-il.

Elle rouvrit les yeux et se redressa sur un coude.

— Évidemment, l'endroit est beaucoup plus tranquille qu'à Manhattan, mais le silence n'est pas total.

Elle s'installa à califourchon sur lui, et il lui empoigna les hanches. Mais elle secoua la tête et lui emprisonna les mains sur la couverture.

— Quel dommage de ne pas profiter de cette position ! protesta-t-il.

— Ferme les yeux, Lucas, dit-elle en souriant.

Il obtempéra, émoustillé par sa proximité. Elle lui manquait, et il venait la voir aussi souvent que leurs emplois du temps respectifs et la distance entre eux le permettaient.

— Écoute le chant des grillons, chuchota-t-elle.

Il tendit l'oreille.

— Et le ululement des chouettes.

Il fit un signe d'acquiescement.

— Et le bruissement des feuilles dans le vent.

Il tourna un peu la tête de côté.

— Bien, dit-elle en le relâchant. Tu commences à te détendre. Maintenant, respire profondément et fais le vide dans ton esprit pendant que tu *écoutes* la nature.

Quand Eve se rallongea à côté de lui, il ne la retint pas, mais suivit ses conseils. Il sourit en percevant le coassement des grenouilles, puis un bruit de plongeon dans l'eau.

— C'est cette paix et la natation qui m'ont sauvée, murmura-t-elle. Il faut appuyer sur pause de temps à autre pour remettre les compteurs à zéro et redémarrer du bon pied.

Il inspira profondément avant d'expirer lentement.

— J'adore le sexe avec toi, Lucas. Mais le fait de rester allongée là, près de toi, en communion avec la nature, revêt une importance toute particulière pour moi.

À son tour, il s'abandonna à la simplicité du moment et laissa les sons de la nature imprégner ses sens et lui insuffler une énergie nouvelle.

Il prit la main d'Eve dans la sienne, et ensemble ils savourèrent la magie de ce moment hors du temps.

Le lendemain matin, en se réveillant, Eve s'étira dans le lit. Lucas ne se trouvait pas à ses côtés, et elle se dit qu'il était retourné en ville. Cette nuit, pour la première fois, ils avaient dormi ensemble sans faire l'amour. Lucas l'avait tenue dans ses bras, et son étreinte lui avait procuré un sentiment de paix.

Peut-être s'est-il senti frustré sexuellement.

Une vague de tristesse l'envahit. Puis elle aperçut son sac de voyage dans le fauteuil de relaxation. Elle sourit, soulagée. Leurs nuits ensemble le week-end avaient pris une grande importance dans sa vie, peut-être plus grande qu'elle ne l'aurait voulu.

Elle s'assit, songeuse, les genoux ramenés contre sa poitrine. Au cours des quatre semaines ayant suivi l'apparition inattendue de Lucas chez elle, leur relation avait évolué. Il ne s'agissait plus simplement d'un besoin libérateur de sexe explosif. Désormais, il y avait les coups de fil nocturnes, les textos sexy ou amusants, les rires, les discussions. Et toujours les livraisons de fleurs.

Et les réveils ensemble.

Ce n'était pas son idée initiale, mais elle appréciait la tournure que prenait leur relation et admettait finalement qu'elle méritait un peu de bonheur dans sa vie.

Qui aurait cru qu'un jour elle serait sous le charme de Lucas Cress, l'adolescent rondouillard métamorphosé en trentenaire hyper-sexy ?

En entendant du bruit dans la cuisine, elle se leva prestement, enfila son peignoir et longea le couloir, pieds nus. Depuis le seuil de la cuisine, elle aperçut Lucas, une serviette autour de la taille, en train de farfouiller dans ses placards. Remarquant sa présence, il lui demanda en souriant :

— Tu as faim ?

Elle l'entendit à peine, trop occupée à admirer ses pectoraux et ses abdominaux ciselés recouverts d'un duvet qu'elle aimait caresser.

— Mmm.

— J'ai préparé le petit déjeuner, ajouta-t-il, jetant un torchon sur son épaule.

Elle s'avança vers le comptoir, alléchée par les bonnes odeurs.

— Quel est le menu ?

— Des scones à la cannelle et aux raisins secs recouverts d'un glaçage au champagne, des pancakes à la ricotta accompagnés d'un sirop de framboise fait maison, une entrecôte, une omelette au gruyère et des pommes de terre à la lyonnaise. Et bien sûr, un cocktail mimosa.

Elle contempla, fascinée, les différents plats, tous dignes de figurer en double page dans un magazine culinaire.

— Tu dois être affamé ! Ça fait beaucoup de nourriture pour nous deux.

Lucas parut embarrassé.

— J'avais prévu de me préparer une assiette pour mon retour en ville. Tu pourrais inviter Suzi à partager le petit déjeuner avec toi avant de partir au travail.

Ce fut au tour d'Eve d'être embarrassée.

— Oh ! Seigneur ! J'ai oublié de te dire que je me suis fait remplacer par un collègue aujourd'hui.

— Vraiment ?

— Oui. Je m'étais dit que nous pourrions passer la journée ensemble puisque tu seras à Dubaï le week-end prochain… À moins que tu ne sois obligé de repartir tout de suite.

— Hum, dit-il, regardant par la fenêtre au-dessus de l'évier. Qu'allons-nous bien pouvoir faire toute la journée ?

— Commencer par savourer ce délicieux petit déjeuner, suggéra-t-elle d'une voix câline en enlaçant Lucas.

Il reporta son regard sur elle avec une innocence feinte.

— Et ensuite ?

— Pourquoi pas une sieste, ou… *autre chose* ? proposa-t-elle en lui ôtant la serviette autour des hanches.

— Oh ! oui, *autre chose* ! acquiesça-t-il avec enthousiasme.

Elle rit en voyant son sexe durcir sous l'effet de l'anticipation.

— Commençons par manger. J'ai une faim de loup !

Lucas contempla son érection, l'air déçu.

— Moi aussi, mais une faim d'une autre sorte.

— Bon, d'accord, dit-elle, enroulant les doigts autour de son membre. Mais tout à l'heure, nous irons courir autour du lac.

— Marché conclu !

Les yeux brillants, il l'entraîna hors de la cuisine.

Une semaine plus tard

Installé à bord du jet privé familial, Lucas faisait défiler sur sa tablette les images de la nouvelle gamme culinaire Cress Inc. – batterie de cuisine, plats et moules à gâteaux, vaisselle et petit électroménager – dont le lancement était prévu cet automne. Son approbation étant requise, il validait ses choix à l'aide de son stylet.

— Phillip, dit-il, je te remercie d'avoir soutenu mon idée de diversifier la gamme Cress Inc. en y intégrant le linge de table et les textiles. Papa s'y refusait depuis des années.

Les frères et leurs épouses revenaient de Dubaï où ils avaient passé la semaine à l'occasion de l'inauguration de CRESS XIII. Phillip Sr et Nicolette gardaient les enfants, permettant ainsi aux adultes d'apprécier la « Cité de l'or ». En l'absence d'une jolie femme à son bras, Lucas s'était concentré sur le travail.

— Je trouve cette idée très innovante, approuva Phillip Jr.

— Moi aussi, renchérit Raquel. Des plats délicieux cuisinés dans des ustensiles Cress Inc. méritent d'être mis en valeur grâce à un beau linge de table.

Lucas adressa un sourire de remerciement à sa belle-sœur.

— Le choix des modèles constituera une étape cruciale si nous voulons nous démarquer de nos concurrents et attirer l'attention des consommateurs.

— Tu as raison, Lucas. Il faudra tout miser sur la qualité du textile et le choix des motifs. Privilégier le classique. Le consommateur averti apprécie ce qui ne se démode pas.

— Exactement, acquiesça Lucas.

Il s'apprêtait à valider le nouveau coloris magenta foncé quand une idée lui traversa l'esprit. Il contempla la tenue de Raquel : un top blanc tout simple, un pantalon évasé taille haute en taffetas orange et des sandales dorées. Parmi ses belles-sœurs, c'était le style vestimentaire classique de Raquel qui avait sa préférence.

— Au fait, Raquel, tu as un diplôme des métiers d'art et du design, n'est-ce pas ?

Raquel et Phillip Jr échangèrent un bref regard.

— Oui. Je suis diplômée de l'université de Wellesley, répondit-elle, une lueur de curiosité dans le regard.

— Tu veux bien jeter un coup d'œil aux dessins que je dois valider ? demanda-t-il, fermant son fichier.

— Moi ? demanda Raquel, stupéfaite.

Ding.

— Oui. Je viens de te transférer le fichier en question.

— Eh bien, d'accord. Je te remercie d'avoir pensé à moi.

Phillip Jr déposa un baiser sur le cou de son épouse.

— Je regrette de ne pas avoir eu cette excellente idée le premier.

— Verse-lui une jolie commission en tant que consultante, conseilla Lucas en riant.

Il rouvrit son dossier et examina l'échantillon numérique du coloris magenta foncé. Il lui rappelait le gloss qu'Eve mettait parfois. Elle lui manquait terriblement. Leurs appels en FaceTime ne comblaient pas le manque qu'il avait d'elle.

Je vais devoir attendre toute une semaine pour la retrouver !

Exhalant un soupir, il contempla le soleil bas sur l'horizon et le ciel qui se parait de belles teintes rouges, orange et bleu foncé. Il sourit en songeant qu'Eve lui conseillerait d'apprécier cette vue splendide au lieu de se morfondre.

Il prit une photo du ciel et la lui envoya par texto.

Puis il observa les couples formés par ses frères et leurs épouses. Ils avaient l'air si heureux et si confiants.

Ignorant la solitude.

Bzzzz. Bzzzz. Bzzzz.

Il lut la réponse d'Eve :

Le ciel est presque aussi beau que toi.

Il se sentit tout ragaillardi.

Deux heures plus tard, leur jet atterrissait sur l'aérodrome de New Jersey. Il était 23 heures passées.

— Bonne nuit à toutes et à tous, et bon retour, lança Lucas à la cantonade avant de récupérer son SUV sur le parking.

Il fit le trajet jusqu'à East Patchogue en un temps record, s'estimant chanceux d'arriver sain et sauf. Le cœur battant la chamade, et sans se soucier du fait qu'il devrait reprendre la route dans quelques heures pour rentrer chez lui, il se gara devant la maison d'Eve. Il atteignait la première marche menant à la véranda quand la porte d'entrée s'ouvrit. Eve apparut sur le seuil, fraîche et dispose, vêtue d'un T-shirt trop grand, un foulard en soie noué sur ses cheveux.

Grimpant les marches deux par deux, il la prit dans ses bras.

— Tu es si belle !

— Luc, haleta-t-elle, le dévorant de baisers.

Fou de joie, il l'emporta dans sa chambre en se promettant de lui faire l'amour jusqu'au moment où il devrait partir.

7

Deux semaines plus tard

— Quel décor paradisiaque !

Debout sur la véranda ceinturant leur cottage, Eve admirait les eaux limpides des îles Bimini, aux Bahamas. Au loin, l'océan semblait rejoindre le ciel sous un soleil radieux.

Arborant un bikini blanc, elle s'étira, le dos cambré et les bras tendus vers le ciel. Puis elle ferma les yeux et écouta le bruit de l'océan. Mis à part ce son apaisant, il régnait un silence incroyable qui avait le don de réchauffer son âme.

Elle se sentait à la fois humble et reconnaissante face à une telle beauté de la nature.

Malgré son envie de nager dans l'océan, elle choisit la piscine à débordement car Lucas faisait la sieste dans la maison, et elle ne voulait pas qu'il parte à sa recherche quand il se réveillerait. Les bras le long du corps, elle se propulsa dans l'eau en battant des pieds, à l'instar d'une sirène.

Elle cessa de compter ses longueurs, refaisant surface le temps de respirer à pleins poumons avant de plonger à nouveau dans la piscine tapissée de carreaux bleu foncé, turquoise et bleu-vert. Elle n'avait plus aucun souci au monde. L'eau était son élément naturel.

Elle s'accouda sur le rebord pour contempler l'océan.

Quand Lucas lui avait proposé de passer un long week-end aux

Bimini, elle avait hésité, persuadée qu'il louerait une villa luxueuse avec du personnel et toutes les commodités, y compris de nombreuses activités nocturnes à proximité.

Par chance, il avait choisi un charmant cottage sur une île privée. C'était Galy, une femme d'âge moyen à la peau foncée, aux yeux pétillants de malice et au rire sonore qui s'occupait d'eux et leur concoctait des plats succulents.

Elle me manquera, tout comme sa soupe de conques.

Bien qu'elle ait voyagé dans le monde entier et visité des sites incroyables, elle ressentait une affinité particulière avec ces îles caribéennes les plus proches des États-Unis, à environ quatre-vingts kilomètres de Miami. Elle aimait son histoire, ses habitants, la cuisine locale et la paix qui se dégageait des lieux.

Peut-on tomber amoureux d'un endroit ?

— Bonjour, belle naïade.

Elle ferma les yeux et sourit tandis que la voix grave de Lucas déclenchait des picotements de plaisir dans tout son corps. Pivotant dans l'eau, elle l'aperçut sur la véranda, en short de bain blanc. Elle nagea vers lui, optant pour le dos crawlé car il mettait son corps en valeur.

— Où est le maillot de bain que je t'ai acheté hier à Alice Town ? demanda-t-elle, admirant son corps musclé.

Lucas rit.

— Il n'est pas suffisamment couvrant. Mme Galy risquerait de me prendre pour un exhibitionniste !

Elle rit avec lui.

— Tu t'amuses bien ? demanda-t-il, les mains posées sur ses hanches étroites.

— Oh ! oui !

Elle le rejoignit et l'enlaça, semant des baisers sur son torse.

— Quel dommage de devoir quitter cet endroit paradisiaque, admit-elle, pivotant dans ses bras pour contempler la vue.

— Je pourrais acheter une maison ici. Nous y viendrions en bateau chaque fois nous en aurions envie.

Elle se raidit, mal à l'aise.

La facilité avec laquelle il envisageait de dépenser son argent lui rappelait qu'il appartenait à une famille richissime – un élément qu'elle tâchait d'oublier.

« Il n'est pas Aaron, et tu es trop dure avec toi-même », lui avait dit Suzi quand elle lui avait fait part de son sentiment de malaise à l'idée de passer un week-end aux Bahamas.

Elle s'efforça de se ressaisir et pivota à nouveau dans les bras de Lucas.

— Allons marcher sur la plage, proposa-t-elle, glissant sa main dans la sienne.

— Je te remercie de t'être libérée pour ce long week-end, déclara Lucas. J'avais besoin de décompresser.

— Moi aussi, admit-elle tandis qu'ils foulaient le sable blanc. Tout se passe bien au bureau ?

— Oui. J'ai proposé à mon père de diversifier nos activités dans le linge de table. Jusqu'à présent il ne voulait pas en entendre parler, mais maintenant que Phillip Jr...

— Tu l'appelles Phillip Jr ?

— Oui, par opposition à mon père, Phillip Sr.

— C'est très cérémonieux, remarqua-t-elle, surprise.

Lucas rit.

— Crois-moi, c'est leur style à l'un et à l'autre.

— Je me souviens de Cole et de Gabriel au lycée, mais je ne connais pas tes autres frères.

Arrivés au bord de l'eau, ils s'assirent sur le sable et laissèrent les vaguelettes leur lécher les pieds. Puis Lucas lui parla de ses frères pour qui il éprouvait une grande affection. Elle n'en revenait pas que ces chefs de renommée mondiale travaillent désormais tous ensemble pour développer l'empire culinaire fondé par leurs parents.

— Pourquoi as-tu choisi la pâtisserie ? demanda-t-elle.

Lucas ramassa un morceau de coquillage et le lança en l'air de toutes ses forces. Il atterrit dans l'eau, créant des ronds à la surface.

— Comme tout le monde dans la famille, j'ai suivi une formation à l'école culinaire de Paris, mais je voulais être différent, tracer mon propre chemin. Et puis, j'ai toujours adoré les gâteaux, et ma mère me passait toutes mes envies. Mais ne le répète pas à mes frères car je le nierai !

Elle rit.

— Si je comprends bien, tu es son préféré.

Lucas eut un petit sourire embarrassé.

— C'est l'avis de mes frères. Ils me surnomment « le chouchou ».

— Je comprends ta mère. Tu es aussi mon préféré, dit-elle, mutine.

— Maintenant.

Elle contempla son visage grave, et son sourire chavira. Le poids du passé pesait si lourd dans ce simple mot ! Elle y percevait une telle souffrance que le souvenir de sa conduite cruelle la remplit de regret et de honte.

Elle s'installa à califourchon sur ses genoux et enserra son beau visage entre ses paumes.

— J'étais stupide, Luc, murmura-t-elle avant de l'embrasser. J'ai perdu l'occasion d'avoir une relation sexuelle fabuleuse avec toi et de déguster tes pâtisseries succulentes.

Son aveu lui tira un sourire.

— Crois-moi, Luc, si j'avais su à l'époque ce que je sais aujourd'hui, j'aurais accepté tes cupcakes et les aurais dégustés sur ton corps.

Il écarquilla les yeux, incrédule.

— Sur mon corps de l'époque ?

Eve lui releva le menton et riva son regard au sien.

— Oui. Parce que maintenant, je ne m'arrête plus aux apparences et je prends en compte tes qualités humaines. Avant, j'étais trop égocentrique pour faire la différence.

Il l'embrassa, mais elle percevait son scepticisme, et elle en fut peinée. Désireuse de chasser les ombres du passé, elle se leva et courut dans l'océan avant de faire signe à Lucas, toujours assis sur la plage.

— Viens, Luc ! cria-t-elle, se laissant tomber sur le dos, les bras en croix, dans les eaux limpides et chaudes.

Elle nagea un moment, puis rejoignit Lucas, ravie de constater qu'il dévorait des yeux son corps ruisselant.

— Il y a des avantages à être sur une plage privée, remarqua-t-il, lui caressant les cuisses alors qu'elle se tenait debout devant lui.

— Oui, notamment nager dans ces eaux fabuleuses, dit-elle, s'agenouillant dans le sable.

— Euh... je ne sais pas nager.

Elle le fixa, incrédule.

— C'est vrai ?

— Oui, je n'ai jamais pris de leçon.

Voyant qu'il détournait les yeux, visiblement gêné, elle sentit l'inquiétude monter en elle.

— Luc, que s'est-il passé ?

Il garda le silence, le visage fermé, le regard fixé au loin.

— Luc, je t'en prie ! Confie-toi à moi comme je me suis confiée à toi, insista-t-elle doucement.

Il soupira, reportant enfin son attention sur elle.

— Je n'ai jamais appris à nager parce que en grandissant j'avais honte de mes kilos en trop et je refusais de me déshabiller, dit-il.

— Oh ! Luc, murmura-t-elle, consternée.

— S'il te plaît, ne t'apitoie pas sur moi.

S'efforçant de se ressaisir, elle lui sourit gentiment.

— Est-ce que tu as peur de l'eau ?

— Non. *Désormais*, je pratique même certains sports nautiques.

Soulagée, elle s'assit à califourchon sur ses genoux.

— Alors, je vais t'apprendre à nager.

Lucas fit la moue.

— Je n'en vois pas l'utilité.

— Moi, si. Mais auparavant, tu as besoin d'être encouragé, dit-elle, mutine, semant des baisers le long de son cou.

Il lui agrippa les fesses, visiblement intéressé.

— Profitons d'abord de l'intimité de cette plage, puis je te donnerai ta première leçon de natation, suggéra-t-elle.

Lucas considéra sa proposition, puis hocha la tête.

— Que dirais-tu de la position inversée de la cow-girl ?

— Tu es sûr ? demanda-t-elle, stupéfaite. La dernière fois, j'ai cru que tu allais avoir une crise d'apoplexie !

— Ose me dire que tu n'as pas joui, toi aussi !

— C'est vrai, je me serais crue au paradis !

Ils éclatèrent de rire.

Lucas nicha son visage dans le cou d'Eve.

Un frisson d'excitation la parcourut, et elle lui massa le dos, savourant la sensation de ses muscles sous ses doigts.

— Luc ! haleta-t-elle alors qu'il traçait des cercles avec la langue autour de son pouls affolé.

Elle s'abandonna au désir qui montait en elle tandis qu'il lui ôtait son bikini et léchait le sel sur son cou, ses seins et leurs pointes durcies. Lentement. Comme s'il se délectait de la saveur de sa peau.

Mais elle aussi avait faim de lui.

Elle le renversa sur le dos, bien décidée à faire un festin de cet homme, embrassant et léchant chaque parcelle de son corps qu'il avait sculpté à force de volonté, et suçant son membre jusqu'à ce qu'il soit luisant.

— C'est bon ? demanda-t-elle, avec un sourire espiègle, en levant les yeux vers lui.

Il hocha la tête, visiblement incapable de parler.

Elle le lécha et le suça une dernière fois, lui tirant un râle de plaisir, avant de le chevaucher en lui tournant le dos. Lucas lui donna une tape sur les fesses, comme pour l'encourager, et elle se souleva sur les genoux pour se glisser lentement sur son sexe, les reins en feu. Tout en le chevauchant, elle sourit, heureuse de sentir la chaleur du soleil sur leur peau nue et d'inhaler la senteur iodée de l'océan, avant de s'abandonner corps et âme à un puissant orgasme.

— Luc, encore une fois, je doute que ce soit une bonne idée.

Il tourna la tête vers Eve assise à côté de lui sur la banquette arrière du SUV familial conduit par leur chauffeur. Elle était éblouissante dans sa robe du soir sans bretelles en satin vert émeraude, avec ses cheveux courts et crantés dans un style rétro raffiné, et une épingle à cheveux en diamant en forme de fleur au-dessus de l'oreille gauche.

— J'ai envie que tu sois à mes côtés, Eve, dit-il, s'emparant d'une de ses mains.

Elle exhala un soupir tremblant en regardant par la vitre fumée le théâtre de la Directors Guild of America, une salle de cinéma privée brillamment éclairée. Une foule de curieux et de journalistes se pressaient devant l'entrée dans l'espoir d'apercevoir les célébrités invitées à assister à la première mondiale du documentaire *Nicolette et Phillip : Amour, Famille et Nourriture*.

Eve se tourna vers lui avec un sourire crispé.

— C'était le genre d'attention dont je raffolais jadis, admit-elle, serrant sa main.

Il perçut son malaise, mais préféra l'ignorer.

— Il est temps que tu tournes la page du passé, Eve.

Il lui avait demandé d'assister à cette première avec lui et il était ravi de ce tournant dans leur relation. Il aimait les soirées qu'ils passaient ensemble à faire l'amour, à parler et à rire, à courir autour du lac ou à plonger nus dans ses eaux fraîches. Il se sentait merveilleusement bien avec elle.

— Tu as changé, lui rappela-t-il. Il n'y a pas de retour en arrière possible.

Eve hocha la tête, comme pour se rassurer.

Quelques jours plus tôt, ils passaient un week-end idyllique dans les Caraïbes, et ce soir ils faisaient leurs débuts dans le monde en tant que couple.

— Prête ? demanda-t-il.

Elle se pencha vers lui pour l'embrasser, puis sortit un mouchoir de sa pochette pour ôter de ses lèvres les traces de son gloss couleur pêche.

— Prête, assura-t-elle.

Tandis qu'ils mettaient pied à terre et s'avançaient sur le tapis rouge sous les flashs des appareils photo, il sentit la main d'Eve se resserrer autour de la sienne. S'il en jugeait par la raideur de son corps et son sourire de plus en plus crispé, son malaise ne faisait que croître à mesure qu'ils progressaient et posaient pour les photographes.

D'habitude, c'était lui qui était nerveux quand il devait apparaître en public. Être vu et jugé. Le gamin rondouillard – qui ne s'estimait pas assez doué, ou pas à sa place, ou pas suffisamment beau – demeurait présent en lui.

Soudain conscient d'avoir entraîné Eve dans le genre de situation qui *le* mettait mal à l'aise, il se tourna vers elle et déposa un baiser sur sa tempe. Ils se sourirent. L'espace d'un instant, tout s'effaça autour d'eux. Ils étaient seuls au monde. Eve se détendait enfin.

Mais ce répit ne dura pas. Les cris des badauds et des photographes finirent par percer leur bulle d'intimité.

Eve lui glissa à l'oreille :

— Je ne veux plus être photographiée.

Il essaya de la retenir, mais elle s'écarta et se posta à l'extrémité du tapis rouge. Hors des feux des projecteurs.

— Votre cavalière est ravissante, Luc ! lui cria quelqu'un.

— Qui est-elle ? demanda une autre personne.

Lucas se tourna vers Eve, un peu à l'écart.

— Ma petite amie, répondit-il en lui adressant un sourire.

Puis l'agent publicitaire de la famille les invita à se regrouper.

— Prenons des photos avec toute la famille, dit-il, les guidant au centre du perron, avec en arrière-plan les logos de Cress Inc. et ceux des sponsors de l'événement.

Nicolette prit la main de Phillip Jr et glissa son autre main autour du bras de Lucas.

— Où est Lana ? lui demanda-t-elle à travers son sourire.

— Là où, je l'espère, elle est aussi heureuse que moi.

Tout en posant avec sa famille, Lucas gardait un œil sur Eve. Bientôt la séance prit fin et il la rejoignit, heureux de l'avoir à nouveau à ses côtés.

— Ouf, cette corvée est terminée, soupira-t-il tandis qu'ils pénétraient dans le hall où leurs invités profitaient de la présence d'un bar et d'un buffet abondamment garni.

— Tu es très élégant, assura Eve en souriant.

Depuis que ses parents avaient pris leur retraite, deux ans auparavant, ils se montraient plus conciliants et moins exigeants avec leurs enfants. Mais en les voyant s'avancer vers lui et Eve d'un pas résolu, Lucas craignit qu'ils n'aient repris leurs anciens traits de caractère : intrusif pour sa mère et intransigeant pour son père.

— Il me semble que des présentations s'imposent, déclara Nicolette, éblouissante dans sa robe du soir en lamé doré.

— Bien sûr, acquiesça Lucas, un peu tendu. Eve, je te présente mes parents, Nicolette Lavoie-Cress et Phillip Cress Sr. Maman et papa, voici Eve Villar.

— Je suis ravie de faire votre connaissance, déclara Eve en tendant la main.

— Villar ? demanda Monica en les rejoignant, suivie de Gabriel tenant Emme dans ses bras.

— Oui, répondit Eve, visiblement sur ses gardes.

— Avez-vous un lien de parenté avec Marco Villar ? insista Monica, sa chevelure lisse et noire rehaussant sa robe blanche sans bretelles.

Le visage d'Eve s'éclaira.

— Oui, c'est mon père, dit-elle fièrement.

— Un excellent avocat, déclara Monica.

— Je suis d'accord ! répondit Eve en riant.

Durant cet échange, Lucas constata, mi-amusé mi-soulagé, que Nicolette se radoucissait et qu'elle contemplait Eve avec bienveillance.

Il finit de présenter Eve aux autres membres de la famille, et il aima la façon dont elle se penchait pour s'adresser aux bouts de chou.

— *Votre épingle à cheveux est jolie, Miss Eve*, lui déclara Collette en français.

Eve la retira et l'accrocha dans les boucles de sa nièce.

— *Elle est encore plus jolie sur toi*, assura Eve.

Tandis que la fillette, le visage rayonnant, se précipitait vers sa mère pour lui montrer le bijou, il sourit à Eve.

— Je me demande quelle version de toi je préfère : en maillot de bain ou en robe du soir.

Alors qu'un serveur passait avec un plateau chargé de coupes de champagne, il en prit deux et lui en offrit une.

— Je ne bois pas d'alcool, Luc.

— Oh ! désolé.

Il arrêta un autre serveur pour reposer les deux coupes.

Elle lui caressa la joue en souriant.

— Désolée, Luc. J'ai un peu de mal à me réadapter à cet environnement huppé.

— Je comprends. Attends-moi. Je fais un saut au bar pour nous chercher des cocktails sans alcool.

Apercevant Coleman et Jillian qui riaient avant d'échanger un baiser, Lucas s'arrêta près d'eux.

— Pouvez-vous garder un œil sur Eve pendant que je vais au bar ?

— Non ! répondit froidement Coleman.

— Voyons, Cole ! s'exclama Jillian, choquée.

— Ça se voit que tu n'étais pas au lycée avec elle ! Une vraie peste !

Lucas se raidit.

— Elle a changé. Alors, respecte-la comme je respecte Jillian !

— Jillian est ma femme, gronda Coleman, outré.

La jeune femme essaya de s'interposer.

— Allons, calmez-vous, tous les deux !

— Je la respectais avant même que tu l'épouses. Alors, comporte-toi correctement avec Eve, riposta Lucas, faisant un pas en avant, l'air menaçant.

— Oh ! le chouchou à sa maman sort ses griffes, ironisa Coleman, faisant à son tour un pas en avant.

— Le chouchou est devenu un homme, grand frère.

— Je t'ai toujours mis K-O, *petit* frère, répondit Coleman en ricanant.

— Essaie pour voir !

Jillian se glissa résolument entre eux et embrassa son mari sur la bouche.

— Eh, regarde-moi, chéri.

À contrecœur, Coleman reporta son attention sur sa femme et répondit à son baiser.

— Je veillerai sur Eve pour Lucas, promit Jillian entre deux baisers. Et s'il vous plaît, faites la paix tous les deux et rapportez-moi un virgin Sex on the Beach.

— Oh ! Sex on the Beach ? Quel programme ! s'exclama Coleman, l'œil grivois, les mains sur les hanches de sa femme vêtue d'une robe du soir à paillettes lavande qui soulignait son ventre arrondi.

— Un grand verre, précisa-t-elle avec un sourire entendu.

— Prenez une chambre ! bougonna Lucas en s'éloignant.

Coleman lui emboîta le pas.

— Ma femme t'a sauvé la mise.

— Dis plutôt qu'elle m'a empêché de te casser la figure !

— Tu crois ça ?

— Oui.

Ils arrivèrent au bar, et Lucas s'empressa de commander :

— Deux eaux de Seltz avec des fruits frais, s'il vous plaît.

— Un Sex on the Beach et un double scotch on the rocks pour moi, ajouta Coleman.

Ils attendirent leurs boissons dans un silence glacial.

— C'est sérieux entre vous ? demanda finalement Coleman.

— Ça l'est pour moi, répondit Lucas d'un ton radouci.

Par chance, les disputes entre frères ne duraient jamais longtemps.

— Je croyais que ton objectif était de l'attirer dans ton lit, insista Coleman tandis qu'ils récupéraient leurs boissons.

— Quoi ?

Un frisson glacé parcourut Lucas. Eve se tenait derrière lui avec Jillian, et s'il en jugeait par son expression atterrée, elle avait entendu la remarque de Coleman.

Son frère émit un juron.

— Eve ! s'écria Lucas, posant précipitamment les verres sur le comptoir.

Quand il se retourna, elle se faufilait prestement à travers la foule.

— Comment as-tu pu dire une chose pareille, Cole ? protesta Jillian d'un ton de reproche.

Pris de panique, Lucas se précipita derrière Eve, mais elle avait disparu. Une fois dans la rue, il l'aperçut enfin qui marchait vite, avec une petite longueur d'avance sur lui.

Il récupéra son téléphone, appela son chauffeur pour la soirée et s'élança à sa poursuite.

Soudain, elle se tordit la cheville et tomba par terre.

— Eve ! cria-t-il, affolé, voyant qu'elle demeurait prostrée sur le trottoir.

Il la rattrapa en quelques secondes et l'aida à se relever.

— Ne traînons pas ici, Eve.

Mais elle le repoussa aussitôt, furieuse.

— Ne me touche pas, espèce de salaud ! Ainsi, ton seul objectif était de m'attirer dans ton lit. T'es-tu vanté de tes exploits sexuels auprès de ton frère ? Vous avez dû bien rire de moi, tous les deux.

Il tressaillit en percevant l'expression de souffrance sur son beau visage.

— Non. Coleman n'a absolument rien à voir dans notre histoire. Et je te rappelle qu'au début, ni toi ni moi ne voulions d'une relation sérieuse.

— C'est vrai, mais j'ai *toujours* été honnête au sujet de mes intentions.

— Moi aussi, assura Lucas, tendant la main vers elle.

Elle s'écarta de lui en boitillant.

— Tu mens !

À cet instant, leur chauffeur s'arrêta à leur hauteur.

— Au fil des semaines, tu as pris une grande importance dans ma vie, Eve. Je t'en prie, tu dois me croire.

Elle secoua la tête, blessée et furieuse.

— Plus jamais ! Va au diable, Lucas !

Le cœur meurtri, il la suivit des yeux pendant qu'elle s'avançait vers la voiture en boitillant.

Le chauffeur s'empressa de lui ouvrir la portière.

— Trouve-toi une autre petite amie, Luc ! lui lança-t-elle par-dessus son épaule.

Il ne répondit pas, blessé par sa dureté, comme quand il était adolescent, mais aussi conscient d'avoir contribué à l'humiliation publique d'Eve par ses confidences intempestives à son frère.

— Monsieur Cress ? demanda le chauffeur, tenant la portière ouverte.

— Ramenez Mme Villar chez elle, répondit Lucas.

Il contempla Eve, assise sur la banquette arrière dans une posture rigide, le regard fixé droit devant elle.

— Bien, Monsieur, dit le chauffeur, fermant la portière.

Soudain, la vitre arrière s'abaissa.

— Dis-moi, Luc, tu savoures ta vengeance ? demanda Eve, le regard empreint d'une tristesse infinie.

Elle remonta la vitre, et la voiture s'éloigna.

Mon Dieu, qu'ai-je fait ?

Il demeura planté là, s'en voulant de l'avoir fait souffrir à cause de son stupide orgueil et ne supportant pas l'idée de ne plus la revoir. Il était tellement malheureux qu'il crut qu'il allait s'effondrer sur le trottoir, à l'endroit même où Eve était tombée.

8

Un mois plus tard

Eve n'aurait jamais pensé qu'un jour elle se sentirait aussi mal à l'aise dans la maison qui avait été son refuge. Désormais, elle lui rappelait constamment les moments partagés avec Lucas. Elle avait rangé toutes ses affaires dans un carton, mais sa présence subsistait, telle une empreinte.

Me narguant.

Bien que quatre semaines se soient écoulées, elle se sentait encore ridicule. Pas seulement à cause de la remarque blessante de Coleman, mais parce qu'elle continuait de penser à Lucas. Il lui manquait terriblement. À en pleurer. Elle se demandait ce qu'il devenait.

Une douleur irradia dans sa poitrine, aussi familière que l'image de Lucas debout dans cette rue, tête basse. Elle s'était retournée sur son siège à l'arrière du SUV pour le regarder jusqu'à ce qu'il disparaisse de sa vue.

Il était resté planté là durant tout ce temps, et cela l'avait frappée, alors même que la colère et l'humiliation la consumaient tout entière.

Ses parents avaient été surpris de la voir apparaître dans sa robe du soir tachée, tenant un escarpin au talon cassé à la main. Elle leur avait raconté qu'elle était tombée dans la rue, mais avait omis de leur préciser que son cœur venait d'être brisé en mille morceaux.

C'était son père, perspicace et attentionné, qui lui avait apporté un bol de soupe dans son ancienne chambre pour s'assurer qu'elle allait bien.

Elle sourit en se remémorant ce moment de tendresse.

Toc toc toc.

Assise près de la fenêtre, elle fixait distraitement la rue en contrebas. Des larmes silencieuses roulaient sur ses joues sans pour autant effacer sa souffrance et sa déception. Elle les essuya prestement avec un coin de son pyjama et alla ouvrir à son père. Elle savait que c'était lui car sa mère serait entrée sans frapper.

De fait, il se tenait sur le seuil, grand et corpulent, le crâne dégarni, le nez chaussé de lunettes à monture noire, vêtu du costume trois pièces noir qu'il portait lors de ses rares apparitions au tribunal. Un homme très intelligent et très talentueux. Mais pour elle, il était surtout un père affectueux et prévenant, aimant cuisiner des plats cubains qui lui rappelaient son pays natal.

— Hola, papi, *dit-elle, espérant que ses yeux n'étaient pas trop gonflés.*

— Je t'apporte de la soupe, ma chérie, dit-il, tenant un grand bol fumant.

Elle s'effaça en souriant, et il déposa le bol sur la table de chevet aux finitions dorées.

— Tu viens de la préparer exprès pour moi, pas vrai ? demanda-t-elle, émue.

Elle savait que sa recette à base de haricots blancs, de chou vert, de jarret de porc, de saucisses et de pommes de terre, lui prenait quatre-vingt-dix minutes de son temps précieux.

Il eut un haussement d'épaules désinvolte.

— La soupe est excellente pour soulager les maux de l'âme.

Eve s'assit au bord du lit tandis que son père examinait la pièce.

— Parfois, je me poste sur le seuil de ta chambre en regrettant que tu ne sois plus une petite fille.

Il prit une poupée en porcelaine représentant une danseuse de flamenco.

— Au moins, je pouvais t'éviter de souffrir.

— Je vais bien, papi, *mentit-elle.*

Il reposa la poupée sur l'étagère et se tourna vers elle.

— La meurtrissure que j'ai vue ce soir dans tes yeux était beaucoup plus grave que l'état de ta robe ou de ton escarpin.

Elle ne put soutenir son regard trop perspicace.

— Ah, dit-il.

Elle s'était trahie.

— Est-ce que quelqu'un t'a blessée physiquement, Eve ?

— Non. Je suis vraiment tombée dans la rue après m'être tordu la cheville.

— Et qu'en est-il de ton cœur, ma chérie ?

Il était brisé.

Si elle en jugeait par l'intensité de sa souffrance, bien supérieure à sa colère, elle était tombée amoureuse de Lucas Cress. Une larme roula sur sa joue.

— Ah, dit-il à nouveau en l'essuyant avec son pouce.

Elle se leva et se jeta dans ses bras. Il la berça, comme quand elle était enfant, et elle sourit quand il se mit à fredonner.

Elle avait espéré que le réconfort de son père l'aiderait à surmonter son chagrin et sa tristesse…

Malheureusement, il n'en était rien.

Elle n'avait jamais raconté ce qui s'était passé à Suzi, et son amie ne lui avait posé aucune question. La vie avait donc repris son cours dans un semblant de normalité. Dans une semaine ce serait la fête du Travail et la fin de la haute saison pour Eve et son équipe. Les Hamptons retrouveraient leur tranquillité avec le départ des vacanciers.

— À quoi penses-tu ?

Levant les yeux de son ordinateur, Eve vit Suzi qui entrait dans son bureau avec deux verres de citronnade.

— Oh ! à rien d'important, répondit-elle, prenant le verre que son amie lui tendait et aspirant une gorgée avec une paille en papier.

— Alors, portons un toast à la prochaine saison.

— Volontiers. Que vas-tu faire maintenant que tu auras davantage de temps libre ? demanda Eve.

Suzi s'installa en face d'elle, visiblement mal à l'aise.

— Que se passe-t-il ? insista Eve.

— J'ai rencontré quelqu'un.

Eve sourit.

— Qui est-ce ? Mais d'abord, pourquoi ne m'en as-tu pas parlé plus tôt ?

— Tu avais l'air si triste au sujet…

Gênée, Suzi laissa sa phrase en suspens.

Eve se raidit.

— Tu as raison. Mais ça ne m'empêche pas de me réjouir pour toi.

— Eh bien, il s'agit de Hank, expliqua Suzi, les yeux brillants.

— Le pêcheur ?

Eve visualisa un homme grand et robuste avec une barbe.

— Oui. Cela fait des années qu'il a le béguin pour moi, et j'ai finalement décidé de lui donner sa chance, surtout en voyant à quel point tu es… euh, tu *étais* heureuse avec Luc.

— Tout se passait bien avec Luc jusqu'à ce que tout se gâte. Mais j'en suis sûre, Hank est quelqu'un de bien qui t'aime sincèrement parce que tu le mérites, déclara Eve en lui tendant la main, paume ouverte.

Suzi lui sourit et lui pressa la main.

— Merci, Eve.

— Si je me suis installée à East Patchogue, c'est pour y mener une vie ordinaire. Peut-être devrais-je me trouver un petit ami pêcheur, mécanicien ou agent immobilier, et laisser les Aaron Marks, les Lucas Cress et leurs semblables avec leurs privilèges.

— As-tu des nouvelles de Luc ?

— Non, aucune. Et c'est très bien ainsi, répondit Eve, même si elle n'en était pas aussi certaine. J'ai appris qu'il voulait simplement m'attirer dans son lit. Pour lui, c'était une histoire de séduction et de revanche.

— Vous vous êtes bien amusés ensemble, lui rappela Suzi.

Eve se rembrunit.

— Écoute, Eve, je ne sais pas comment votre histoire s'est terminée, et ça ne me regarde pas, mais au début, c'est moi qui t'ai encouragée à te servir de lui pour prendre un peu de bon temps. Alors, pour ce qui est de la séduction, elle a été *réciproque*. Vous vous êtes servis l'un de l'autre !

Eve ne put s'empêcher de rire.

— J'espère que tu es plus romantique avec Hank !

Suzi rit aussi. Puis le silence retomba dans la pièce.

Ce fut Suzi qui le rompit.

— Je vois bien que tu es tombée amoureuse de Lucas. Y a-t-il une chance pour que tes sentiments soient réciproques ?

L'image de Lucas, debout dans la rue, tête basse, les épaules voûtées, s'imposa à son esprit. Ce n'était pas l'attitude d'un homme savourant sa vengeance, mais celle d'un homme honteux de sa conduite.

Soudain, elle revit Lucas adolescent, arborant la même posture quand elle l'avait humilié dans la cour du lycée.

— Je l'ignore, Suzi, admit-elle tristement.

Bzzzz.

Eve récupéra son téléphone, et ses yeux s'arrondirent de surprise quand elle vit le nom qui s'affichait sur l'écran. Elle répondit, le cœur battant :

— Tu tombes bien, il fallait que je te parle.

Lucas contemplait la vue de New York tout en courant à vive allure sur son tapis de course. Il appréciait ces séances qui l'aidaient à se maintenir en bonne forme, même si son cerveau tentait de le convaincre qu'il se sentirait encore mieux s'il cédait à son penchant naturel pour les sucreries.

Un argument fallacieux auquel il résistait vaillamment.

Après avoir parcouru ses huit kilomètres habituels, il ralentit la machine et s'empara de sa bouteille d'eau pour s'hydrater. Si l'exercice physique faisait le plus grand bien à son corps, il avait hélas peu d'effet sur son mental. Eve continuait d'occuper toutes ses pensées.

Ils ne s'étaient pas parlé depuis le soir de la première, et il n'avait aucune envie d'affronter la colère d'Eve ou de s'appesantir sur l'humiliation qu'elle lui avait fait subir par le passé.

Bzzzz. Bzzzz. Bzzzz.

Il descendit du tapis de course et s'épongea le torse, le regard fixé sur l'écran de son téléphone. C'était Sean. Il lui répondit en FaceTime.

Sean le fixait, déconcerté.

— Tu es nu ? En train de faire l'amour ? demanda Sean.

Lucas rit.

— Si c'était le cas, je n'aurais pas décroché.

Il sortit de son bureau.

— Oh ! tant mieux.

Lucas examina l'arrière-plan sur l'écran et ne reconnut pas l'intérieur de la maison de son frère et de Montgomery à Passion Grove, New Jersey.

— Où es-tu ? demanda-t-il, pénétrant dans sa cuisine.

— Nous dînons dehors tous ensemble. Je suis sorti pour t'appeler.

Il tourna le téléphone pour lui montrer la façade luxueuse du CRESS X à Tribeca.

— Rejoins-nous, Luc !

— Pour me sentir de trop une fois de plus ? Non merci.

Il imagina les couples en train de s'embrasser et de roucouler pendant qu'il surfait sur les réseaux sociaux ou qu'il distrayait les enfants.

— Je regrette d'avoir abandonné mes recherches au sujet de la future Mme Lucas Cress. J'aurais pu l'inviter et lui faire du pied – ou autre chose – sous la table durant ces soirées entre couples.

Sean retourna dans le restaurant.

— Nous voulions prendre de tes nouvelles, Luc.

Il se tourna vers la grande tablée.

— Dites bonsoir à Luc !

— Hello, Luc ! s'exclamèrent en chœur ses frères et leurs épouses, installés dans une salle privatisée.

Il se força à sourire.

— Bon appétit à tous ! Choisissez la pannacotta au citron en dessert. C'est le top du top !

Le top du top.

Il se souvenait d'avoir utilisé cette même expression avec Sean pour qualifier ses rapports torrides avec Eve.

Ils lui manquaient terriblement.

Elle lui manquait terriblement.

— Bonne soirée ! dit-il avant de raccrocher et de déposer son téléphone sur l'îlot central de la cuisine.

Le top du top.

Sa vie n'était plus aussi gaie et trépidante sans Eve. Aucune autre femme n'avait réussi à capter son attention et à lui faire oublier Eve. Elle lui avait fait voir le monde différemment, trouvant des raisons de se réjouir dans des choses en apparence anodines, comme les bruits de la nature.

Mais maintenant, c'est terminé.

Certes, il n'avait jamais pensé que leur relation durerait toute la vie, mais il ne s'attendait pas à ce qu'elle se termine de façon aussi brutale et douloureuse.

Bzzzz. Bzzzz. Bzzzz.

Il récupéra son téléphone et contempla la photo de Wendi, sa voisine du troisième étage, une rousse pulpeuse au sourire aguicheur, qui soulevait sa poitrine plantureuse, telle une offrande.

Elle lui avait fait passer de bons moments par le passé, ne se fixant aucune limite.

Il ne doutait pas que ses talents lui feraient tout oublier sur le moment. Mais une fois qu'il l'aurait reconduite sur le palier, il serait toujours aussi triste. Aussi, malgré son abstinence charnelle depuis sa rupture avec Eve, laissa-t-il l'appel de Wendi rejoindre sa messagerie vocale.

Il se lavait les mains quand la sonnerie de la porte d'entrée retentit. Wendi ? Elle ne doutait de rien !

De fait, un jour, il lui avait à peine ouvert qu'elle s'était agenouillée devant lui pour déboutonner son jean.

Il traversa l'appartement et déverrouilla la porte en bougonnant :

— Écoute, Wendi…

Il se figea sur place, en état de choc.

— Qui est Wendi ?

Eve se tenait sur le palier, vêtue d'une robe d'été blanche, les cheveux courts et bouclés, ses lèvres charnues mises en valeur par un gloss rouge.

— Bonsoir, Eve, dit-il, son cœur cognant dans sa poitrine.

— Bonsoir, Lucas.

À cet instant, il luttait contre l'envie folle de l'attirer dans ses bras, d'inhaler sa senteur incomparable et de se perdre dans son incroyable énergie qui lui avait procuré à la fois un sentiment de paix et d'excitation.

— Pouvons-nous parler ? demanda-t-elle.

Il hocha la tête en silence et s'effaça pour la laisser passer. Chaque cellule de son corps avait beau renaître à la vie, il ne voulait pas lui montrer qu'il était fou de joie de la revoir.

Eve s'arrêta sur le seuil et leva les yeux vers lui.

— Si *Wendi* n'y voit pas d'inconvénient.

Lucas soutint son regard, soulagé de ne pas y voir de la colère et de la tristesse.

— Wendi n'était pas invitée.

Haussant une épaule, elle entra et se dirigea vers le salon.

Il lui emboîta le pas, admirant la rondeur de ses hanches qui contrastait avec la minceur de sa taille. Sa coupe de cheveux courte dénudait son cou élégant, et il se mordilla la lèvre pour s'empêcher d'y déposer un baiser.

— Comment vas-tu, Eve ? demanda-t-il, les bras croisés sur son torse nu.

— Mieux. Notamment grâce aux excuses de Cole.

— Il s'est excusé ? demanda-t-il, surpris.

— Oui. Pour ce qui s'est passé le soir de la première et sa rancune persistante envers moi, uniquement basée sur ma conduite passée.

— Il t'a appelée ce soir ? demanda Lucas, n'en revenant pas de toutes les surprises qui s'abattaient sur lui.

— Oui, d'un restaurant. Tes frères voulaient s'assurer que tu étais toujours chez toi.

Déambulant dans le salon, elle s'arrêta devant la statue en bronze d'un éléphant avec la trompe dressée et lui jeta un coup d'œil par-dessus son épaule.

— Ils ont dû oublier de t'interroger sur *Wendi*.

Il réprima un sourire devant sa remarque perfide.

— Wendi est une ancienne amie qui espère renouer avec moi, mais je l'ai éconduite, expliqua-t-il, désireux d'écarter tout obstacle entre eux.

Au cas où nous nous réconcilierions.

— Pauvre Wendi, ironisa Eve, ouvrant la porte-fenêtre et s'avançant sur le balcon privé.

Intrigué, il se posta sur le seuil et l'observa tandis qu'elle s'adossait contre la balustrade, le regard rivé sur lui. Quel tableau superbe elle lui offrait, toute de blanc vêtue, avec en arrière-plan les lumières de la ville et l'Hudson River.

— Cole n'est pas le seul à me devoir des excuses, dit-elle.

Il hocha la tête.

— Je...

— Non, pas encore, l'interrompit-elle.

Il fourra les mains dans les poches de son short et continua de l'observer, fasciné.

— Je te présente des excuses pour m'être servie de toi afin de rompre ma longue abstinence charnelle, déclara-t-elle en se mordillant la lèvre inférieure. Et aussi pour t'avoir accordé la même importance qu'à un vibromasseur.

Le corps bourdonnant de désir, il se souciait davantage de l'érection naissante qui tendait son short que de la vérité peu flatteuse qu'elle venait de lui asséner.

— Au début, tout ce qui m'importait, c'était nos ébats torrides, poursuivit-elle, pivotant pour faire face à la ville.

Elle lui jeta un coup d'œil par-dessus son épaule.

— Je suppose qu'il en allait de même pour toi.

Lucas s'avança d'un pas sur le balcon.

— Eve...

— Non. Je n'ai pas fini. Je te présente aussi des excuses pour t'avoir blessé et humilié l'autre soir dans la rue, comme je l'avais fait des années auparavant dans la cour du lycée, dit-elle, le regard fixé sur la ligne des toits.

Cette dernière remarque le frappa par sa justesse. De fait, ce fameux soir, il avait eu la pénible impression de revivre ce moment douloureux où elle avait piétiné son cœur et l'avait ridiculisé devant les autres élèves.

— Je sais que ce n'était pas ton intention, Eve.

Elle se tourna vers lui.

— En effet.

Il serra les poings dans ses poches pour s'empêcher de la prendre dans ses bras et aussi pour dissimuler son érection naissante.

— À mon tour, je te présente des excuses pour avoir voulu me prouver à moi-même que j'étais capable de te séduire et de réussir là où j'avais échoué, adolescent. À l'époque, tu représentais *tout* pour moi. Je perdais mes moyens en ta présence.

Eve lâcha la balustrade et fit un pas vers lui.

— Et maintenant ? demanda-t-elle.

— Tu représentes toujours tout pour moi. Plus que jamais, admit-il, lui dévoilant sa vulnérabilité.

Comme si c'était le signal qu'elle attendait, elle abaissa la fermeture Eclair de sa robe et la laissa retomber à ses pieds. Elle était nue, et son corps splendide resplendissait à la clarté de la lune.

Lucas haleta, fasciné par le spectacle qu'elle lui offrait.

— Viens, dit-elle, retournant dans le salon.

Fou de joie, il la rattrapa dans le couloir et passa un bras autour de sa taille pour la plaquer contre lui. Elle inclina la tête au creux de son épaule, et tout en semant des baisers le long de son cou, il l'emporta dans sa chambre, marquant une pause le temps d'allumer le plafonnier.

Il l'allongea sur le lit immense et s'empressa d'ôter son short. Les reins cambrés, elle écarta les jambes et avec un sourire mutin, elle se caressa avant d'exposer son clitoris enflé. Oh ! oui, l'alchimie qui existait entre eux était hors du commun, songea-t-il, consumé de désir.

Il avait un besoin impérieux d'Eve. Dans son lit, mais aussi dans sa vie.

— Épouse-moi, chérie, dit-il, se caressant à son tour.

Elle s'interrompit, les yeux arrondis par la surprise.

— Quoi ?

— Épouse-moi, Eve, répéta-t-il.

— Luc, dit-elle avec un sourire hésitant.

— Je ne veux pas passer un jour de plus sans toi dans ma vie.

Elle se caressa encore avant de tendre ses doigts vers lui en souriant pour qu'il la goûte.

— Oui, je t'épouserai, dit-elle, le contemplant pendant qu'il lui léchait les doigts avec un gémissement de plaisir.

Surexcité, et le corps frémissant de désir, il enfila un préservatif, s'allongea sur elle et la pénétra d'une seule poussée. Les halètements et gémissements d'Eve constituaient une exquise musique à ses oreilles tandis qu'il la dévorait de baisers. Leurs corps s'ajustaient à la perfection et ondulaient harmonieusement l'un contre l'autre. Un lien époustouflant les unissait dans ce moment de communion charnelle. Ils jouirent ensemble une première fois, puis une deuxième fois avant de s'effondrer dans les bras l'un de l'autre, tremblants et couverts de sueur, en se promettant de ne plus jamais se séparer.

Une semaine plus tard

— Il est temps que nous officialisions notre relation, remarqua Lucas en glissant la bague de fiançailles à l'annulaire d'Eve dans une bijouterie de la Cinquième Avenue.

Elle contempla le solitaire de cinq carats en forme de cœur monté sur un anneau serti de diamants plus petits de cinq carats. Ce bijou était parfait. Splendide. Et hors de prix.

— Il ne te plaît pas ? demanda Lucas, perplexe.

Oh ! si ! Il lui plaisait énormément, mais ce ne devrait pas être le cas. C'était le genre de bijou extravagant qu'elle avait adoré quand l'argent et la possession d'objets coûteux comptaient plus que tout pour elle – un train de vie auquel elle avait définitivement renoncé.

— Bien sûr que si, je le trouve fabuleux, admit-elle en souriant. Mais je préférerais une pierre centrale plus petite. Du moins, je ne craindrais pas de l'abîmer quand je nagerai.

Lucas haussa un sourcil, l'air amusé.

— Une pierre plus petite ?

— Oui.

Elle ne put s'empêcher de tendre les doigts pour admirer l'éclat de la pierre parfaite. Elle était partagée entre son attirance pour ce bijou et sa crainte de retomber dans ses anciens travers.

— Eve ?

Elle s'arracha à la contemplation du bijou et leva les yeux vers Lucas.

— Tu n'as pas à avoir de scrupules à aimer cette bague, dit-il. Garde-la. Je la ferai assurer.

— Puis-je vous suggérer un compromis ? intervint la vendeuse, la cinquantaine, très élégante dans sa robe noire.

Souriant, elle ouvrit une vitrine et en retira une bague.

— Il s'agit du même modèle. Six carats au total, trois pour la pierre centrale et trois pour l'anneau, expliqua Doris.

Eve et Lucas échangèrent un regard, puis Eve ôta la bague qu'elle déposa sur le présentoir en velours tandis que Lucas prenait celle que lui tendait Doris.

— Elle te plaît mieux ? demanda-t-il, la lui passant à l'annulaire.

Eve sourit.

— Oui.

Et c'était vrai. Elle était aussi belle, aussi parfaite et, cerise sur le gâteau, à la bonne taille.

— Si je peux me permettre de vous donner un conseil, dit Doris en souriant, les compromis sont essentiels pour la réussite d'un mariage.

Ils acquiescèrent, reconnaissants.

Pendant que Lucas terminait les formalités d'achat, Eve admirait sa bague et tentait de se faire à l'idée qu'ils allaient se marier. Le conseil prodigué par Doris tombait à pic. Il leur restait encore tellement de décisions à prendre.

Où vivrons-nous ?

Quel sera notre style de vie ?

Qu'est-ce que Lucas attendra de moi en tant qu'épouse d'un Cress ?

À quoi serais-je prête à renoncer pour le rendre heureux ?

— On y va ? demanda Lucas en s'avançant vers elle.

— Oui.

Ils sortirent du magasin main dans la main pour rejoindre le SUV avec chauffeur qui les attendait.

— Je n'en reviens pas que la bague soit à ta taille, remarqua Lucas.

— Moi non plus.

— Est-ce que ton père sera contrarié demain quand il fera ma connaissance *et* qu'il découvrira que nous sommes déjà fiancés ?

— Mon père m'adore et ne veut que mon bonheur, répondit-elle, la tête posée sur l'épaule de Lucas. C'est la réaction de ma mère que tu devrais peut-être craindre.

— Celle de ma mère risque d'être tout aussi redoutable.

Ils rirent avant de retomber dans un silence confortable tandis que le chauffeur les ramenait à l'appartement de Lucas. Ils avaient prévu de préparer le dîner ensemble et de passer le week-end à New York. Ils n'avaient annoncé leurs fiançailles à personne, se sentant trop heureux dans leur bulle de béatitude pour en sortir. Mais Lucas avait insisté pour lui acheter une bague, et elle avait accepté à la condition de la choisir avec lui.

— Et si nous organisions une réception pour annoncer la grande nouvelle ? proposa soudain Lucas.

— Pourquoi pas un dîner avec simplement nos deux familles ? argua-t-elle. Ce serait plus convivial.

Lucas rit.

— Est-ce un compromis ?

— Oh ! oui !

Elle l'embrassa tendrement.

— Luc, promets-moi que nous ferons toujours passer nos besoins et nos intérêts en premier, insista-t-elle, redoutant qu'il en aille autrement.

— Je te le promets, Eve. C'est bien ainsi que je vois notre avenir.

Cette réponse, aussi encourageante soit-elle, ne réussit pas à endiguer ses craintes. C'était aussi d'elle-même qu'elle se méfiait. En épousant un homme comme Lucas, issu d'une famille richissime et membre de l'élite new-yorkaise, redeviendrait-elle cette femme frivole, égoïste et imbue d'elle-même qui lui faisait horreur ?

Son coup de cœur pour la première bague tape-à-l'œil n'était pas anodin.

9

Deux mois plus tard

Eve contemplait son reflet dans le miroir couvrant un mur de la boutique de mariage londonienne d'Alonuko, la marque de la styliste nigérienne Oluwagbemisola « Gbemi » Okunlola. C'était son dernier essayage, et Eve se trouvait féerique dans sa robe sans bretelles ornée de perles, qui moulait son corps comme une seconde peau. Elle comportait une surjupe amovible qui lui conférait un charme raffiné.

Cette robe est divine ! songea-t-elle, émue aux larmes.

— *Eres hermosa, mi hermosa hija.*

Elle intercepta le regard de son père, brillant d'émotion, alors qu'il venait de la complimenter sur sa beauté, et elle lui adressa un sourire radieux en guise de remerciement. Assis à côté de lui sur le canapé se trouvaient sa mère, Joan, et les parents de Luc, Nicolette et Phillip Sr.

Ils étaient tous venus à Londres en jet privé pour le dernier essayage de sa robe de mariée.

— Quand j'ai vu la robe que la styliste avait conçue pour Danielle Brooks, j'ai eu le coup de foudre ! déclara Joan, savourant une gorgée de prosecco.

Elle se leva et foula le beau parquet en point de Hongrie pour admirer sa fille de plus près.

— Ta robe est une pure merveille, ma chérie.

— Danielle Brooks ? L'actrice ? demanda Nicolette.

— Oui. J'ai une photo de sa robe, répondit Joan en récupérant son téléphone dans son sac en crocodile.

Nicolette, vêtue d'un tailleur turquoise, la rejoignit.

— Montrez-la-moi. J'ai bien envie de demander à cette styliste de me dessiner une robe du soir.

Marco et Phillip Sr échangèrent un regard amusé.

— La voici, dit Joan.

Nicolette poussa une exclamation admirative.

— C'est incroyable comme ce tissu crème vaporeux flatte son teint foncé ! remarqua-t-elle, élargissant la photo du bout des doigts.

— Et ma fille est magnifique, déclara Joan en passant un bras autour de la taille d'Eve.

— C'est vrai, ta robe est splendide, acquiesça Suzi.

Eve croisa le regard de sa meilleure amie assise dans un fauteuil club. Elle lui était reconnaissante de l'avoir accompagnée.

— Mais ? demanda-t-elle, désireuse de connaître le fond de sa pensée.

Joan, Marco, Nicolette, Phillip Sr et l'organisatrice de mariages se tournèrent vers Suzi qui leur adressa un sourire gêné.

— Mais elle me paraît trop somptueuse pour un mariage au bord du lac.

— Sur l'herbe ? demanda l'organisatrice, perplexe.

— Quel lac ? demanda Joan, pivotant vivement vers Eve. Celui à côté de chez toi, à East Patchogue ?

Marco, Phillip Sr et Nicolette paraissaient consternés.

Embarrassée, Eve se tourna vers son amie.

— Puisque le mariage aura lieu en décembre, à la demande de Lucas, on a pensé que ce serait plus confortable de le faire en intérieur... au Plaza.

— Oh ! je l'ignorais, Eve, déclara Suzi en la rejoignant. Quand tu m'as annoncé tes fiançailles, tu évoquais un petit mariage près du lac. Je n'avais pas compris que tu avais changé d'avis entre-temps. Je suis désolée.

— C'est vrai. Beaucoup de choses ont… changé, admit Eve, mal à l'aise.

Nicolette et Joan avaient décidé d'un commun accord que la fille unique des Villar et le fils préféré des Cress feraient un mariage en grande pompe. Eve était forcée d'admettre qu'elle aimait les choix grandioses qui avaient été faits.

Suzi lui prit une main dans les siennes.

— Eve, ce sera ton grand jour. Fais-toi plaisir.

Elle se regarda à nouveau dans le miroir.

J'épouse Lucas Cress.

Cette pensée lui réchauffa le cœur, et elle se détendit.

Joan reprit la parole :

— Je continue de penser que tu devrais porter des extensions capillaires. Tu pourrais les relever en chignon pour fixer le voile.

— Non, maman. Lucas aime mes cheveux courts et ondulés. Et j'ai déjà acheté un serre-tête en diamants fantaisie.

— Mais…

— Pas de *mais*, maman.

Elle retira sa main de celles de Suzi et se tourna vers Joan.

— J'ai déjà fait beaucoup de concessions pour ce mariage. Alors, respecte les rares demandes qui me tiennent à cœur.

— Mais…

— C'est son mariage, Joan, intervint Marco. Laisse-la faire ses propres choix.

Puis il se leva et déposa un baiser sur la joue de sa femme.

— Tu devrais lui être reconnaissante qu'elle ait accepté de faire le grand mariage dont *tu* rêvais pour elle.

— C'est aussi valable pour toi, Nicolette, ajouta Phillip Sr.

— Je n'ai rien dit !

— Mais tu meurs d'envie d'ajouter ton grain de sel !

Réprimant un sourire, Eve se tourna vers l'organisatrice.

— La robe est parfaite. Nous allons l'emporter.

Joan et Nicolette s'apprêtaient à protester, mais elles eurent le bon goût de se taire.

Alors que l'organisatrice l'aidait à descendre de l'estrade et la conduisait vers la cabine d'essayage, Eve lança par-dessus son épaule :

— Est-ce que vous pourriez prévenir Lucas que nous n'allons pas tarder à rentrer à l'hôtel ? Il voudra peut-être déjeuner avant d'embarquer à bord du jet.

— Bien sûr. Nous irons tous au CRESS VII, déclara Nicolette, faisant référence au restaurant familial dans le quartier de Westminster.

Dans la cabine d'essayage, Eve examina à nouveau son reflet. C'était exactement le modèle de robe qu'elle aurait choisi, des années auparavant.

— Je ne suis plus la même, murmura-t-elle à son reflet.

— Pardon ? Vous m'avez parlé ? demanda l'organisatrice.

— Non. Je me remémorais quelque chose d'important.

Deux semaines plus tard

En ce mois de novembre, un froid soudain s'abattit sur New York.

Tout en observant Eve, debout sur son balcon, vêtue simplement d'un gros pull et d'un de ses pantalons de survêtement, le regard fixé sur l'Hudson River, Lucas se demandait si elle avait conscience du froid.

À quoi pense-t-elle ?

Il s'apprêtait à lui apporter le plaid posé sur le canapé, mais il s'arrêta en voyant qu'elle contemplait longuement sa bague de fiançailles avant de reporter son regard au loin. La porte-fenêtre était fermée, mais s'il en jugeait par son mouvement d'épaules, elle venait de soupirer. Quand l'écran de son portable s'éclaira et qu'elle agrippa l'appareil d'un geste agacé, il *sut*.

La pression que leurs mères respectives faisaient peser sur elle au sujet du mariage l'oppressait.

Il prit son téléphone, composa le numéro d'Eve et ne la quitta pas des yeux pendant qu'elle fixait l'écran avant de se tourner vers lui, perplexe.

— Réponds, dit-il en levant son appareil.

Il la vit décrocher.

— Oui, Luc ?

— Faisons une pause, aujourd'hui. Prévenons nos mères et l'organisatrice de mariages que nous ne voulons plus entendre parler de préparatifs.

Eve sourit.

— Dis-le-leur toi-même.

— Oui. C'est ce que je vais faire.

Elle se mordilla la lèvre inférieure, les yeux baissés, avant de croiser à nouveau son regard.

— Que dirais-tu d'aller chez moi, ce week-end ?

Il eut un pincement au cœur en percevant une lueur de désespoir dans son regard.

— J'ai besoin de me reconnecter avec moi-même, insista-t-elle. Je me sens un peu perdue au milieu de toute cette effervescence autour de notre mariage. Tu comprends ?

— Oui, chérie.

Sans plus attendre, il alla récupérer leurs manteaux et s'avança sur le balcon pour l'aider à enfiler le sien.

Elle s'adossa contre lui, et il l'enlaça.

— Merci, Luc. Je sais que nous étions convenus de rester en ville, ce week-end, mais j'ai envie de rentrer chez moi.

Elle rompit son étreinte pour pénétrer dans le salon.

— Oh Luc, qu'allons-nous décider au sujet de notre lieu d'habitation ? Le mariage sera célébré dans un mois et nous ne nous sommes toujours pas mis d'accord...

— Ou nous n'avons pas encore trouvé un compromis à ce sujet, intervint-il.

Ni Luc ni Eve ne voulaient s'installer à plein temps dans leurs logements respectifs.

— Il n'empêche que nous devons prendre une décision. Nous n'allons pas faire des allers-retours sans arrêt !

— Pourquoi pas ? demanda-t-il, récupérant ses clés sur la console dans l'entrée. Je sais bien que j'ai souhaité que notre mariage ait lieu avant la fin de l'année...

— Souhaité ? C'est un euphémisme ! Tu acceptais tout ce qu'on voulait – le choix de ta tenue vestimentaire, le lieu du mariage, le menu et j'en passe – à condition que nous nous mariions avant la fin de l'année !

Ils pénétrèrent dans l'ascenseur, et Lucas appuya sur le bouton du sous-sol en riant.

— Je suis très focalisé sur les objectifs que je me fixe, et cette date butoir en faisait partie.

— Dans ce cas, fixe-toi comme objectif de trouver notre future maison où nous nous sentirons bien et à un prix abordable pour les finances de chacun de nous deux.

L'ascenseur s'arrêta, et les portes s'ouvrirent sur le parking.

— C'est impossible, parce que mes moyens financiers me procurent une... plus grande marge de manœuvre, dit-il avec tact.

— Prétentieux ! s'exclama Eve en lui donnant une tape sur le bras.

— Sans vouloir te froisser, ma chérie, c'est la vérité, dit-il en se dirigeant vers ses deux emplacements.

— Lucas Maël Cress, tu es un affreux snob !

— Parce que je dis la vérité ?

— Parce que tu veux toujours ce qu'il y a de plus beau, de plus luxueux, de plus cher !

— C'est vrai, admit-il sans fausse honte.

Exhalant un soupir agacé, Eve sortit ses clés de la poche de son manteau.

— Prenons ma voiture.

Lucas considéra le véhicule d'Eve, puis sa Bentley.

— Il fait très froid !

— Rassure-toi, le chauffage fonctionne, répliqua-t-elle, s'apprêtant à déverrouiller la portière du conducteur.

— Mais les sièges ne sont pas chauffés, rétorqua Luc, utilisant sa clé-télécommande pour déverrouiller toutes les portières.

— Prouve-moi que tu n'es pas snob, Luc, et que mon style de vie n'est pas inférieur au tien.

Il fronça les sourcils, déconcerté.

— S'agit-il d'un test ?

— Non. En aucun cas.

— Dans ce cas, je préfère prendre *ma* voiture.

Eve leva les mains, exaspérée.

— Évidemment !

Elle referma sa portière d'un geste sec et s'avança vers la Bentley avant de se raviser.

— Après tout, non ! J'ai toujours cédé, mais pas cette fois.

Il la suivit des yeux, incrédule, tandis qu'elle retournait à sa berline.

— Si ma voiture n'est pas suffisamment bien pour toi, ma maison ne l'est pas non plus. Et peut-être que je ne le suis pas non plus.

Elle s'installa derrière le volant, effectua une marche arrière pour quitter son emplacement et roula en trombe vers la sortie du parking sous le regard effaré de Lucas.

Il fallait qu'elle soit à bout de nerfs pour se comporter ainsi, songea-t-il, inquiet, en grimpant dans sa Bentley.

Il n'essaya pas de la rattraper ni de l'appeler. Quand il se gara dans son allée, Eve était toujours assise derrière le volant. Il mit pied à terre et alla ouvrir sa portière.

— Ça va ? demanda-t-il, soucieux.

Elle acquiesça d'un signe de tête.

Il lui tendit la main, et elle la prit. Ils grimpèrent ensemble les marches de la véranda.

— Eve, dit-il avant qu'elle déverrouille sa porte.

Il lui souleva le menton et intercepta son regard.

— Notre foyer se trouvera là où nous serons. Où que tu sois, j'y serai. Où que je sois, tu y seras aussi. D'accord ?

— Oui. Mais promets-moi que nous ferons notre possible pour trouver un compromis.

— Je te le promets, dit-il, la soulevant dans ses bras pour l'emporter à l'intérieur.

Trois semaines plus tard

Eve contemplait la robe suspendue dans la partie de l'armoire que Lucas lui avait cédée pour qu'elle y range ses affaires quand elle venait chez lui.

— Luc ? appela-t-elle.

Il apparut sur le seuil, tenant une pomme à la main.

— Peux-tu m'expliquer la présence de ceci ? demanda-t-elle, désignant la robe sans bretelles agrémentée d'une broderie délicate en relief représentant des papillons.

— Je pensais que tu pourrais la porter ce soir, dit-il, s'adossant contre le chambranle.

— Oh ! Luc, il fait très froid dehors, protesta-t-elle, caressant du bout des doigts un des papillons colorés brodés sur le corsage vaporeux.

— C'est vrai. Mais Sean et Montgomery ont le chauffage central. Oh ! j'espère que nous n'allons pas encore nous disputer au sujet du chauffage !

Eve rit.

— Non. Mais nous allons devoir faire un compromis.

— À quel sujet ? demanda Lucas, croquant dans sa pomme.

— Elle est trop élégante pour dîner chez ton frère, mais elle sera parfaite pour notre dîner de répétition.

Elle décrocha la robe pour la mettre devant elle. Ce faisant, elle remarqua le nom du styliste, et ses yeux s'arrondirent de surprise. Il fut un temps où elle aurait reconnu au premier coup d'œil la patte du styliste et la collection sans s'inquiéter du prix du vêtement.

— Combien a-t-elle coûté ?

Lucas secoua la tête.

— Je refuse de tomber dans ce piège. J'ai des projets pour nous deux ce soir à notre retour et je n'ai aucune envie que tu me tournes le dos dans le lit.

— Luc ? Combien ?

Il soupira.

— J'étais sur la Cinquième Avenue quand j'ai aperçu cette robe dans la vitrine, et j'ai pensé qu'elle t'irait à merveille. Je voudrais que tu la portes. Est-ce qu'elle te plaît ?

— Oui, admit Eve. *Mais...*

— Faisons un compromis, suggéra Lucas. Je ne te gâterai pas parce que tu ne me laisserais pas faire, mais permets-moi de t'offrir de jolies choses de temps à autre. Un cadeau procure de la joie à la personne qui le reçoit, mais aussi à celle qui l'offre.

Eve contempla à nouveau la robe.

— Comment fais-tu pour choisir toujours quelque chose qui *me plaît* ?

— Parce que nous sommes parfaitement assortis.

— Tu le penses vraiment ? demanda-t-elle, l'enlaçant et posant son front contre le torse de Lucas.

— Absolument.

— Alors, c'est une chance que nous nous mariions la semaine prochaine !

— Je suis prêt, assura-t-il, l'air sérieux.

— Quand je me suis rendue à cette réunion au lycée, je n'aurais jamais imaginé que nous nous fiancerions.

Lucas rit.

— Moi non plus.

— Tu sais, dit-elle, relevant le T-shirt de Lucas et semant des baisers sur son torse, nous avons le temps de faire un câlin vite fait bien fait avant d'aller chez ton frère.

Il la stoppa alors qu'elle s'agenouillait devant lui.

— Si nous commençons comme ça, nous raterons le dîner.

Elle fit la moue, déçue.

Puis ils échangèrent un long regard torride avant de s'écarter l'un de l'autre à regret.

— Plus tard ? suggéra Lucas.

— Oh ! oui !

Cette danse subtile de la tentation, faite de frôlements sensuels, de regards langoureux et de sourires coquins, se poursuivit pendant qu'ils se préparaient.

De même, ils ne rompirent pas le contact, jouant avec les doigts de l'autre ou se caressant la joue, pendant que Lucas se faufilait dans les rues de Manhattan au volant de sa Bentley. Cette connexion sensuelle rassurait Eve et lui faisait un bien fou.

Soudain elle remarqua un panneau en bronze bien éclairé indiquant le nom de l'agglomération dans laquelle ils pénétraient.

— Passion Grove, New Jersey, lut-elle.

L'ambiance semblait plus paisible qu'à Manhattan, et les demeures cossues évoquaient l'aisance financière.

Ils longèrent la rue principale bordée de commerces dotés d'auvents noirs.

— C'est ici que se trouve la maison natale de Montgomery héritée de son grand-père, expliqua Lucas. Sean l'a complètement rénovée à son insu, et maintenant ils y vivent très heureux.

— À son insu ?

— Oui. Montgomery lui avait parlé de ce projet de rénovation qui lui tenait à cœur, et Sean l'a réalisé point par point, dit-il, fier de son frère et meilleur ami.

Il s'engagea dans une rue pavée portant un nom de fleurs et bordée d'arbres.

— Je n'aurais jamais imaginé que mon play-boy de frère se rangerait et s'installerait dans une petite ville, mais Passion Grove paraît être…

— Un bon *compromis*, dirent-ils en chœur.

— Je veux vérifier la durée du trajet entre East Patchogue et Passion Grove, dit-elle, sortant son téléphone. Elle est inférieure à deux heures. Guère plus élevée qu'entre Manhattan et Passion Grove.

— Et Sean se rend tous les jours à Manhattan.

Elle baissa la vitre de sa portière et pencha la tête au-dehors, indifférente au froid piquant.

— Quel calme !

Elle écarquillait les yeux, admirative, à la vue des longues allées, certaines clôturées, menant à de splendides demeures entourées d'un parc paysager.

— Eve ! protesta Lucas, l'obligeant à se rasseoir pour remonter la vitre.

— C'est vrai qu'il fait froid, dit-elle en riant et en se réchauffant à la bouche d'aération.

Soudain, Lucas exécuta un demi-tour.

— Tu es perdu ?

— Non. Je voudrais te montrer quelque chose.

— Quoi ?

— C'est une surprise.

Sa curiosité piquée, elle examina les alentours, appréciant les grands bacs remplis de plantes ou de fleurs vivaces installés à chaque coin de rue.

Bientôt, Lucas stoppa la Bentley, et elle distingua un lac gelé brillamment éclairé sur lequel évoluaient plusieurs patineurs.

— Selon Montgomery, le conseil municipal a pris des mesures pour conserver le charme et les avantages d'une petite ville, notamment l'interdiction de construire des immeubles de bureaux et d'habitation, l'absence de transport en commun en ville, une faible densité de population et des activités socioculturelles destinées à maintenir le lien entre les habitants.

Il se tourna vers Eve.

— Ce lac est en forme de cœur, d'où le nom de la ville, Passion Grove.

— Je n'en reviens pas ! s'exclama-t-elle, impressionnée.

— Ça te dirait de vivre ici ? demanda Lucas, son regard intense rivé sur elle. Est-ce que cela pourrait être notre compromis ?

Eve contemplait les patineurs en jouant avec sa bague.

— Au fond, j'ai besoin d'être à proximité des Hamptons pendant la saison d'été. Le reste du temps, je pourrais m'appuyer davantage sur Suzi et mon équipe, et me déplacer uniquement quand ce serait nécessaire.

Un grand sourire éclaira le visage de Lucas, et il se pencha vers elle pour déposer un baiser sur sa joue.

— Peux-tu m'accorder un délai de réflexion ? demanda-t-elle.

Lucas fit grise mine.

— Il s'agit d'une décision très importante, Luc. Je veux simplement être sûre de notre choix, argua-t-elle.

La gorge nouée par le stress des préparatifs, elle luttait pour ne pas perdre pied ni remettre en cause son mariage imminent avec Lucas. *Plus qu'elle ne le faisait déjà.*

— D'accord, dit-il en souriant avant de faire demi-tour.

Elle se détendit, soulagée. À côté d'elle, Lucas conduisait en silence. Leur flirt subtil était bel et bien terminé.

De temps à autre, elle lui jetait un regard oblique. Sa mine grave l'intriguait, mais elle s'abstint de le questionner et reprit son examen des lieux. Quand il s'engagea dans Belladonna Lane, elle remarqua que les maisons étaient plus petites, mais toujours majestueuses sans ostentation.

— Nous sommes toujours à Passion Grove ? demanda-t-elle, étonnée.

— Oui. C'est dans ce quartier que vivent Sean et Montgomery.

Bientôt il s'engagea dans une allée menant à une maison d'un étage et se gara à côté d'une Jaguar et d'un SUV. Puis il mit pied à terre et contourna le capot pour lui ouvrir la portière.

— Ce quartier est très agréable, remarqua-t-elle, glissant son bras sous le sien.

— C'est vrai. En attendant, je meurs de faim, dit-il, appuyant sur la sonnette.

Elle se tourna vers lui en souriant.

— Et moi, j'ai envie de champagne !

— Je croyais que tu ne buvais pas d'alcool.

— En effet. Mais nous avons quelque chose à fêter. Nous nous installons à Passion Grove.

La porte d'entrée s'ouvrit sur Sean, Montgomery et le petit Morgan, tous trois dans leurs manteaux d'hiver.

— Changement de plan, annonça Sean. Nous allons à l'hôpital pour rejoindre Cole. Jillian est sur le point d'accoucher de jumeaux.

Le sourire de Lucas s'élargit.

— Nous vous suivons, dit-il sans hésitation, entraînant Eve vers la Bentley.

— Tu es tout excité, remarqua Eve, amusée.

— Oncle Luc adore les enfants.

Eve rit tandis qu'ils remontaient en voiture.

Une semaine plus tard

— As-tu besoin de quelque chose, ma chérie ?

Eve se détourna de la fenêtre de la suite nuptiale et jeta un regard courroucé à sa mère, puis à Nicolette, très élégantes dans leurs robes du soir violettes.

— J'ai besoin de Suzi, répondit-elle sèchement. Je tenais à l'avoir auprès de moi, et elle n'est *pas* là.

— Elle a appelé pour dire qu'elle était coincée dans les embouteillages, expliqua Joan. Nous ne pourrons pas l'attendre indéfiniment, Eve.

Elle prit une profonde inspiration pour calmer ses nerfs à vif. Ce n'était pas le moment de craquer.

Elle lissa sa robe de mariée vaporeuse, puis s'assit devant le miroir pour examiner sa coiffure ondulée et le serre-tête serti de diamants fantaisie.

— Vous aviez raison, Nicolette, dit-elle, se forçant à sourire. Ces clous en diamant sont élégants et plus discrets que les boucles d'oreilles. L'ensemble aurait été trop surchargé.

Toc, toc.

Le regard de soulagement que Joan échangea avec Nicolette n'échappa pas à Eve. Elle pivota sur son siège, se mordillant nerveusement la lèvre, pendant que sa mère s'empressait d'ouvrir la porte.

Suzi entra, essoufflée, vêtue d'un jogging et portant une housse à vêtements sur un bras.

— Me voici enfin, dit-elle, suspendant la housse sur la porte de l'armoire. La circulation était infernale.

Eve fronça les sourcils, peinant à réprimer sa colère.

— Si tu étais restée à Manhattan, hier soir, après le dîner de répétition, comme je te l'avais demandé, je ne me sentirais pas aussi stressée, répliqua-t-elle vertement.

— Voyons, Eve, intervint Joan d'un ton de reproche.

— Je suis désolée, Eve, déclara Suzi, confuse.

Mais Eve ne se contenait plus. Elle se dressa d'un bond, pointant Suzi du doigt en criant :

— Tu es censée m'aider. Il s'agit de mon mariage ! Le jour le plus important de ma vie ! À quoi bon être mon *assistante* si tu n'es pas là quand j'ai besoin de toi !

Suzi tressaillit, blessée, et ses yeux s'embuèrent.

— Je ne suis pas ton assistante, mais ton amie, lui reprocha-t-elle doucement.

— À cet instant, tu n'es ni l'une ni l'autre ! hurla-t-elle.

— Eve ! Ça suffit ! ordonna Joan, se plantant devant elle, le regard orageux.

L'injonction de sa mère lui fit l'effet d'une gifle. Le cœur cognant dans sa poitrine, elle prit conscience du chagrin de Suzi, de la confusion de Nicolette et de l'inquiétude de sa mère. Elle pressa les mains sur sa bouche, horrifiée et honteuse de sa conduite.

Puis elle balaya la pièce du regard, notant au passage :

L'ameublement luxueux.

Le plateau chargé de toasts au caviar iranien Beluga et aux truffes blanches.

Le champagne millésimé qu'elle avait siroté toute la matinée.

Sans oublier sa robe somptueuse avec ses accessoires onéreux et sa bague de fiançailles provenant d'une bijouterie huppée de la Cinquième Avenue.

Une surabondance de luxe et de privilèges.

Puis elle contempla son reflet dans le miroir, et ses yeux s'emplirent de larmes, car ce qu'elle voyait alentour correspondait à tout ce qu'elle avait voulu laisser derrière elle après l'accident fatal. Hélas, ses efforts s'étaient révélés vains, et elle était retombée dans ses travers. Accablée par ce terrible constat, elle secoua la tête en gémissant.

— Eve, si je ne suis pas restée à New York hier soir, c'est parce que Hank se bat contre un cancer, expliqua Suzi.

Elle sursauta et croisa le regard de Suzi dans le miroir.

— Ce n'est pas possible ! s'exclama-t-elle, sentant son cœur manquer un battement.

— *Mon Dieu !* murmura Nicolette.

— Oh ! Seigneur ! murmura Joan, atterrée.

— Je ne voulais pas gâcher ton bonheur, ajouta Suzi. Je suis désolée de t'avoir donné l'impression que tu ne comptais pas pour moi. Je *suis* ton amie... Tu aurais dû t'en souvenir.

Eve s'affaissa sur le siège, honteuse, le regard noyé de larmes. Bientôt, le chagrin et la culpabilité l'assaillirent, lui broyant le cœur. Elle renversa la tête en arrière, les yeux clos, et se balança doucement en se remémorant les moments de sa vie avec Aaron, qui les avaient conduits au drame.

Et je reproduis les mêmes erreurs. Comment cela se finira-t-il, cette fois-ci ?

— Oh ! Eve, ma chérie, gémit Joan.

Elle sentit les bras de sa mère autour d'elle et perçut son parfum. Elle s'abandonna contre elle en poussant un cri de détresse.

— Eve, je vous en prie. Calmez-vous, supplia Nicolette.

Mais elle était inconsolable.

— Eve, ne gâche pas ton maquillage, intervint Suzi. C'est le jour de ton mariage.

Secouant la tête, elle retira sa bague et la posa sur la coiffeuse.

— Je vais chercher Lucas, annonça Nicolette, alarmée.

Le corps d'Eve était secoué de sanglots.

— Je suis tellement désolée, Suzi !

Suzi s'agenouilla devant elle et essuya ses larmes avec un mouchoir.

— Eve, il s'agit d'un simple malentendu. Il n'y a rien à pardonner. Ne recommence pas à te faire du mal, implora-t-elle.

— Oui, Suzi a raison. Ne te rends pas malade, ma chérie, supplia sa mère, désespérée.

Mais le flot de larmes ne se tarissait pas.

— Je ne peux pas épouser Lucas.

— Peut-être pourrais-tu m'expliquer ce qui ne va pas ?

Eve sentit son cœur s'affoler en entendant la voix grave de Lucas.

Elle tourna la tête vers lui. Il se tenait sur le seuil, superbe dans son smoking sur mesure, avec ses parents et le père d'Eve derrière lui.

— Laissons-les seuls, suggéra Marco.

Ils sortirent de la pièce et refermèrent la porte.

Lucas s'avança vers elle, le visage impénétrable. Il ne dit rien, mais remarqua la bague sur la coiffeuse.

— Le problème vient de moi, Lucas, dit-elle, essuyant ses larmes. Tu n'y es pour rien.

Il croisa les bras sur sa poitrine sans la quitter des yeux.

— Au cours des semaines précédentes, commença-t-elle d'une voix tremblante, j'ai accepté beaucoup de choses parce que je voulais te faire plaisir. Puis, je me suis prise au jeu.

Elle se leva et s'agrippa à ses bras.

— Et j'ai changé, Luc. J'ai réduit à néant tous les efforts que j'avais faits pour être meilleure et je suis redevenue cette personne exigeante et cruelle.

— Personne, pas même Dieu, n'exige la perfection, Eve. Et surtout pas moi.

Elle secoua la tête, le cœur meurtri.

— Je ne veux pas faire partie de cet univers de luxe et de privilèges auquel tu appartiens, Luc. C'est à cause de lui que j'ai changé.

Il la contempla longuement, la mâchoire crispée, et s'écarta d'elle.

— Tu as raison. Il ne s'agit pas de moi, mais du fantôme d'Aaron qui te hante et s'immisce entre nous !

Elle tressaillit, surprise par ce soudain accès de colère.

— Tu préfères te punir – et moi avec – pour un accident mortel qu'*il* a provoqué, ajouta-t-il d'un ton cinglant.

— J'ai ma part de responsabilité dans cet accident, Luc, protesta-t-elle.

— Ce n'est pas une raison pour gâcher ta vie et te lamenter sur ton sort en prétendant que tu es seule au monde et non la fille unique – et l'héritière – de parents fortunés qui t'adorent. Que vas-tu faire ? Renoncer à tout ce dont tu hériteras un jour parce que tu estimes avoir quelque chose à prouver ? À qui, Eve ?

— À moi-même.

Il se détourna, demeurant silencieux un long moment, avant de reporter son attention sur elle.

— Si tu aimes Aaron au point de regretter de ne pas être morte avec lui, il est préférable que *je* ne *t*'épouse pas.

Eve demeura pétrifiée.

— Je t'aime sincèrement, insista-t-elle.

— Dans ce cas, pourquoi est-ce la première fois que tu me le dis ?

Elle le contempla, déconcertée.

— Toi non plus tu ne me l'as jamais dit !

— Je t'ai demandée en mariage ! riposta-t-il, furieux.

— Et j'ai accepté ta demande !

Lucas eut un rire amer.

— Alors que fait ta bague sur la coiffeuse ?

Prise de court, Eve croisa les bras sur sa poitrine pour ne pas défaillir.

— Ton silence est éloquent, dit-il d'un ton méprisant.

— Comprends-moi, Luc, supplia-t-elle. Je me bats pour ne pas retomber dans mes travers. C'est notre bonheur qui est en jeu.

— Et si j'épousais une autre femme ?

Sa question lui fit l'effet d'un coup de poignard en plein cœur.

— Tu tiens donc tellement à cette maudite date butoir ?

— Et si j'épousais une autre femme ? insista-t-il.

— Alors j'espère qu'elle t'aimera autant que je t'aime.

Le visage de Luc se crispa, et une lueur d'émotion traversa son regard. Puis il tourna les talons et sortit de leur suite d'hôtel.

Eve s'affaissa sur le sol, désespérée, se sentant plus seule que jamais.

10

Trois mois plus tard

— Tout ceci est ridicule, Luc !

Installé au milieu de son lit dans son ancienne suite chez ses parents, Lucas jeta un coup d'œil indifférent à Sean avant de reporter son attention sur la télévision murale tout en prenant une chips dans le paquet ouvert à côté de lui.

— Au moins, ouvre la fenêtre pour aérer ta tanière ! protesta Phillip Jr.

À cet instant, Lucas prit conscience de la présence de ses cinq frères qui l'observaient avec diverses expressions. Lincoln semblait perplexe.

Phillip Jr, écœuré.

Sean, agacé.

Gabriel, soucieux.

Coleman, amusé.

— Quoi ? demanda Lucas, frottant son ventre légèrement arrondi sous le T-shirt qu'il portait avec un pantalon de survêtement.

— Écoute, Luc, je sais que tu as le cœur brisé, mais la tondeuse à barbe et la douche fonctionnent.

Lucas frotta sa barbe.

— Je teste un nouveau look, dit-il avant de fourrer une autre chips dans sa bouche.

Sean poussa une exclamation exaspérée et s'assit dans un fauteuil.

— Et si tu changeais de vêtements ? suggéra Gabriel.

— Je ne veux rien changer. Je me sens bien, mentit Lucas.

— Non, c'est faux ! Tu ne vas pas bien *du tout*, protesta Phillip Jr.

Depuis sa rupture avec Eve et l'annulation de leur mariage, trois mois plus tôt, Lucas avait eu tout le temps de réfléchir et il en était arrivé à la même conclusion que Coleman : Eve Villar était une vraie peste.

Au fond, elle n'avait pas changé depuis le lycée.

Elle ne me jugeait toujours pas assez bien pour elle.

Amer, il prit une poignée de chips et n'en fit qu'une bouchée.

— Laisse-moi t'aider, proposa Phillip Jr, lui dérobant prestement le paquet.

Lucas secoua la tête, agacé.

— Tu te crois malin ? demanda-t-il, récupérant un gâteau parmi les friandises jonchant son lit.

Toc, toc.

Tous se tournèrent vers la porte qui s'ouvrit lentement, livrant passage à Nicolette portant un plateau, au grand dam des cinq frères qui poussèrent des exclamations de dépit.

— Et alors ? J'apporte le déjeuner à mon fils.

— *Qu'y a-t-il au menu aujourd'hui, maman ?* demanda Lucas en français.

— Du pain brioché aux trois fromages, une soupe à l'oignon et au fromage – ta préférée, mon chéri – et pour le dessert, une crème brûlée à la lavande.

Elle passa devant ses fils abasourdis avant de poser le plateau sur les genoux de Lucas.

— Je parie que tu as tout préparé toi-même, déclara Coleman d'un ton accusateur.

La famille avait un chef privé car leurs emplois du temps chargés les empêchaient de cuisiner pour eux-mêmes.

— Bien sûr, acquiesça Nicolette, coinçant l'extrémité d'une

serviette en lin dans le col du T-shirt de Lucas. Je ferais n'importe quoi pour mon bébé. Il a eu le cœur brisé et mérite d'être choyé.

— *Merci beaucoup, maman.*

Elle s'assit au bord du lit en souriant. Elle prenait la cuiller, comme pour nourrir Lucas, quand Gabriel s'exclama, outré :

— Ah non ! C'en est trop !

Prenant la cuiller des mains de sa mère, il la reposa sur le plateau et récupéra celui-ci, sous les hauts cris de Nicolette et de Lucas, et les applaudissements de Sean.

— Tu te montres beaucoup trop faible avec lui, maman, dit-il. Ce n'est pas en le dorlotant que tu vas l'aider à se reprendre en main.

— À cause de toi, il a repris la moitié des kilos qu'il avait mis des années à perdre, renchérit Lincoln.

Coleman aida sa mère à se lever. Puis il prit le plateau des mains de Gabriel et le rendit à sa mère avant de la reconduire sur le palier.

— Oh ! comment osez-vous me traiter ainsi ? protesta Nicolette, furieuse, en tapant du pied.

— Parce que la prochaine fois, tu serais capable de l'allaiter, maman ! répliqua Coleman avant de lui refermer doucement la porte au nez et de la verrouiller.

Désemparé, Lucas contemplait ses frères assemblés au pied de son lit.

— Je me sens jugé et humilié.

Il les vit échanger des regards embarrassés, puis Gabriel prit la parole :

— Je comprends, Lucas. Le problème n'est pas ta prise de poids, mais la vitesse à laquelle tu as récupéré ces kilos. Cette boulimie d'origine émotionnelle n'est pas saine, et tu dois en prendre conscience.

— À t'entendre, je suis en passe de devenir un monstre, remarqua Lucas avec amertume.

— Il est vrai que si tu continues à ce rythme, nous serons obligés de te pousser en fauteuil roulant, déclara Coleman.

— Cole ! s'insurgea Lincoln.

Piqué au vif, Lucas se redressa dans le lit et rajusta son T-shirt sur son ventre. Ses frères n'avaient pas tort. Il n'avait pas fait de sport durant les trois derniers mois et avait repris ses vieilles habitudes alimentaires, compensant son chagrin en se gavant de sucreries.

— Elle n'a jamais voulu de moi, que ce soit au temps du lycée ou récemment, admit-il avant de regretter cet aveu de vulnérabilité.

Les frères se regardèrent à nouveau, l'air inquiet, et ce fut au tour de Lincoln d'intervenir.

— Je crains que les récents événements n'aient fait resurgir en toi ton sentiment d'insécurité affective. À moins qu'il n'ait jamais disparu. Nous t'aimons tous beaucoup, Lucas, et il nous semble important que tu soignes cette blessure.

Tous approuvèrent avec force hochements de tête.

— Et ça n'a rien à voir avec Eve ou avec quelqu'un d'autre, ajouta Phillip Jr.

— C'est juste, renchérit Lincoln. Eve t'a fourni la raison pour laquelle elle ne pouvait pas t'épouser, et tu as pensé qu'elle te rejetait, comme au temps du lycée, alors qu'elle luttait contre ses propres démons. Mais c'est à sa famille de l'aider à surmonter ses problèmes.

— Je suis persuadé qu'elle se porte comme un charme, grommela Lucas.

— En tout cas, tu ne vas pas bien du tout, remarqua Sean, soucieux. Tu es en pleine dépression. Tu devrais peut-être consulter un psychologue.

Sean était son meilleur ami, le plus amusant et le plus insouciant de la fratrie. S'*il* se faisait du souci pour lui, il devait en tenir compte.

— C'est si grave que ça ? demanda Lucas, inquiet.

Tous se tournèrent vers Coleman qui n'avait pas eu droit à la parole après sa remarque déplacée à propos du fauteuil roulant. Il prit un air important, et Lucas réprima un sourire - une première depuis des mois.

— J'ai trois questions, commença Coleman.

Lucas s'agita, mal à l'aise, redoutant son ironie mordante.

— Est-ce que tu l'aimes ? lui demanda son frère.

Lucas se leva et se posta devant le miroir au-dessus de la commode.

Il se contempla et remarqua aussitôt les changements : son apparence débraillée, son léger embonpoint, les cernes autour de ses yeux en raison du manque de sommeil dû à la colère et au chagrin.

Et qui dit chagrin, dit amour.

— Eve Villar a été et sera toujours une cause de souffrance pour moi, dit-il, passant une main sur sa barbe broussailleuse.

— Est-ce que tu l'aimes ? répéta Coleman.

Dans le miroir, il vit que ses frères étaient suspendus à sa réponse.

— Oui, admit-il. C'est stupide de ma part, pas vrai ?

— Est-ce qu'elle t'aime ? demanda Coleman.

« Alors j'espère qu'elle t'aimera autant que je t'aime. »

Lucas fronça les sourcils, s'en voulant de se sentir encore bouleversé par la souffrance qu'il avait perçue dans son regard le jour de leur mariage manqué. Mais elle avait fait un choix qui lui avait brisé le cœur.

— Pas suffisamment, répondit-il à la fin.

— Est-ce que tu veux qu'elle revienne ? poursuivit Coleman.

— Non. J'ai assez souffert comme ça à cause d'elle.

— Alors, il est temps que tu reprennes le cours normal de ta vie, frérot, déclara Coleman, s'avançant vers lui et lui frottant gentiment le dos. Tu ne peux pas te morfondre éternellement. Tu mérites mieux que ça.

Lucas acquiesça, puis baissa la tête, honteux de s'être laissé aller aussi longtemps.

Une main lui releva le menton.

C'était Sean. *Tête haute*, semblaient dire ses yeux.

Lucas esquissa un sourire pour le rassurer.

— Prends une douche et rase-toi. Puis nous irons tous dîner dehors, annonça Lincoln. La gouvernante est impatiente de faire le ménage en grand.

— Pauvre Felice, elle a du pain sur la planche ! plaisanta Phillip Jr.

Tous rirent.

— Je vais réintégrer mon appartement, déclara Lucas.

— Il était temps, avant que maman essaie de faire rentrer son grand bébé dans son ventre ! ironisa Coleman.

Autre éclat de rire général.

Lucas passa les doigts dans ses boucles afros.

— Quelqu'un peut faire venir un barbier ? demanda-t-il en ôtant son T-shirt.

— Je m'en occupe, proposa Gabriel en sortant son portable de la poche de son bermuda.

Lucas abaissa son jogging.

— Eh, un peu de décence ! s'écrièrent ses frères avant de se retourner.

Lucas finit de se déshabiller en riant avant de se rendre dans la salle de bains attenante. Pendant qu'il faisait couler le jet d'eau, il entendait distinctement ses frères.

— Bravo, Cole, tu as fait du bon travail, déclara Gabriel. Ce n'était pas évident.

— Tu m'as épaté, admit Phillip Jr.

— J'ai fait preuve de finesse et de psychologie, fanfaronna Coleman. En lui posant ces questions, je l'ai obligé à voir clair en lui.

Tandis que Coleman continuait de pérorer, Lucas pénétra en riant dans la cabine de douche et laissa la vapeur chaude l'envelopper.

Une semaine plus tard

Eve donna un coup de talon contre le fond de la piscine et remonta à la surface de l'eau, telle une fusée, ses longues extensions capillaires protégées par son bonnet de bain. Elle s'essuya les yeux et nagea une dernière longueur avant de sortir du bassin.

Elle se préparait pour une nouvelle saison d'été chargée dans les Hamptons en profitant pleinement de la piscine municipale d'East Patchogue. Paradoxalement, son métier de maître-nageuse sauveteuse l'obligeait à passer plus de temps au bord d'une piscine que dedans.

— Merci, Jim, dit-elle à son jeune collègue qui travaillait aussi pour elle pendant l'été.

— Bon retour.

Après un dernier signe de la main, elle enroula sa serviette autour de la taille, enfila ses chaussures aquatiques et se dirigea vers les cabines de douche. Le bonnet toujours en place, elle prit une douche rapide et se rendit dans le vestiaire. Là, elle ôta le bonnet et passa ses doigts dans les longues mèches ondulées qui cascadaient sur ses épaules.

Je me demande si Luc aimera ma nouvelle coiffure.

Puis elle se figea et baissa la tête, dépitée.

Oh ! Seigneur, quand cesserai-je de penser à lui ?

Et quand cesserai-je de l'aimer ?

Elle prit une profonde inspiration pour se donner du courage. Parce qu'elle devait surmonter leur rupture. Il le fallait.

Tout était terminé entre eux.

Elle enfila sa veste en denim sur sa robe T-shirt blanche et chaussa ses Converse en cuir bleu marine. Puis elle récupéra son sac de sport et grimpa en voiture, mettant de la musique pendant le court trajet jusqu'à son domicile. En arrivant, quelle ne fut pas sa surprise de voir la Porsche gris métallisé de ses parents.

Ils lui rendaient rarement visite.

Ils étaient des New Yorkais purs et durs, qui aimaient le rythme effréné de la ville et considéraient les Hamptons essentiellement comme un lieu de villégiature estival.

Mettant pied à terre, elle remonta prestement son allée bordée de massifs de fleurs et grimpa les quelques marches de sa véranda. Elle ouvrait la porte d'entrée quand elle entendit sa mère dire :

— Sois ferme, Marco.

— Promis, Joan.

Intriguée, Eve déposa son sac de sport et s'empressa de les rejoindre dans la cuisine.

— Hello ! dit-elle.

Ils se tournèrent vers elle en souriant. Tous deux étaient vêtus d'un jean et d'une chemise déboutonnée au col, une tenue étonnamment décontractée pour eux.

Elle donna une accolade chaleureuse à sa mère qui s'était préparé une tasse de café, puis elle contourna le comptoir pour étreindre son père qui la serra tendrement contre lui. Les yeux clos, elle huma sa senteur familière de cigare et d'eau de Cologne.

— Tu vois, Marco, elle se souvient de nous !

Eve se tourna vers sa mère qui la contemplait, un sourire indulgent aux lèvres.

— Je sais, je ne suis pas venue vous voir, admit-elle, se détachant à regret de l'étreinte de son père. Je...

— Tu fuyais à nouveau, l'interrompit sa mère. Mais cette fois, ma chérie, nous ne te laisserons pas faire.

Puis elle jeta un regard entendu à son mari par-dessus le bord de sa tasse.

Déconcertée, Eve se tourna vers son père.

Celui-ci se redressa, la mine grave.

— Eve, après la mort d'Aaron, ta mère et moi avons accepté toutes les décisions que tu jugeais nécessaires pour t'aider à faire ton deuil, notamment ta renonciation à ton fonds spécial, ton installation à East Patchogue, tes rares visites. Tu nous as pour ainsi dire exclus de ta vie, *mi hija*.

Les paroles de Lucas lui revinrent en mémoire.

« Tu préfères te punir – et moi avec – pour un accident mortel qu'*il* a provoqué. »

Ses parents s'étaient-ils sentis punis, eux aussi ?

Ils avaient fait l'effort de venir la voir, aussi les laissa-t-elle dire ce qu'ils avaient sur le cœur.

— Et maintenant que tu as rompu avec Lucas, tu refais la même chose, intervint Joan. Nous t'avons à peine vue depuis l'annulation de ton mariage.

Eve garda le silence, la gorge nouée par l'émotion.

— *Mi hija*, murmura Marco. J'avais tellement envie...

— *Nous*, insista Joan.

Il adressa un sourire reconnaissant à son épouse.

— *Nous* avions tellement envie que tu sois heureuse que nous t'avons laissée mener la vie que tu voulais avec Aaron. Et quand il est mort, nous t'avons aussi laissée affronter le deuil à ta façon.

— Il a fallu que tu t'effondres le jour de ton mariage pour que nous prenions conscience que tu ne t'étais pas vraiment remise de la mort d'Aaron, ajouta Joan, le regard empreint de compassion.

La mort d'Aaron.

Elle tressaillit tandis que les souvenirs de l'accident s'imposaient à elle. Leurs hurlements de panique mêlés au crissement des pneus, suivis par l'écrasement des tôles métalliques. Elle baissa la tête et enroula les bras autour d'elle dans un geste protecteur, n'ayant qu'une envie : éradiquer ces souvenirs trop douloureux de son cerveau.

— Eve, ma chérie, nous sommes *à tes côtés*, intervint sa mère d'une voix émue.

— Regarde-nous, *mi hija*, implora son père.

Elle les entendait, mais le souvenir de ses souffrances physiques et affectives la hantait, l'empêchant de réagir.

« Ce n'est pas une raison pour gâcher ta vie et te lamenter sur ton sort en prétendant que tu es seule au monde, et non la fille unique – et l'héritière – de parents fortunés qui t'adorent. »

Repensant aux paroles de Lucas, elle reporta son attention sur ses parents qui la fixaient, bouleversés par sa détresse, mais déterminés à l'aider, coûte que coûte.

Les larmes aux yeux, elle fit un pas vers eux, et ils s'empressèrent de la serrer dans leurs bras. Elle sentit son cœur s'alléger un peu tandis qu'elle acceptait leur amour et leur force pour l'aider à surmonter la perte des deux hommes de sa vie : Aaron et Lucas.

Joan et Marco relâchèrent leur étreinte.

— Je vais te préparer une tasse de thé, proposa Joan.

Son père l'entraîna dans le salon et l'installa sur le canapé en lin blanc où trônaient de grands coussins bleu marine assortis au style côtier de sa maison.

Elle ôta ses Converse et posa un plaid sur ses jambes.

— Je vous remercie d'être venus prendre de mes nouvelles, mais je vais bien.

— Nous restons tout le week-end, *mi hija*, annonça Marco. J'ai prévu de faire des *empanadas* aux crevettes et au porc, avec des haricots noirs et du riz, ainsi qu'une salade de chou.

Sa mère lui apporta une tasse de thé.

— Il est parfumé à la lavande et au citron vert, expliqua-t-elle, ôtant ses chaussures et se lovant dans le fauteuil en rotin agrémenté de coussins bleu marine.

— Tu n'as pas d'interventions chirurgicales ? demanda Eve.

— Non. Nous avons libéré nos emplois du temps respectifs.

— Pour moi ?

— Oui, ma chérie. Pour toi. Cette fois, nous ferons les choses différemment.

Eve porta la tasse à ses lèvres pour dissimuler sa surprise et sa joie.

— En parlant de différence, je vois que tu as opté pour les cheveux longs, remarqua Joan. Ça te va bien.

— Ce sont des extensions, mais je laisse pousser mes cheveux. J'avais envie de…

— Changement, dirent-elles en chœur avant d'échanger un sourire complice.

— As-tu eu l'occasion de parler à Lucas ?

— Non, répondit Eve, regrettant que la simple mention de son prénom suscite en elle une foule d'émotions.

La nostalgie.

L'amour.

Le sentiment de perte.

— Je suis certaine qu'il est à la recherche d'une nouvelle fiancée.

— Tu n'en crois pas un mot, répliqua Joan d'un ton de reproche.

« Et si j'épousais une autre femme ? »

Elle ferma les yeux, se remémorant l'expression de vulnérabilité sur le visage de Lucas quand il avait posé cette question.

C'est moi qui ai rompu avec lui, le laissant démuni.

— Je ne sais plus ce que je crois, admit-elle.

— C'est un bon début. Maintenant, tu peux envisager les choses avec un autre état d'esprit, déclara Joan, s'emparant du verre de sangria blanche que lui apportait Marco.

Elle sirota une gorgée du breuvage et adressa un sourire reconnaissant à son mari avant d'ajouter :

— Une fois que tu auras fait ton deuil et cessé de culpabiliser à cause de la vie que tu menais avec Aaron, tu n'auras plus seulement des croyances, mais des *certitudes*.

Elle se pencha vers Eve pour trinquer avec elle.

— Fais confiance à ta maman, ma chérie.

Émue, Eve tendit sa tasse pour sceller un pacte avec ses parents.

Deux semaines plus tard

Le gala caritatif annuel pour l'UNCF avait lieu dans la Ziegfeld Ballroom, et toute la famille Cress était présente. Depuis que Phillip Jr était devenu directeur général de Cress Inc., il poursuivait l'œuvre caritative de ses parents en soutenant notamment cette fondation chargée de promouvoir l'accès à l'enseignement supérieur. Debout au bar, Lucas contemplait sa famille installée autour de deux tables.

Il éprouvait de la gratitude pour chacun de ses membres, ses neveux et nièces compris, car ils l'avaient entouré d'amour pendant qu'il surmontait sa rupture avec Eve Villar.

— Voici votre whisky-soda, lui dit la serveuse.

— Merci.

Il lui glissa un gros pourboire avant de récupérer sa boisson, heureux d'avoir enfin repris goût à la vie.

— Bonne dégustation, Luc, dit-elle.

Surpris, il observa la jeune femme avec attention. Elle était ravissante, avec un visage en forme de cœur et une peau soyeuse de la couleur du chocolat fondu. Il lui trouvait un air familier. Puis il se souvint d'une soirée endiablée et d'un after encore plus débridé avec juste eux deux.

— Mandalyn ? demanda-t-il, hésitant sur son prénom.

Elle se pencha vers lui avec un sourire aguicheur.

— Oui. On s'était bien amusés. Que dirais-tu de remettre ça, ce soir ?

Lucas sourit, intéressé. Il n'avait pas l'intention de remplacer Eve ni de se fixer une nouvelle date butoir pour se marier. Mais un intermède sexuel ludique ? Pourquoi pas.

— Tu finis à quelle heure ? demanda-t-il.

— 22 heures.

— Je suis content de voir que tu es suffisamment en forme pour sortir, fiston.

— Excuse-moi un instant, dit-il à Mandalyn.

Puis il se tourna vers son père.

— Je suis toujours partant pour promouvoir une noble cause.

Phillip Sr s'appuya des deux mains sur le pommeau de sa canne qu'il utilisait parfois quand il était essoufflé.

— Et pour flirter avec de jolies filles, dit-il, adressant un bref signe de tête à la serveuse. Mais je tiens à t'avertir, Eve est ici. Alors, comporte-toi en conséquence.

Lucas se raidit.

Eve.

Son cœur cognait à tout rompre tandis qu'il balayait fébrilement la salle de bal du regard. Et soudain, il l'aperçut, accompagnée de Suzi. Il fut surpris de voir qu'elle avait de longs cheveux ramenés sur une épaule. Sa robe courte aux épaules dénudées, d'une chaude couleur rouille, moulait ses hanches à la perfection et soulignait ses jambes galbées, tandis que la fente latérale dévoilait un peu sa cuisse droite. Son collier en or et en diamants était assorti aux autres bijoux qu'elle portait aux oreilles, aux poignets et à ses doigts.

Elle était éblouissante.

Comme toujours.

Il passa sa main libre sur la barbe qu'il avait gardée et taillée soigneusement.

Est-ce qu'elle lui plaira ?

— Luc ? demanda Mandalyn derrière le comptoir.

Il l'entendit à peine. La soudaine réapparition d'Eve l'époustouflait. Rien ni personne d'autre ne comptait.

Est-ce que je me libérerai un jour de son emprise ?

Il la suivit des yeux pendant qu'elle traversait la salle à la recherche de sa place, s'arrêtant au passage pour embrasser ses parents avant de s'installer à sa table avec sa meilleure amie à ses côtés. Soudain, elle l'aperçut et se pétrifia sous le coup de la surprise, son regard rivé au sien.

Alors que la chanson *Burn* d'Usher résonnait dans la salle, il eut l'impression que l'air crépitait d'électricité entre eux.

Ni l'un ni l'autre ne détourna le regard.

Lucas en était incapable. C'était la première fois qu'il la voyait depuis leur rupture. Qu'il se trouvait aussi près d'elle. Et qu'il avait l'occasion de se remémorer leur incroyable alchimie.

But you know you gotta let it go, chantait Usher.

Comme le disait la chanson, il savait qu'il devrait l'oublier, mais comment pourrait-il laisser s'éteindre la flamme de son amour pour Eve alors qu'il mourait d'envie d'être consumé par son feu ?

11

Un mois plus tard

— *Let it burn, let it burn, gotta let it burn*, chantonnait Eve, songeant au long regard qu'elle avait échangé avec Lucas dans cette salle de bal.

Elle ne parvenait pas à l'oublier, pas plus que la chanson d'Usher que le DJ avait passée à cet instant.

— Décidément, ces paroles t'obnubilent ! s'exclama Suzi depuis son bureau, de l'autre côté du couloir.

Eve pivota sur sa chaise de bureau en souriant et contempla le lac à travers la fenêtre. Le printemps succédait à un hiver rigoureux et la nature commençait à s'épanouir. Elle contempla le lac qui avait encore sa couche de glace il y avait seulement quelques semaines.

Elle eut un sourire triste en songeant à un autre lac gelé en forme de cœur.

— Comment se passe ta thérapie ? demanda Suzi derrière elle.

Durant le week-end que ses parents avaient passé avec elle, ils avaient tenu à parler… et à lui faire des révélations. Elle avait ainsi été stupéfaite d'apprendre qu'ils suivaient une thérapie de couple depuis quelques années, mais ils avaient minimisé leurs difficultés, sans doute pour la rassurer, en lui expliquant qu'il s'agissait de faire le point sur leur mariage dont ils étaient par ailleurs satisfaits.

Leur franchise l'avait encouragée à entamer une thérapie qui lui avait réservé bien des surprises. Une confiance en soi limitée.

Des blocages émotionnels. Des peurs. Des blessures remontant à l'enfance. Tous ces éléments et d'autres encore jouaient un rôle dans la façon dont elle affrontait le monde, prenait des décisions et gérait ses émotions.

Eve pivota vers Suzi qui avait pris un siège en face d'elle.

— Le Dr Baugh veut que je me replonge dans mon passé pour m'en libérer une fois pour toutes.

— Je vois. Puis-je faire quelque chose pour t'aider ?

— Non, merci. L'enfant intérieur en moi a vraiment besoin que je me reconnecte avec lui, mais c'est un travail que je dois faire seule.

Suzi acquiesça d'un signe de tête.

— C'est une étape nécessaire pour retrouver ton équilibre intérieur.

— Exactement.

Suzi se leva pour partir, puis s'arrêta sur le seuil.

— Tu as vécu une année pleine de rebondissements, n'est-ce pas ?

Devant l'expression perplexe d'Eve, elle précisa :

— L'année dernière, à la même époque, tu te demandais ce que tu porterais pour ta réunion au lycée.

— Oh ! c'est vrai !

— Et tu as changé. En bien. Tu es plus détendue. Plus amusante. Plus ouverte.

Le regard d'Eve se posa sur le bouquet séché qu'elle avait conservé parmi tous ceux que Lucas lui avait envoyés après la réunion au lycée. Il dégageait encore un charme envoûtant, et elle n'avait pas voulu le jeter malgré sa colère contre Lucas, le soir de la première du documentaire.

— Je n'aurais jamais imaginé que cette réunion te mènerait presque au mariage, remarqua Suzi gentiment.

Eve eut un petit rire suivi d'un lourd soupir.

— C'était censé être une aventure d'un soir.

Elle se remémora son audace quand elle avait invité Lucas à la rejoindre dans sa chambre d'hôtel.

Mais je suis tombée amoureuse de lui.

Elle ferma les yeux et s'autorisa à penser à Lucas, se souvenant de tout ce qu'ils avaient partagé ensemble. Elle sentit une onde de chaleur monter en elle en prenant conscience qu'elle appréciait tout chez cet homme.

Hélas, c'était bel et bien terminé entre eux, songea-t-elle tristement.

— Cette barbe lui va vraiment bien, remarqua Suzi.

Eve rouvrit les yeux.

— Tu as raison.

Puis elle se couvrit le visage avec les mains en gémissant :

— Il est si beau !

Suzi rit.

— Tu es toujours sous son charme !

— Il n'arrêtait pas de me dévorer des yeux, comme si j'étais son dessert préféré !

— Toi non plus, tu ne le lâchais pas des yeux.

— C'est vrai, j'étais heureuse de le voir. Et aussi, qu'il *me* voie.

— Je comprends. Hank est affaibli par son traitement, mais quand je me réveille et que je vois son regard fixé sur moi, je trouve ça...

— Fabuleux, n'est-ce pas ?

— Oh oui !

— Comment va-t-il ?

— Il va pouvoir être opéré, répondit Suzi, le visage rayonnant de joie. Autrement dit, il est sur la bonne voie.

— Suzi ! s'exclama Eve, se précipitant vers son amie pour la serrer dans ses bras. Pourquoi ne m'as-tu rien dit ?

— Nous avons décidé d'attendre pour annoncer la nouvelle car il a besoin de toute son énergie pour affronter l'opération, expliqua Suzi en essuyant une larme. Mais je te le dis pour te faire comprendre que si mon cher Hank doit se battre pour pouvoir vivre et m'aimer, l'homme que tu aimes se porte très bien. Alors ne gâche pas cette chance et bats-toi pour le reconquérir, car rien n'est jamais acquis.

Eve secoua la tête, bouleversée.

— Suzi...

— Non. Il fallait que je te le dise. Maintenant, c'est fait. Oh ! une dernière chose. Replonge-toi dans ton passé dès que possible. Bon. Cette fois, je me remets au travail !

Eve rit, mais le conseil de son amie lui donnait à réfléchir.

Dès que possible.

Prise d'une soudaine inspiration, Eve se leva.

— Suzi, je m'absente pour le reste de la journée.

— Entendu. Je viens de finir le relevé des notes de frais et je l'envoie au comptable pour qu'il établisse la déclaration d'impôts. Je fermerai en partant.

— Merci, Suzi. Merci pour tout !

— De rien.

Eve était d'humeur grave tandis qu'elle roulait en direction de Manhattan. Le soleil se couchait et le ciel se parait de teintes orange, lavande et bleutées. Elle baissa sa vitre pour laisser l'air printanier lui fouetter le visage.

L'anxiété la saisit quand elle se rapprocha de Manhattan West. Il était temps qu'elle se confronte à son passé.

Elle se gara et effectua le court trajet à pied le long de la Dixième Avenue jusqu'à un immeuble d'habitation de cinquante-six étages.

— Madame Villar ?

Le concierge en uniforme ne cachait pas sa surprise en lui ouvrant la porte en grand.

— Comment allez-vous ?

Elle lui adressa un sourire chaleureux.

— Bien. Je suis contente de vous voir, monsieur Harris.

— Soyez la bienvenue, dit-il avec un sourire poli. N'hésitez pas à me contacter si je peux vous être utile.

Elle pénétra dans le vaste hall d'entrée au décor moderne avec l'impression de remonter le temps. Elle se sentait presque déplacée en se dirigeant vers la porte sculptée menant à la rangée d'ascenseurs. Elle s'arrêta devant celui réservé aux résidents du dernier étage et composa le code.

Dans la cabine, elle ne détourna pas les yeux de son reflet dans la glace. Elle devait *tout* affronter. C'était nécessaire.

À la mort d'Aaron, elle avait découvert l'existence d'un fonds spécial d'une durée de dix ans, sur lequel étaient prélevés les frais et charges mensuels de l'appartement. Elle avait encore trois ans pour décider de vendre ou non l'appartement. Après l'accident, elle n'avait pas voulu s'en occuper, refusant même de le mettre en location.

Et tout était resté en l'état.

Elle posa son pouce sur le lecteur d'empreintes pour déverrouiller la porte et pénétra à l'intérieur.

— On dirait que le temps s'est arrêté, dit-elle à voix haute.

Mis à part la poussière qui recouvrait tout et l'odeur de renfermé qui imprégnait l'air, l'appartement était dans l'état où ils l'avaient laissé le soir où ils étaient sortis pour faire la fête. Dans le salon, le dossier du canapé sur mesure disparaissait sous les manteaux qu'elle avait essayés pour la soirée. Son iPad se trouvait toujours sur une table basse. Un tableau exécuté à leur demande et qui les représentait dans une tenue noir et blanc assortie au décor était suspendu au-dessus de la cheminée. Il était d'une beauté ostentatoire, à l'instar des œuvres d'art, du mobilier et du luminaire sur mesure.

Elle examina le tableau. Ils se tenaient l'un contre l'autre, le bras d'Aaron autour de sa taille et la main d'Eve sur le torse d'Aaron. Elle se souvenait du jour où elle avait posé pour la photo dont le peintre s'était ensuite inspiré pour réaliser leur portrait. Ils avaient ri, ils s'étaient amusés comme des enfants, ils avaient rêvé. Ils s'étaient aimés.

Eve parcourut lentement chaque pièce, laissant ses regrets de côté et se remémorant les moments heureux qu'ils avaient partagés dans cet appartement. Les soirs où ils ne sortaient pas, ils commandaient à dîner et se détendaient en lisant, en discutant, en faisant des projets.

Ils avaient converti deux des trois chambres en dressings. Celui d'Aaron était bien rangé contrairement au sien, en grand désordre. À l'époque, une aide-ménagère venait une fois par semaine pour faire le ménage.

Elle prit son téléphone et ouvrit une application mobile qu'elle avait cachée dans un dossier.

Loin des yeux, loin du cœur.

Elle appela le bureau du concierge et demanda que M. Harris lui monte des cartons. Car elle avait décidé de faire don de ses vêtements, chaussures et accessoires à une association caritative.

À la réflexion, l'ancienne Eve avait été gaie et amusante.

Et pas aussi mauvaise que ça, songea-t-elle en contemplant son reflet dans le miroir de plain-pied.

Lors d'une séance de thérapie, la thérapeute lui avait demandé d'écrire une lettre à son enfant intérieur – cette part d'elle-même restée bloquée à l'âge de six ans quand ses parents, trop occupés par leurs carrières respectives, l'avaient confiée à des nounous. Cette partie d'elle-même avait développé de manière subconsciente un profond sentiment d'abandon, ce qui expliquait qu'elle était devenue par la suite beaucoup trop possessive et dépendante sur le plan affectif. La thérapeute lui avait ensuite demandé de rencontrer en imagination son enfant intérieur dans sa chambre d'enfant et de l'autoriser à la rejoindre pour le libérer et le fusionner avec l'adulte qu'elle était devenue.

Cette séance avait déclenché en elle une foule d'émotions, mais elle lui avait aussi permis de comprendre que le passé influait fortement sur la vie de chacun et que la meilleure façon d'aller de l'avant était d'accepter ce qui était arrivé, de pardonner aux personnes mises en cause et d'être reconnaissant pour les enseignements tirés des échecs du passé.

Se contemplant dans le miroir, elle se représenta âgée d'une vingtaine d'années, dans une robe de styliste, ses cheveux longs cascadant dans le dos, impeccablement maquillée et couverte de bijoux luxueux. L'expression sarcastique. Le regard froid.

— Il est temps que tu me rejoignes, dit-elle, entamant la conversation avec cette version d'elle-même plus jeune et faisant la paix avec elle pour qu'elles aillent de l'avant ensemble.

Une semaine plus tard

Toc, toc.

Levant les yeux de son iPad, Lucas avisa Raquel, la femme de Phillip Jr, sur le seuil de son bureau chez Cress Inc. Il sourit et lui fit signe d'entrer.

— Hello, Raquel, on te voit rarement par ici.

Raquel s'avança, vêtue d'une robe trapèze à fleurs sans bretelles sous un blazer chic, tenant une chemise cartonnée à la main.

— Justement, j'espère changer ça grâce à toi, dit-elle, coinçant une mèche de son carré strict derrière l'oreille.

— Moi ?

Surpris, il posa son stylet pour accorder toute son attention à sa belle-sœur.

— Oui. Je viens solliciter un poste dans ton équipe, qui me permette d'utiliser au mieux ma créativité artistique.

— Solliciter ?

Lucas la fixa, éberlué, avant de rire.

— Ton mari est le directeur général !

— Oh ! non ! Veux-tu bien écouter ce que j'ai à te dire au lieu de me jeter cet argument ridicule à la figure ?

— Bien sûr. Désolé, Raquel.

Reprenant son sérieux, il l'invita à s'asseoir.

— Quand tu m'as demandé de t'aider au sujet de la nouvelle gamme de dessins pour le linge de table et les autres textiles, j'ai eu aussitôt envie de me replonger dans la création artistique, déclara Raquel avec enthousiasme en ouvrant sa chemise cartonnée. Et j'ai réalisé quelques illustrations qui pourraient t'intéresser.

Lucas examina les aquarelles aux motifs fleuris qu'elle déposait devant lui.

— Elles sont vraiment très belles, remarqua-t-il, sincère.

— Je ne veux pas d'un traitement de faveur sous prétexte que je suis l'épouse du directeur général, précisa Raquel en déposant son CV sur ses aquarelles. Je souhaite mettre mon savoir-faire au service de la marque et renouer avec une passion à laquelle je n'aurais jamais dû renoncer.

— Qu'en pense Phillip Jr ?

Raquel haussa un sourcil narquois.

— Est-ce que tu demandes à chaque postulante si son mari est d'accord pour qu'elle travaille pour toi ?

— En l'occurrence, ton mari est *mon* frère.

— Et alors ?

— Raquel, je veux simplement…

— Quoi ? Que j'aille demander la permission à mon mari ? répliqua-t-elle, le regard noir.

— Non, ce n'est pas ce que je voulais dire…

Lucas laissa sa phrase en suspens en voyant entrer Melvin, son assistant, portant un grand arrangement floral.

— Ces fleurs viennent d'être livrées, expliqua Melvin en posant sur un coin du bureau le bouquet enveloppé dans une toile de jute fermée par un joli ruban.

— Pour moi ? demanda Lucas, surpris.

— Oh ! Lucas ! Qui te gâte ainsi ? s'exclama Raquel avec un sourire espiègle en se penchant pour humer les fleurs.

Tandis que Melvin s'éclipsait, Lucas tendit le bras pour prendre la carte accompagnant les fleurs, mais Raquel le devança et l'agita entre le pouce et l'index.

— Vas-tu réfléchir à ma candidature ? demanda-t-elle sans se départir de son sourire.

Lucas contempla tour à tour la carte et sa belle-sœur.

— Oui. Nous trouverons une solution puisque tu y tiens.

— Merci, Lucas. Je te laisse à tes secrets.

Elle lui tendit la carte et se leva, rangeant ses esquisses dans sa chemise avant de sortir.

La porte à peine refermée, Lucas décacheta l'enveloppe et en retira le mot.

Retrouve-moi là où tout a commencé.

Il reconnut aussitôt l'écriture.

Eve.

Son cœur cognait contre sa poitrine et ses mains tremblaient un peu tandis qu'il examinait plus attentivement le bouquet. Soudain une pensée lui traversa l'esprit, et il s'empara de sa tablette pour retrouver les mails de confirmation de son fleuriste habituel.

De fait, l'arrangement correspondait en tout point au premier bouquet qu'il avait envoyé à Eve le lendemain de la réunion au lycée.

Il se renversa contre le dossier de son fauteuil, bouleversé.

Elle est de retour.

— Qu'attends-tu de moi ? demanda-t-il à voix haute, comme si elle pouvait l'entendre.

Il serra les poings très fort.

Certes, lors du gala caritatif, il n'avait eu d'yeux que pour Eve, mais de là à l'accueillir à nouveau dans sa vie et céder à leur alchimie explosive, il y avait un pas qu'il n'était pas prêt à franchir.

— Tout est bel et bien terminé, dit-il, encore blessé par sa décision d'annuler leur mariage.

— Qu'est-ce qui est terminé, mon chéri ?

Il fut pris de court en voyant sa mère pénétrer dans le bureau, vêtue d'un caftan fluide aux motifs brillants, un peu trop élégant pour le bureau.

— Tu reviens de Bali ? demanda-t-il, se levant pour embrasser sa mère sur les joues.

— Oui. Nous arrivons directement de l'aéroport.

Nicolette se pencha pour examiner l'arrangement floral.

— Ces fleurs sont superbes. Puis-je les prendre ? Elles seront du plus bel effet sur mon bureau.

En voyant sa mère s'emparer du bouquet et humer son parfum, il fut surpris d'éprouver un puissant sentiment de possessivité.

— Euh... non, maman. Il s'agit d'un cadeau qu'on m'a fait et que je souhaite garder, dit-il, lui prenant l'arrangement des mains.

— Un cadeau de qui ?

Il reposa le bouquet sur la carte.

— D'Eve, admit-il.

— Oh.

Lucas se tourna vers elle.

— Oh ? C'est tout ce que tu trouves à dire ?

Nicolette hocha la tête.

— Après le malaise de ton père et son intervention à cœur ouvert, nous avons décidé de ne plus intervenir dans les affaires familiales, dans vos vies et celles de vos compagnes. L'expérience de mort imminente – qu'on l'expérimente soi-même ou qu'un être cher l'expérimente – change notre façon de voir les choses.

Lucas songea à l'invitation d'Eve.

— Par ailleurs, poursuivit Nicolette, tous les voyages que nous avons faits, notamment à Bali, nous ont enseigné l'importance du pardon et la nécessité de prendre la vie comme elle vient.

Elle s'empara prestement d'un lys qu'elle glissa dans ses cheveux après avoir écourté la tige.

— Je ne sais pas ce que le destin nous réserve, mais ton père et moi sommes déterminés à tirer le meilleur parti du temps qu'il nous reste à vivre ensemble. *Le véritable amour mène au pardon, mon chéri*, dit-elle en français.

Il la suivit des yeux, interloqué, tandis qu'elle se dirigeait vers la porte.

— Es-tu en train de me dire que je dois pardonner à Eve ?

Nicolette haussa les épaules sans se retourner.

— Je dis que la décision que tu prendras, quelle qu'elle soit, aura le résultat attendu.

Sur cette phrase sibylline, elle sortit de la pièce.

Perplexe, Lucas récupéra la carte.

Elle ne comportait aucune indication de date et d'heure.

Eve est donc à Manhattan. Maintenant.

— Elle ne manque pas de toupet de faire irruption dans mon existence et d'exiger ma présence ! grommela Lucas. Et dans quel but ? Faire voler ma vie en éclats une nouvelle fois ?

Il arpentait la pièce, en proie à un dilemme : son cœur lui dictait de se précipiter au rendez-vous qu'elle lui avait fixé et de la serrer dans ses bras, tandis que son cerveau l'incitait à la plus grande prudence.

« Le véritable amour mène au pardon, mon chéri. »

Jurant entre ses dents, il récupéra ses clés et sortit de son bureau.

— Je m'absente pour le reste de la journée, dit-il à Melvin.

— Vous avez un dîner de travail avec Phillip Jr dans dix minutes.

— Annulez-le ! lança-t-il par-dessus son épaule.

Tout en empruntant l'ascenseur pour accéder au parking souterrain, il se promit de faire clairement comprendre à Eve que c'était fini entre eux. Que leurs chemins s'étaient séparés et qu'il lui souhaitait bon vent. Il l'aimait – il *l'adorait* –, mais il se portait mieux sans elle et ses montagnes russes émotionnelles.

La rue devant Manhattan University Prep était presque déserte en raison des vacances de printemps et de l'heure tardive. Tout en grimpant les marches menant aux doubles portes métalliques de l'imposant bâtiment de briques du XIXe siècle, il craignit de s'être trompé. Il en eut la confirmation quand les portes refusèrent de s'ouvrir.

Il prit son téléphone dans la poche de son pantalon en tweed gris pour appeler Eve, puis se ravisa.

Peut-être est-ce le signe que je dois laisser tomber.

Il rebroussa chemin, bien décidé à tirer un trait sur Eve Villar.

— Lucas !

Il se figea, la main sur la poignée de sa portière, et aperçut Eve de l'autre côté de la clôture ceinturant l'édifice. Elle déverrouilla la grille et s'avança sur le trottoir en lui faisant signe de la rejoindre.

Il glissa les mains dans les poches de son pantalon, ses manches de chemise retroussées sur ses avant-bras et sa cravate desserrée. Tandis qu'il se dirigeait vers elle, le cœur battant, le vent repoussa ses longs cheveux de son visage et le soleil illumina les paillettes de la minirobe qu'elle portait avec des talons hauts.

Une vraie beauté !

— Merci d'être venu, dit-elle.

— Je ne suis pas assez bien habillé, remarqua-t-il, confus.

— Non, tu es parfait, dit-elle en le détaillant. Tu l'as toujours été et tu le seras toujours.

Il ne sut quoi répondre.

— Je pense qu'il est temps qu'on se parle, ajouta-t-elle.

Il hocha la tête, se voulant distant.

— L'école est fermée pour les vacances. Comment as-tu fait pour entrer ?

— Mes parents font partie du conseil d'administration. Ils ont eu la gentillesse de m'aider.

— Pourquoi m'as-tu *convoqué* ici, Eve ?

Elle ouvrit la grille en grand et l'invita à la suivre.

— Tout ce que je te demande, c'est de m'écouter.

Il la suivit de mauvais gré pendant qu'elle contournait le bâtiment jusqu'à la cour d'école. Là il s'arrêta net, pris de court, à la vue des guirlandes électriques décorant les arbres, des nombreux bouquets de roses rouges et des bougies allumées. Au centre de la cour en ciment, il remarqua une table recouverte d'une nappe en satin noir sur laquelle était posé un plat en argent recouvert d'une cloche.

— J'ai pensé que c'était à mon tour de te préparer quelque chose de grandiose, Lucas, dit-elle, se postant à côté de la table. Il y a seize ans, tu m'as dévoilé tes sentiments dans cette même cour, et j'ai été trop stupide pour comprendre que tu étais un être bon et généreux – celui dont j'avais besoin dans ma vie, à l'époque... et aujourd'hui.

Troublé par ce préambule, il baissa la tête, ne sachant que penser.

— Lucas, nous devons repartir de zéro. Et quel meilleur endroit pour un nouveau départ que cette cour où tout est allé de travers la première fois ?

— Par ta faute, dit-il, conscient de se raccrocher encore à l'humiliation qu'elle lui avait infligée jadis.

— C'est vrai. Et je suis aussi responsable de l'annulation de notre mariage. Mais je t'aime, Luc.

Il releva la tête et fut bouleversé de voir ses yeux brillants d'émotion.

— Je te crois, Eve, dit-il. Moi aussi je t'aime, mais nous ne sommes pas faits l'un pour l'autre. Nous ne l'étions pas, seize ans plus tôt, dans cette cour, et nous ne le sommes toujours pas aujourd'hui. Alors, laissons cet amour s'éteindre de lui-même.

La tristesse qu'il perçut dans son regard lui transperça le cœur, mais il rassembla tout son courage, fit demi-tour et s'éloigna.

— Je suis une thérapie, lança Eve derrière lui. Luc, *s'il te plaît* !

Il s'arrêta, les mains enfoncées dans ses poches, et contempla le ciel qui s'obscurcissait.

Oh ! Seigneur, que faire ?

— Je suis désolée de t'avoir brisé le cœur à cause de mes blessures émotionnelles liées à mon passé, dit-elle. Je pensais que je ne méritais pas d'être heureuse, c'est pourquoi je t'ai repoussé.

Il se tourna vers elle et sentit son cœur manquer un battement à la vue des larmes qui roulaient sur ses joues.

Les liens invisibles entre eux ne s'étaient pas défaits.

Sans doute demeureraient-ils toujours intacts.

— Moi aussi j'ai fait quelques séances chez le psy depuis que tu as annulé notre mariage, dit-il, dévoilant son secret pour la première fois.

Eve le contempla, surprise.

Il s'avança vers elle, une moue ironique aux lèvres.

— Eh oui. Ce fut très instructif. J'ai ainsi appris que je devais développer une image positive de moi-même et résoudre les problèmes liés à ma prise de poids.

— Mon comportement odieux envers toi n'a fait qu'aggraver les choses, remarqua-t-elle, accablée.

Il haussa les épaules avec détachement.

— Si j'avais eu pleinement confiance en moi, comme maintenant, rien ni personne n'aurait pu m'atteindre.

— Nous formons un drôle de duo, n'est-ce pas ? remarqua-t-elle tristement. Essayons de nous en sortir ensemble, Luc. Nous pourrions faire une thérapie de couple. Comme mes parents. Ce sont d'ailleurs eux qui m'ont donné l'idée.

— Vraiment ? Les miens devraient en faire autant !

Ils échangèrent un sourire.

— Durant ces séances, j'ai appris à accepter les événements

négatifs de mon passé, expliqua-t-elle. Tout n'a pas été aussi horrible que je le pensais. Comme cette robe que j'ai gardée après ma visite à l'appartement que je partageais avec Aaron.

Lucas allait de surprise en surprise.

— Tu as toujours ton appartement ?

— Oui. Mais je l'ai mis en vente et j'ai dit adieu à cette partie de ma vie avec un mélange de tristesse et d'amour.

Ils échangèrent un long regard intense.

— Cette barbe te va bien, dit-elle avec un sourire timide.

Il rit et frotta son menton.

— Un dommage collatéral de notre rupture, que j'ai décidé de conserver.

Eve se rapprocha doucement de lui.

Aussitôt il eut l'impression qu'une décharge électrique le traversait de part en part.

— Tu as les cheveux longs, remarqua-t-il, se sentant aussi nerveux qu'il y a seize ans, quand il avait eu le courage de traverser cette même cour et de s'approcher d'elle.

— Ils te plaisent ?

Elle tendit le bras pour lui caresser la barbe.

— Oui. Je les aime courts, au-aussi, bégaya-t-il.

Puis il fit la grimace.

— Ça ne m'était pas arrivé depuis le lycée.

— Ne t'inquiète pas. À cet instant, mon cœur fait la même chose parce que je suis à nouveau près de toi, dit-elle, son regard tendre rivé au sien.

— Eve...

Il recula d'un pas, encore hésitant, conscient de l'énormité du risque qu'il courait – comme jadis.

— Je comprends, Lucas, dit-elle, s'écartant de lui.

L'alchimie qui pulsait entre eux diminua à peine malgré la distance instaurée par Eve.

Oh ! Seigneur, comme je l'aime !

— Nous nous trouvons au même endroit qu'il y a seize ans,

dit-elle, reprenant sa place à côté de la table. Mais cette fois, les rôles sont inversés. C'est moi qui mets mon cœur en jeu et cours le risque qu'il soit brisé.

Puis elle souleva la cloche recouvrant le plat, dévoilant une douzaine de cupcakes aux fraises semblables à ceux qu'il lui avait offerts. Elle en prit un et le lui tendit.

Perplexe, Lucas ôta les mains de ses poches et croisa les bras sur sa poitrine.

— C'était à mon tour de te faire des cupcakes, dit-elle, ses yeux remplis d'espoir. Puis, si tu le veux bien, nous repartirons de zéro et nous nous aimerons encore mieux qu'avant parce que nous aurons tiré les leçons de nos échecs passés. C'est à toi de décider, Lucas. Soit tu jettes mes cupcakes à la poubelle, soit tu les acceptes, et moi avec.

Le cœur de Lucas faisait des bonds dans sa poitrine, mais il s'avança posément vers elle pour examiner son gâteau. Il réprima un sourire en remarquant qu'il était loin d'être parfait. Le glaçage n'était pas lisse, et la barbe à papa trop épaisse s'était cristallisée par endroits.

Il tourna la tête vers Eve.

— C'est toi qui les as faits ?

— Oui. J'ai trouvé une recette sur Internet.

— Ce n'est pas la mienne, car je n'ai plus refait ces cupcakes depuis que tu les as jetés.

— Tu veux bien manger mon gâteau, Lucas ? demanda-t-elle d'une voix douce, les yeux remplis d'amour et de désir.

Il ne put résister à sa supplique et lécha le glaçage.

Eve s'approcha tout près de lui, tenant toujours le cupcake près de sa bouche.

— Mords dedans, murmura-t-elle, câline.

Il céda à la tentation et prit une bouchée du gâteau.

— Doucement, prévint-elle.

Ses dents rencontrèrent un objet métallique. Intrigué, il retira l'objet de sa bouche et reconnut la bague de fiançailles. Tenant l'anneau entre ses doigts, il le nettoya avec la langue sous le regard lourd de désir d'Eve.

— Nous avons encore du travail à faire sur nous-mêmes avant d'être prêts pour le mariage, dit-elle. Mais je te promets que si tu passes à nouveau cette bague à mon doigt, là où est sa place, je ne l'enlèverai *plus jamais*.

— *Le véritable amour mène au pardon*, dit-il, tandis que son amour pour Eve s'épanouissait dans son cœur et réchauffait chaque cellule de son corps.

Tous ses doutes envolés, il s'empara du reste du cupcake et le fourra dans sa bouche. Puis il prit la main d'Eve et glissa la bague à son annulaire.

— Tu ne l'enlèveras plus jamais ?

— Plus jamais, promit-elle.

Avec un lent sourire, il l'enlaça et l'attira contre lui pour un baiser passionné qui ne donnait qu'un aperçu de la profondeur de ses sentiments pour la femme de sa vie.

Épilogue

Cinq ans plus tard

— Joyeux anniversaire, madame Villar-Cress !

Eve tendit ses lèvres à Lucas pour qu'il y dépose un baiser, délaissant les cupcakes aux fraises qu'elle avait confectionnés pour la cinquième année consécutive à l'occasion de leur anniversaire de mariage. Un dessert hautement symbolique. Au fil des ans, grâce aux conseils de Lucas, elle avait appris à maîtriser parfaitement cette recette.

— Joyeux anniversaire, Lucas !

— Nous avons réalisé nos rêves, n'est-ce pas ? demanda-t-il, l'attirant contre lui dans la cuisine de leur maison de six pièces à Passion Grove – leur compromis.

Eve avait finalement renoué avec le train de vie qu'elle avait connu en grandissant tout en poursuivant les actions que sa nature serviable et généreuse la poussait à entreprendre depuis la mort d'Aaron. Trop occupée par ses nouvelles activités philanthropiques, elle avait cédé la majorité des actions de sa société de maîtres-nageurs sauveteurs à Suzi et Hank – lequel avait guéri de son cancer. Le couple désormais marié avait même acheté la petite maison d'Eve au bord du lac.

Le solitaire brillait à son doigt quand elle posa sa main sur la joue de Lucas.

— Oui, chéri. Et nous sommes les plus heureux du monde.

— C'est une chance que j'aie renoncé à ma fameuse date butoir, plaisanta-t-il, enserrant les fesses d'Eve.

Leur baiser s'approfondit au fil des secondes, se transformant en gémissements passionnés.

— Faisons l'amour, murmura Lucas contre ses lèvres.

Consumée de désir, elle s'apprêtait à l'entraîner dans leur suite pour célébrer dignement leur anniversaire quand elle se souvint de leurs invités – leurs parents, la famille de Lucas et leurs amis. La tradition voulait que chaque chef, y compris Nicolette et Phillip Sr, apporte un plat succulent.

— Hélas, nous n'avons pas le temps. Mais ce n'est que partie remise, promit-elle avec un sourire mutin. Une grand-mère aura peut-être la bonne idée de prendre Luca pour la nuit.

Ils se tournèrent vers leur fils de deux ans qui jouait avec les autres enfants dans la pièce à vivre.

— Excellente idée ! approuva Lucas, enthousiaste.

Eve observa ses invités qui délaissaient le jardin et la piscine pour pénétrer dans la maison en discutant et en riant. Elle sourit en voyant Hank et Suzi, perdus dans leur monde, en train de danser un slow langoureux.

Elle était tout aussi heureuse de la présence des nouveaux amis qu'ils s'étaient faits à Passion Grove.

Et puis il y avait leur famille.

La famille Cress s'agrandissait au fil des ans. Christian et Christina, les jumeaux de six ans de Coleman et Jillian, étaient d'adorables rebelles, comme leur père. Phillip Jr et Raquel avaient donné un petit frère, Phillip III, à Collette, pour la plus grande joie de cette Princesse Selfie de quatorze ans. Gabriel et Monica avaient eux aussi agrandi leur famille avec Mona, quatre ans, et Danni, trois ans, aussi adorables et bouclés que leur sœur aînée Emme. Sean et Montgomery avaient donné naissance à de futures stars, Morgan et Lil'Montgomery, quatre ans, car ils aimaient autant les feux de la rampe que leur père. Pour sa part, Poppy, sept ans, intelligente et pleine de fantaisie, était parfaitement satisfaite d'être la fille unique et adorée de Lincoln et Bobbie.

Eve se lova tendrement contre Lucas, nommé récemment vice-président du conglomérat.

Tous les ingrédients – bonne humeur et bonne chère – étaient réunis pour une fête réussie.

— Allons rejoindre nos invités. Nous avons la vie entière pour nous aimer.

Car elle savait qu'ils feraient tout ce qui était en leur pouvoir pour faire de cette promesse une réalité.

Vous voulez en savoir plus sur les frères Cress ?
Retrouvez-les sur Harlequin.fr !

1. *La mésalliance inattendue* : Gabriel
2. *Dangereux désir* : Cole
3. *La proposition de l'héritier* : Lincoln
4. *Cette aventure imprévue* : Sean